Philipp Munk, Ernst Leyden

Die acute Phosphor-Vergiftung

SALZWASSER
VERLAG

Philipp Munk, Ernst Leyden

Die acute Phosphor-Vergiftung

Unveränderter Nachdruck der Originalausgabe von 1865.

1. Auflage 2022 | ISBN: 978-3-37500-957-1

Verlag: Salzwasser Verlag GmbH, Zeilweg 44, 60439 Frankfurt, Deutschland
Vertretungsberechtigt: E. Roepke, Zeilweg 44, 60439 Frankfurt, Deutschland
Druck: Books on Demand GmbH, In de Tarpen 42, 22848 Norderstedt, Deutschland

Die

acute Phosphor-Vergiftung.

Mit besonderer Rücksicht

auf

Pathologie und Physiologie

BERLIN, 1865.

Inhalt.

Erstes Kapitel.

Historisch-kritischer Ueberblick.

In seinem Dictionnaire der Chemie vom Iahre 1789 sagt Prof. *Macques* vom Phosphor: „Man macht mit dem Phosphor eine Menge ganz amüsanter Experimente. Er ist einer derjenigen Substanzen, mit deren Hülfe die Magiker Operationen ausführen können, welche den nicht Eingeweihten in Erstaunen setzen. Der Gebrauch des Phosphors ist sehr beschränkt; in den chemischen Laboratorien dient er nur zur Analyse der Luft in Folge seiner grossen Verwandtschaft zum Sauerstoff.“ —

Die grosse Bedeutung, welche der Phosphor mit der Zeit in industrieller und sanitätspolizeilicher Beziehung, für die gerichtliche Medicin, so wie für die medicinische Wissenschaft im Allgemeinen gewinnen würde, konnte damals noch nicht geahnt werden.

Dieser Stoff, 1669 vom Kaufmann *Brandt* aus Hamburg im menschlichen Harne entdeckt, scheint zuerst von *Kunkel* (Erfurt 1721) zur medicinischen Anwendung empfohlen zu sein. Die Wirkung soll nach ihm darin bestehen, dass er in grossen Dosen Schwäche und paralytische Symptome erzeugt, in kleinen dagegen die Kraft eines gesunden Menschen erhöht und Paralytische heilt.

Sodann empfahl ihn *Sachs* 1731 (Dissert. de phosphoro); nach ihm übt der Phosphor eine specielle Wirkung auf die motorischen Nerven aus, erregt und vermehrt willkührliche und unwillkührliche Muskelbewegungen und wirkt auf die Nerven, die allgemeine und sensorielle Sensibilität, und auf das Gehirn selbst.

Zwanzig Jahre später erschien unter *Vater's* Auspicien eine Dissertation von *Mentz*, Wittenberg 1751, über den Phosphor und seine Wirkung in Krankheiten. Hier wird ein Fall von Petechialfieber angeführt, in welchem im Ganzen 11 Gran Phosphor mit Theriak in 48 Stunden gegeben wurden und Besserung erfolgte; in einem zweiten Falle wurden 3 gr., in einem dritten 2 gr. anscheinend mit Erfolg gegeben.

Darnach wurde der Phosphor von vielen Aerzten gebraucht und gerühmt, *Theden*, *Conradi* gaben ihn zu 1 — 2 gr. und mehr. Es konnte nicht fehlen, dass hierbei mancherlei Unglücksfälle vorkamen. So sah *Brera* nach dem Gebrauch von 4 gr. Phosphor, wovon nur 2 gr. per os, die anderen 2 gr. per clysma beigebracht waren, Vergiftungs-Symptome und den Tod eintreten. *Lauth* theilt den Fall von einer Frau mit, welche drei Tage lang gegen Schwäche der Unterextremtäten täglich einen halben Gran Phosphor, am 4. Tage $\frac{2}{3}$ gr. genommen hatte und drei Tage später verstarb. *Martin Solon* gab einer an chronischer Bleivergiftung Leidenden eine Mischung von Aq. Menth., Wasser und einer Drachme Phosphoräther, welche $\frac{1}{4}$ gr. Phosphor enthielt, esslöffelweise. Die Dose wurde nach 2 Tagen auf 2 Drachmen erhöht, späterhin eine Emulsion von Phosphoröl (1 gr. Phosphor enthaltend) esslöffelweise gegeben — nach acht Tagen erfolgte unter heftigen Vergiftungs-Erscheinungen der Tod.

In Folge solcher Unglücksfälle sprachen sich viele Aerzte wie *Pereira*, *Boudant*, *Lauth* gegen den Gebrauch des Phosphors aus. Dagegen lobte ihn wieder *Loebenstein*-

Loebel im *Dippel*'schen Oel gelöst zu geben, ferner *Lobstein*, der Bruder des Anatomen, welcher ihn in Nelkenöl und Nephtha gab. Er empfahl ihn im Typhus, der Intermittens, Cephalalgie u. s. w., schliesslich kam aber auch er zu dem Resultat, dass es ein gefährliches vorsichtig anzuwendendes Mittel sei. Mit der Zeit wurden die Aerzte überhaupt misstrauisch gegen dies Medicament man wandte es fast nur noch gegen Krankheiten an, die anderen Mitteln trotzten: gegen Lähmungen, Impotenz, Gicht, gegen Epilepsie, gegen hartnäckige Intermittenten, gegen Cholera. 1859 konnte *Buchheim* in seiner Heilmittellehre sagen: „Es scheint der Phosphor in den gerühmten Fällen von Typhus, Lähmung, Epilepsie, Amaurose etc. gar keine Vorzüge vor anderen Mitteln zu besitzen, weshalb man ihn auch jetzt nicht mehr anwendet." Die Homöopathen haben sich in neuester Zeit noch dieses mächtigen Stoffes angenommen, und insofern wenigstens mit Recht, als selbst homöopatische Gaben desselben noch Wirkungen zu äussern im Stande sind.

Wenn wir uns fragen, wie die Aerzte zu jenen verschiedenen Ansichten über die Wirkung des Phosphors gekommen sind, so ist es allerdings nicht recht begreiflich, dass sie ein Mittel, über dessen Wirkung sie absolut im Unklaren waren, so bestimmt empfahlen und mit solcher Kühnheit anwandten. Eine dunkle Vorstellung in dem Phosphorus auch einen Träger des Lebenslichtes zu ahnen, mag den vorgefassten Ideen zu Grunde gelegen haben.

Wunderbar genug bleibt es immerhin, dass nicht noch mehr Unglücksfälle vorgekommen sind. Dies lässt sich nur dadurch erklären, dass man das Mittel meist in Stücken oder in solchen Verbindungen anwandte, in denen nur wenig Phosphor gelöst war. Naphtha z. B., ein beliebtes Menstruum des Phosphors, lösst nur 1 Thl. in 240 Thl., also eine Unze nur 2 gr.: hiervon 8 — 10 Tropfen, alle Stunden gegeben, konnten freilich leicht unschädlich bleiben.

Eben so verschieden wie die Ansichten der Aerzte in

Bezug auf die Heilkraft des Phosphors waren, so verschieden waren die Resultate, welche die mit Phosphor an Thieren angestellten Experimente ergaben. — *Bouttatz* gab einer Katze ¼ gr.; sie starb in 9 Stunden und ein Huhn, welchem Vormittags 1½ gr. Phosphor mit Eigelb und Zucker beigebracht waren, bekam Erbrechen und starb gegen Abend; man fand den Magen lebhaft entzündet und ein Loch darin. *Pilger* sah bei Pferden, denen er 4 gr. in Oel gab, dass sie sich erholten, wieder erhoben und frassen; ein altes schwaches und krankes Pferd, dem er 5 gr. Phosphor gab, bekam wieder neue Kräfte. *Weikart* liess einen Hund 6 grm. Phosphor mit Fleisch fressen; derselbe erbrach sich, frass das Erbrochene wieder und befand sich nach einiger Aufregung ganz wohl. Man liess ihn von Neuem 8 grm. mit demselben Erfolge fressen. *Magendie* spritzte phosphorhaltiges Oel einem Hunde in die jugularis; kaum war die Injection beendet, so gab das Thier Ströme von weissen Dämpfen aus der Nase von sich und starb bald darauf. *Orfila* injicirte einem Hunde 4 grm. phosphorhaltiges Oel in die jugularis; sogleich kamen aus Maul und Nase starke Dämpfe, die Respiration wurde keuchend und ausserordentlich erschwert, und der Hund starb nach einer sehr starken Entleerung sanguinolenten Serums nach 20 Minuten. Bei der Section fand sich in beiden Herzkammern schwarzes und flüssiges Blut. In der festen und weniger knisternden Lunge fand man mehrere livide Flecken; ausserdem war sie rosenroth. Einem kleinen Hunde präparirte *O.* die Speiseröhre frei, durchstach sie und brachte 14 kleine Phosphorcylinder, die zusammen 7½ grm. wogen in den Magen. Der Oesophagus wurde unterhalb der Oeffnung unterbunden; der Tod erfolgte nach 21 Stunden. Die Schleimhaut des Magens war stark entzündet und mit einer fadenziehenden flockigen Substanz bedeckt, die sich sehr leicht abtrennen liess, die Muskelhaut zum Theil hochroth. Der Magen enthielt etwas dicke grünliche Flüssigkeit, die Schleimhaut des

Duodenum, des Jejunum und der ersten Hälfte des Ileum war purpurroth und mit einer sehr dicken dintenschwarzen Flüssigkeit überzogen. In den erwähnten Theilen des Darmkanals fand man keinen Phosphor. In der letzten Hälfte des Ileum zehn Knoten in verschiedener Entfernung; sie bestanden aus zehn Cylindern röthlichen Phosphors, die zusammen 5,2 grm. wogen, mit Flüssigkeit bedeckt waren und beim Eröffnen einen ziemlich starken Dampf verbreiteten. Die Schleimhaut war an dieser Stelle weit weniger roth, als oberhalb. Am Ende des Colon drei andere aus eben so vielen Phosphorcylindern bestehende Knoten; diese wogen zusammen 1,4 grm. und die Schleimhaut war noch weniger roth als am Ende des Ileums. Im Mastdarm fand man den 14. Phosphorcylinder, von wenigen faeces umgeben und nur 0,3 grm. wiegend; die Schleimhaut dieses Darmtheils war normal. Nach dem Tode des Thieres fand man also nur 6,9 grm. Phosphor wieder. Einem andern Hunde der 2 Stunden vorher stark gefüttert war, gab *O.* 4 grm. Phosphor in 8 kleine Stücke geschnitten. Nach 4 Stunden war nicht das Geringste zu bemerken; keine Brechneigung. Am folgenden Tage wollte der Hund nichts fressen; am dritten Tage starb er ohne Krämpfe. Die Magenschleimhaut des Duodenum und Jejunum war sehr roth; im colon und rectum fand man die kleinen Cylinder rothgefärbt und kleiner als vorher. Nach diesen Experimenten kommt *Orfila* zu der Ansicht, „dass in Oel aufgelöster und in die Venen injicirter Phosphor durch die Luft geht, Sauerstoff aus dieser aufnimmt und sich in phosphorhaltige Säure verwandelt, wobei sich auch wahrscheinlich PO_5 bilde. Der Durchgang dieser Säuren durch die kleinen Lungengefässe verursache fast augenblicklich deren Entzündung, welche die Function der Lunge aufhebt und bald Asphyxie und Tod herbeiführt. Aufgelöst und in den Magen gebracht wird der Phosphor absorbirt, reizt das Nervensystem und die Organe des Uropoese und Zeugung. In dieser

Form und in stärkerer Dosis kann er den Tod entweder in Folge der erwähnten Absorption oder durch eine heftige Entzündung des Darmkanals, die *O.* lediglich der Umwandlung des Phosphors in PO_5 durch die Luft im Darmkanal zuschreibt, oder durch beides zusammen bewirken. Aus dem in Form von Cylindern in den Magen gebrachten Phosphor wird Hypophosphorsäure gebildet, die die Stelle der Membranen entzündet, mit denen sie in Contact kommt. Die Verbrennung erfolgt um so langsamer, je mehr der Magen mit Speisen angefüllt ist, weil der Phosphor dann umhüllt und der Zutritt der Luft mehr abgehalten ist. Der Phosphor wirkt nicht stärker, wenn er durch den Zutritt der Luft in PO. verwandelt ist, denn man kann Thieren wenigstens eine zweifach stärkere Dosis dieser Säure ohne Nachtheil geben, als Phosphor zu ihrem Tode genügt."

Eine neue Bedeutung bekam der Phosphor dadurch, dass er ein wichtiger Zweig der Industrie und Jedermann in beliebiger Menge leicht zugänglich wurde. In ersterer Hinsicht erregten die Erkrankungen der Arbeiter in den Zündholzfabriken das allgemeine Interesse, mehr aber noch wurde dasselbe in Anspruch genommen durch die täglich sich häufenden Vergiftungen mit Zündhölzchen-Masse, oder der als Vertilgungsmitel für Ratten gebräuchlichen Phosphorpasta.

Während in Frankreich vor dem Jahre 1844 keine Vergiftung durch Phosphor Gegenstand der Anklage war, auch in England *Christison* in den Jahren 1837, 1838 keinen Fall der Art vorfand, so traten seit 1846 diese Vergiftungen in den Vordergrund und mehrten sich in schreckenerregender Weise. In Deutschland wurde der erste Vergiftungsversuch von Dr. *Schneider* in Fulda, (Annalen der Staatsarzneikunde 1839, II. p. 205) mitgetheilt, sodann wurden von *M. Maier* 1840 und von *Maier* 1842 zwei tödtlich verlaufene Vergiftungen publicirt. Immer blieben die Fälle noch sehr vereinzelt. Unter den von

Lewin in seiner Arbeit 1861 zusammengestellten 44 Fällen von Phosphorvergiftungen fällt nur 1 in das vorige Jahrhundert und nur 5 vor das Jahr 1840, dazu sind alle diese nur in Folge von Fahrlässigkeit oder ärztlichen Missbrauches vorgekommen. Nur 13 Fälle fallen vor das Jahr 1850 und nur 15, also nur 30 pCt. vor 1855. Von da ab nahm die Häufigkeit der Unglücksfälle erheblich zu. Die Kenntniss von der schrecklichen Wirkung des Phosphors, wovon man bisher keine genaue Vorstellung gehabt, drang allmälig in das Publikum und gab zu den wunderbarsten Gerüchten Anlass. Man entsinne sich, wie in den Jahren 1855, 1856 im Publikum fabelhafte Geschichten von Phosphorvergiftungen kreisten und durch die Zeitungen sorgfältig genährt wurden: durch das Verbrennen eines einzigen Zündholzes auf der Haut sollten Menschen in kurzer Zeit gestorben sein, indem der Brand auftrat und sich mit Blitzesschnelle über Hand, Arm etc. verbreitete.

Die solchen Gerüchten zu Grunde liegende Thatsache war dic, dass in der That Verbrennungen durch Phosphor den Tod zur Folge haben können. *Pelletier* der Vater ist, wie man sagt, in Folge einer solchen Verbrennung gestorben; er hatte in dem Laboratorium in eine seiner Taschen ein Stück Phosphor eingesteckt, welches sich durch die Reibung entzündete. Wir werden weiter unten sehen, dass *Mayer* in Bonn durch Experimente die Möglichkeit einer solchen Wirkung des Phosphors bewiesen hat.

Die Bedeutung, welche der Phosphor auf diese unheilvolle Weise gewann, rief nun eine Anzahl Arbeiten hervor, welche unsere Kenntniss von der Wirkungsweise des Phosphors aufklären sollten.

Im Jahre 1854 überreichte Dr. *Séverin Caussée* (*d'Albi*) der Pariser Academie ein Memoire.*) In demselben lenkte

*) Considérations générales sur l'empoisonnement par le phosphore, les pâtes phosphorées et les allumettes chimiques par *Séverin Caussée d'Albi et Chevalier fils.* (Annal. d'hygiène publ. 1855.)

er 1) die Aufmerksamkeit auf eine Art Vergiftung, welche von der an den chemischen Zündhölzern angehefteten Masse herrühre, von Tag zu Tag häufiger werde und ihre Wirkung dem Phosphor verdanke; 2) auf die Schwierigkeit des chemischen Nachweises des Giftes in den Organen, da der Phosphor mit Basen Verbindungen eingeht, welche den im Körper normal vorfindlichen Substanzen ganz analog sind; 3) schlägt der Vf. vor, den Zündhölzern behufs leichteren Nachweises des Giftes einen Zusatz von Stib. Kali tartar. zu machen. Der darüber erstattete Bericht erklärt die Arbeit für sehr verdienstlich, schliesst sich jedoch nicht dem letzten Vorschlage an, sondern schlägt die Anwendung des rothen Phosphors vor, welcher weder bei Vögeln noch bei Hunden giftig wirken sollte. — Im Jahre 1855 erschien darauf die gekrönte Preisschrift von *Chevalier fils* und *Henri fils*, (Annal. d'hygiène Tom. III., Sér. II., p. 134 — 171), welche eine sorgfältige Uebersicht aller bis dahin über den Phosphor bekannten Thatsachen enthielt, sowohl in Betreff seiner Anwendung in der Medicin, als der zufälligen und absichtlichen Vergiftungen bei Menschen und Thieren, so wie der bis dahin angestellten Experimente. Hervorzuheben ist, dass die Verfasser behaupten, den Phosphor als solchen durch Leuchten in der Leber nachgewiesen zu haben*).

Wie lückenhaft um diese Zeit die Kenntnisse von den Wirkungen des Phosphors noch waren, geht aus der Darstellung der Phosphorvergiftung hervor, welche *Falk* in *Virchow's* Handbuch der Pathologie und Therapie, Erlangen 1855, giebt. Er unterscheidet zwei Formen der acuten Phorphorvergiftung 1) die durch den verschluckten Phosphor veranlasste acute Intestinalaffection und 2) die durch Phosphor verursachte Cerebralaffection:

---

*) „Enfin le foie parfaitement lavé et calciné avec de l'acide zootique, nous a fait voir des ventilations vives dues à la combustion du phosphore.“

Die erste Form tritt auf, wenn der Phosphor zu $\frac{1}{8}$ bis zu vielen Granen in fester Form und in fein vertheiltem Zustande oder in öliger Auflösung verschluckt wird. Die Folgen sind: knoblauchartiger Geruch und Leuchten durch Verbreitung des Phosphors auf die Oberfläche der Haut (!). In der Mundhöhle finden sich unverkennbare Spuren der Cauterisation; an der Magenschleimhaut sieht man Entzündung, Erweichung, Verätzung, Ulceration, Gangrän etc., ähnliche Befunde im Darm, zuweilen auf kleinere Strecken beschränkt, zuweilen in grosser Ausdehnung. Die Leber findet man dunkelroth, blutreich, mit Zeichen der Entzündung an dem den Magen bedeckenden Theile, die Nieren sind dunkelgefärbt und blutreich.

Die Symptome der Vergiftung entwickeln sich am raschesten nach dem Verschlucken des Phosphors im gelösten oder fein vertheilten Zustande. Zunächst tritt brennender Schmerz im Magen auf, der sich längs des Oesophagus bis hinauf zur Mundhöhle erstreckt, sodann Auftreibung der Magengegend, grosse Empfindlichkeit derselben, Durst, Dysphagie, Uebelkeit, Würgen, Aufstossen, Erbrechen von rauchenden und im Dunkeln leuchtenden Massen; ferner Verstopfung oder schmerzhafte Durchfälle von dampfenden im Finstern leuchtenden Faeces. Alle Ausscheidungen werden leuchtend, der Urin, die Lungenexhalation, der Schweiss. (!) Die Circulation, Respiration, das Nervensystem sind zuerst excitirt, dann folgt Depression und Lähmung. Anfangs ist die Zahl der Pulse und Respirationen vermehrt, die Wärme erhöht, Schweiss vorhanden, eine Reizung der Genitalien macht sich bemerklich, später tritt eine ungeheure Adynamie ein, grosse Angst, Oppression, Kälte der Gliedmassen, Zittern, Eingenommenheit des Kopfes, Delirien, Coma, Convulsionen, Paralysen, kalter Schweiss, Tod.

Die acute Cerebrospinalaffection entwickelt sich nach Aufnahme des Phosphors sowohl durch den Magen, als die Respirationsorgane. Sie unterscheidet sich von der ersten Form durch das Fehlen der Intestinalaffection und durch das Vorherrschen der Symptome, welche bei der ersten Form erst gegen das Ende auftreten: hier erscheinen dieselben von vorne herein heftiger, stürmischer. Post mortem findet man im Gehirn und Rückenmark keine Veränderung. Die Prognose ist ungünstiger als bei der ersten Form.

Wesentlich gefördert wurden die Kenntnisse über die giftige Wirkung des Phosphors durch die Arbeit von *Schuchart**), welche zwar schliesslich zu Resultaten führte, die wir nicht als richtig anerkennen können, im Einzelnen aber sehr werthvolle Beiträge lieferte. Er macht hauptsächlich auf die bei der Phosphorvergiftung sich zeigenden Ecchymosirungen in den verschiedenen Theilen, besonders an der Lungenoberfläche, am Herzbeutel, am Magen und an der äussern Haut, so wie auf die dabei vorkommende Infiltrationen der Lunge aufmerksam und legt namentlich ein grosses Gewicht auf die veränderte Beschaffenheit des Blutes, das schon von *Leudet*, *Lewinski*, *Martin Solon*, *Nasse* und *Liedbeck* als dunkel, dünnflüssig und nicht als gerinnungsfähig beschrieben war. Diese Veränderung des Blutes hält *Sch.* für die Hauptursache der ganzen Affection, wenn er auch den örtlichen Einwirkungen des Phosphors, welche sich als Entzündungen und anderweitige Veränderungen an den Applicationsstellen manifestiren, ebenfalls Rechnung trägt. Bei der Frage, in welcher Weise und in welchen Verbindungen der Phosphor seine Wirkung ausübt, spricht sich *Sch.* bestimmt für den Phosphorwasserstoff aus, durch den er ganz analoge Erscheinungen, dunkles schlecht gerinnendes Blut, Ecchymosen, Infiltrationen der Lunge erhalten haben will. Er hält es für wahrscheinlich, dass unter irgend einem Ein-

---

*) Untersuchungen über acute Phosphorvergiftung. *Henle* und *Pfeufer*. N. F. VIII. p. 235 — 290.

flusse Wasser im Magen oder in den Gewebstheilen des Organismus beim Zutritt von Phosphor zersetzt wird und während der eine Theil des Phosphors sich mit den Sauerstoff des Wassers zu phosphoriger Säure umwandle, der andere Theil des Phosphors sich mit dem Wasserstoff des Wassers zu Phosphorwasserstoff verbinde.

Von Wichtigkeit ist ferner die Arbeit von Prof. *Mayer* in Bonn: Der Phosphor in seiner Wirkung auf den thierischen Körper als Arzneimittel und als Gift: *Casper's* Vierteljahrschrift 1860, XVIII, p. 185 — 280. In diesem fleissigen Aufsatz sind eine grosse Reihe von Experimenten an Fröschen und Kaninchen mitgetheilt und die Symptome in sehr sorgfältiger Weise analysirt. Zu einer genügenden Theorie der Phosphorvergiftung kommt *M.* freilich nicht und die spätere Entdeckung der Leberaffection hat die Resultate seiner Versuche verdunkelt — dennoch wollen wir die in manchen Punkten bemerkenswerthen Versuche genauer betrachten.

Wichtig sind die Versuche, in denen *M.* Phosphorzündhölzchen auf der geschorenen Haut von Thieren (Kaninchen) abbrannte. Bei vier Thieren sah *M.* keine Symptome, bei acht traten am 2. Tage Convulsionen ein, der Herzschlag wurde schwach, die Respiration stand still und es folgte der Tod: Das Herz war schlaff, das Blut flüssig, in den Lungen Blutextravasate. —

Einem Frosch wurden 6 Zündhölzer auf dem Rücken abgebrannt: er wurde matt und träge, die Respiration selten, der Herzschlag schwach, die Glieder schlaff, unbeweglich, nur bei heftigen Kneipen wurden sie zurückgezogen. Bald wurde das Thier unempfindlich; nach 9 Stunden trat der Tod ein.

Diese Versuche, bei denen offenbar nicht mehr Phosphor, sondern seine Oxydationsprodukte zur Wirkung kamen, hätten schon darauf hinführen können, dass der Phosphor als solcher nicht das giftige Agens sei. *Meyer* fasst die Sache so auf, dass alle Verbindungen des Phosphor giftig seien, dass aber die giftige Wirkung mit der Oxydationsstufe abnehme, also der reine Phosphor am intensivsten wirke, dann die phosphorige Säure, endlich die Phosphorsäure. Unzweifelhaft müsste diese Ansicht für die caustische Wirkung die richtige sein, *M.* übertrug sie aber auch auf die, wie er sich ausdrückt, organische Wirkung. Hierzu wurde er offenbar durch den Irrthum verleitet, dass er glaubte, der Phosphor als solcher ginge in die Blutmasse über, ein Irrthum, der sich durch alle späteren Arbeiten ebenfalls hindurch zieht.

Das Experiment, welches *M.* zu diesem Glauben verleitete, betrifft einen Frosch, welchem Phosphor mit Mandelöl unter die Haut des Rückens gebracht wurde. Erst am 2. Tage zeigte das Thier Symptome von Mattigkeit, und Schlaffheit der Glieder. Bald darauf blieb der Frosch auf den Rücken gelegt ruhig liegen, die Reizbarkeit war erloschen, das Auge schloss sich nicht mehr beim Berühren. Endlich trat Opisthotonus und Tod ein. Das Blut wurde schwärzlich gefunden, in den Lungen Blutextravasate. D a s B l u t l e u c h t e t e l e b h a f t i m D u n k e l n. Wenn aber *M.* im nächsten Experimente, wo ebenfalls einem Frosche 1 gr. Phosphor mit Mandelöl in den Rücken gebracht wurde und der Tod am anderen Tage erfolgte, ausdrücklich angiebt, dass kaum $\frac{1}{8}$ gr. des Phosphors resorbirt war, so wird es uns erlaubt sein zu argwöhnen, dass das Leuchten des Blutes durch Verunreinigung mit dem noch in der Wunde zurückgebliebenen Phosphor bedingt war. In keinem anderen Experimente und namentlich bei Kaninchen ist etwas Aehnliches wieder beobachtet.

Die Resultate, zu welchen *M.* rücksichtlich der Wirkung des Ph. kommt, sind folgende: Der Phosphor, fein vertheilt, auch im amorphen Zustande, wirkt bei Zutritt der atmosphärischen Luft auf die thierische Haut verbrennend, ätzend. Im Magen entstehen, nach dem Genuss von Phosphor, Entzündung, Corrosion, Geschwüre, in Folge dessen allgemeines Entzündungsfieber und Tod. Einhüllende Substanzen mildern die lokale Wirkung. Die zweite Hauptwirkung des Phosphors ist eine allgemeine, auf den ganzen Körper agirende, „organische“ durch Einsaugung der Phosphorsubstanz und Uebergang in die Blutmasse. Vom Blut aus wirkt der Phosphor aufs Nervensystem, auf das sensorische und motorische, auf die willkürlichen und unwillkürlichen Muskeln, besonders das Herz, aber nicht excitirend, sondern deprimirend, herabstimmend. Auch hier steht der Phosphor oben an, ihm folgen der amorphe Phosphor und die Oxyde: letztere wirken heftiger, weil sie leichter resorbirt werden.

Bemerkenswerth sind die Experimente *M's* mit Phosphorsäure, welche von Niemanden bisher beachtet und nachgemacht sind. Wir werden sie weiter unten besprechen.

In Frankreich war schon etwas früher eine Arbeit *M. O. Reveil* erschienen. Sur l'empoisonnement par le phosphore. Annal. d'hygiène publique III. Ser., T. XII., 1859, p. 370—388. Wir müssen einige seiner Experimente anführen.

1) Einem Hunde wird durch eine Schlundsonde eine Stunde nach einer reichlichen Mahlzeit, ein Stück reinen durchscheinenden Phosphors von 0,47 grm. Gewicht in den Magen gebracht. Anscheinend keine Beschwerden, nach 9 Stunden entleerte der Hund das Fragment mit den faeces, es wog abgewaschen 0,445 grm.

2) Ein Sperling frass 33 Pillen, von denen jede 1 mgr. Phosphor mit Brodkrume enthielt, nach 1 Stunde erbrach das Thier, in der Nacht entleerte es phosphorescirende Faecalmassen, und einige leicht erweichte Pillen, blieb aber sonst ganz wohl.

3) Einem Hunde, welcher seit Morgens nichts gefressen, werden gegen Mittag 2 Fragmente Phosphor zusammen = 0,512 grm. in den Magen gebracht. Eine Viertelstunde darauf Erbrechen von Massen, welche je-

doch nicht Phosphor enthalten. Der Phosphor wird intact mit der Faecalmassen entleert.

4) Derselbe Hund bekommt eine sehr dicke Suppe zu fressen, in der 0,543 grm. pulverisirten Phosphors gemischt ist. Eine Viertel-Stunde später Nausea und Erbrechen von Phosphormassen. Das Thier erhält jetzt calcinirte Magnesia in Wasser suspendirt, zuerst säuft es sie begierig, dann aber nicht mehr, nachdem Erbrechen eingetreten war. Mittelst der Schlundsonde wird ihm noch ein halbes Litre beigebracht. Das Thier bricht nicht mehr, ist nach 2 Tagen ganz wohl.

5) Ein Hund erhält mittelst der Schlundsonde ein halbes Litre dicker Bouillon mit 0,42 gr. reinen pulverisirten Phosphors. Nausea. Erbrechen. Das Thier ist traurig, niedergeschlagen, nervöses Zittern, Klagen, Seufzen, Erschöpfung, Kälte, Tod nach 7 Stunden. Es fand sich lebhafte Entzündung des Magens, auch der Dünndarm ist entzündet, im Herzen schwarzes Blut.

Die Schlüsse, welche *R.* zieht, sind nun folgende: Es scheint, dass der Phosphor eine Zeit lang in der animalischen Oekonomie ohne deutliche Wirkungen verweilen und dass man die niederen Säuren desselben ungestraft beibringen kann, wenn sie gehörig verdünnt sind. Wir glauben, heisst es weiter, dass der Phosphor en nature resorbirt und in den Blutstrom übergeführt wird, dass seine Verbindung mit Dissolventien, z. B. Fett, diese Absorption erleichtert. Die Wirkung auf das Nervensystem hält *R.* für secundär. „Wir glauben, dass der Phosphor zertheilt und mit dem Blute gemischt, sich der Haematose durch seine grosse Verwandtschaft zum O. entgegensetzt und aus dem Mangel der Oxydation des Blutes die beschriebenen nervösen Störungen resultiren. Was die Wirkung des Phosphors durch Contact betrifft, so theilen wir die Meinung des Prof. *M. Giulio* in Turin, dass die durch den Phosphor gesetzte Entzündung ausreicht, um den Tod zu erklären, sie ist aber nicht nöthig, um ihn hervorzurufen. Dagegen können wir ihm darin nicht beistimmen, dass der schmerzhafte Eindruck auf die Nerven des Magens und der Eingeweide allein die mörderische Wirkung des Phosphors erklären könne."

Dies Mémoire des Herrn *Reveil* wurde der Akademie überreicht und einer Commission (*Chevalier*, *Devergie*, *Poggiale*) übergeben: Der letztere als Referent hatte die Experimente wiederholt und gefunden, dass der Phosphor in den Digestionskanal gebracht, in gewissen Fällen eine heftige Phlegmasie verursacht und je nach der Quantität des verbrauchten Phosphors durch Ulceration oder Perforation den Tod bewirken kann. Er theilt die Ansicht *R*'s, dass diese Zufälle nicht die unvermeidliche Bedingung des Todes durch Phosphor sind. Zuweilen wird der Tod durch Absorption des Phosphors bedingt, zuweilen wirken beide Ursachen zusammen. Die Säuren des Phosphors sind nicht giftig, sie bewirken nur, wenn sie concentrirt sind, wie jede mächtige Säure, schwere Symptome. —

Hiermit schliessen die chemisch-physiologischen Arbeiten über den Phosphor ab. Die Angelegenheit tritt in eine neue Periode durch die Entdeckung der Beziehung zwischen Fettleber und Phosphorvergiftung.

Unzweifelhaft ist *v. Hauff**) derjenige, welcher zuerst auf das häufige Zusammentreffen von Fettleber und Phosphorvergiftung aufmerksam gemacht hat. Vor ihm hatte man, so oft die Veränderung der Leber notirt war, sie als eine zufällige Complication angesehen. *Hauff* zeigte, dass sie in 12 Fällen 11 mal vorgekommen war, also nicht als etwas Zufälliges angesehen werden könne.

Im Jahre 1861 erschienen die Arbeiten von *Ehrle***) und *Lewin*, welche die Affection der Leber besonders betonen. — *Ehrle* stützt sich nicht allein auf die von *Hauff*

---

*) Würtemb. Correspondenzblatt, 1860, 34.

**) Acute Phosphorvergiftung, Tübingen, 1861.

gegebene Notiz aus den Obductionsbefunden an Menschen, sondern auch auf die Versuche von Professor *Köhler* in Tübingen. Dieselben sind in einer andern Dissertation (Toxikologische Versuche über Phosphor von *Köhler* und *Renz*, Tübingen, 1861) niedergelegt. Sie bestehen in 9 Experimenten an Kaninchen, unter denen in 5 Fällen die Leber mikroskopisch untersucht wurde. Das äussere Ansehen derselben war 2 mal nur wenig verändert, 3 mal gelb oder gelbmarmorirt und die Consistenz teigig. Die Leberzellen waren immer gänzlich oder stellenweise mit Fettkörnchen gefüllt, so dass der Kern verdeckt war, in den höheren Graden waren die Zellen verschwunden und durch eine in Haufen zusammengeballte feinkörnige mit Fetttropfen erfüllte Masse ersetzt. Bei einer zufälligen Vergiftung von 2 Mastschweinen sah *K.* eine vollständig ausgeprägte Leberatrophie im strengen Sinne des Wortes, mit lebhaft gelber Färbung des erweichten und von anscheinenden Lücken durchsetzten Parenchyms.

Auch *Lewin**) führt Experimente an Kaninchen an. Von 8 Kaninchen, die er mit Phosphor vergiftete, fand er bei 6 die characteristische Fettleber, alle diese 6 Thiere hatten über 3 Tage gelebt. Im ersten Experimente fanden sich die Leberzellen mehr oder weniger mit feinen Fetttröpfchen angefüllt, diese waren oft mehr um den Kern der Zelle gedrängt, bisweilen auch an anderen Stellen der Zellenhöhle. In einzelnen Leberzellen fand *L.* grössere Fetttröpfchen. Die veränderten Leberzellen fanden sich vorzüglich in der Nähe der Leberläppchen, (?) welche den Verzweigungen der Vena portarum nahe lagen, nur einzelne in der Nähe der Vena interlobularis (?) waren fettig degenerirt. — Was die gröbere Anatomie dieser Kaninchenlebern anbetrifft, so fand *L.* die Grösse aussergewöhnlich, der Breitenmesser sollte zugenommen haben, die Färbung war ungleichmässig, indem normale Stellen

---

*) *Virch.* Arch. Bd. XXI.

mit blassgelben abwechselten, endlich war der Blutgehalt ein geringer, die Consistenz eine teigige.

Lewin wendet sich nun weiter zur Erörterung der Frage, wie das Vorkommen der Fettleber und des Icterus zu erklären sei. Hinsichtlich des Icterus zieht *L.* alle denkbaren Möglichkeiten in Betracht. Er ist geneigt, ihn als eine Umwandlung des eigenthümlich zersetzten Phosphorblutes in Gallenfarbstoff anzusehen, verwirft aber diese Ansicht sofort. Mehr Wahrscheinlichkeit habe die Annahme einer mechanischen Behinderung des Gallenabflusses in Folge einer Duodenalentzündung und Verengung der Mündung des Duct. choledochus: 3 mal ist eine Entzündung des Duodenums, 10 mal eine des Dünndarmes angegeben. Indessen vermisst *Lewin* die Angabe über eine strotzend gefüllte Gallenblase. „Sehen wir jedoch", heisst es dann, „von diesen mechanischen Ursachen ab, zu deren Annahme keine irgendwie nachgewiesene tiefere Läsion des Leberparenchyms berechtigt." Auch Störungen im Pfortaderkreislauf werden zurückgewiesen, die Möglichkeit eines behinderten Umsatzes der Gallensäuren im Blute in Betracht gezogen, die Frage, wie Icterus Fettleber und Fettleber Icterus erzeugen könne, erörtert und endlich die Entstehung der Fettleber folgendermassen erklärt: „Der Phosphor wird in das Blut resorbirt: löslich ist er bloss im Fette des Blutserums, welches hierdurch gewiss sehr alterirt wird. Am meisten fetthaltig ist das Pfortaderblut; dieses wird zum Theil mittelst der Galle im Darm, wahrscheinlich im zottenenthaltenden Dünndarm capillarisch resorbirt. Wird diese Resorption gehemmt, wie dies bei den veränderten Resorptionsverhältnissen des so wenig Fibrin enthaltenden dünnflüssigen Phosphorblutes der Fall ist, so wird das Fett sich in der Leber ansammeln müssen." (l. c. p. 542.)

Köhler und *Renz* fassen die Fettleber als eine Hepatitis auf, analog der acuten Leberatrophie; das bei der letztern unbekannte Agens, welches die diffuse Entzündung mit fettiger Infiltration und Zerfall der Zellen einleitet, bestehe bei der Phosphorfettleber im Phosphor selbst, welcher vom Blute in die Lebergefässe und die secernirenden Apparate gelangt. „Von jeder Theorie abgesehen ist die Lokalisation der Phorphorwirkungen in der Leber erwiesen.“ Ausser dieser entzündlichen Reizung der Leber äussert aber der Phosphor auch Wirkungen auf das Blut, in Folge deren die sogenannte Dissolution desselben und das Vorkommen der Ecchymosen und Blutergüsse zu begreifen sind. Der Phosphor kann im Blute eine sogenannte acute hämorrhagische Diathese erzeugen. Am wahrscheinlichsten sei es, dass der Phosphor im Magen und Darm theilweise oxydirt werde und dabei als entzündendes Gift wirke, ein anderer Theil desselben in die Capillaren des Magens und Darmes übergehe. Auch *Lewin* hebt, indem er auf die Theorie der Phosphorvergiftung eingeht, hervor, dass sich neben der lokalen, ätzenden Wirkung des Giftes eine eigenthümliche Blutdissolution (Blutsepsis) entwickele, welche auf die Ernährung der übrigen Organe und Systeme zurückwirkt. Er ist ebenfalls der Ansicht, dass der Phosphor als solcher resorbirt werde. Zwar muss er zugestehen, dass die bisher für diese allgemein verbreitete Annahme angeführten Beweise keineswegs stichhaltig sind, er giebt zu, dass das Leuchten des Athmens bei vergifteten Menschen und Thieren kein Beweis der Resorption sei und erkennt als solchen nur die Angabe von *Casper* an, welcher leuchtende Dämpfe aus der Vagina habe aufsteigen sehen. (!) *Lewin* selbst will nun den Phosphor in der Leber nach der *Mitscherlich*schen Methode nachgewiesen haben. Einem Hunde, der gegen 3 gr. Phosphor bekommen hatte, wurde am 4. Tage, als er auffallend krank zu werden anfing, 1 Pfund Blut entzogen; es zeigte im dunkeln Zimmer nicht im Geringsten ein Leuchten in dem Ableitungsrohre: es war also kein Phosphor vorhanden. Am anderen Tage wurde derselbe Versuch mit der Leber des indess verstorbenen Hundes angestellt und an verschiedenen Stellen des Rohres ein deutliches, wenn auch sehr schwaches Phosphoresciren bemerkt. In welcher Weise sich *L.* davor gesichert hat, dass nicht aus dem Mageninhalte die etwa noch vorhandenen Phosphorpartikelchen an die Leber kommen konnten, ist nicht angegeben. Bei der leichten Möglichkeit eines solchen Unfalles dürfte eine einzelne Untersuchung kaum ausreichen. Noch viel weniger dürfen wir aber die Schlussfolgerung zulassen, dass der Phosphor bereits aus dem Blute verschwunden und nur noch in der Leber vorhanden gewesen, „in demjenigen Organe, in welchem er am meisten seine Wirkung entfaltet.“

Seit *Lewin* hat die Phosphorvergiftung eine ausführliche Bearbeitung nicht erfahren. Das casuistische Material jedoch hat sich später wesentlich bereichert, und auch für die Theorie sind mehrere Beiträge und Untersuchungen geliefert worden. Am meisten wandte sich das Interesse der eigenthümlichen Veränderung der Leber und dem sie begleitenden Icterus zu. Die grosse Aehnlichkeit des Leichenbefundes, ja auch der im Leben beobachteten Symptome zwischen der Phosphorvergiftung und gewissen Formen des schweren Icterus gab der Entdeckung von *Hauff* neben dem forensischen auch ein hohes wissenschaftliches Interesse. *Rokitansky* hatte bereits 1859 drei Fälle von acuter lethaler Leber- und Nierensteatose mitgetheilt, von denen der erste eine Phosphorvergiftung war. Nachdem durch das Experiment der ursächliche Zusammenhang zwischen Fettleber und Phosphorvergiftung festgestellt war, wollte *Wagner* folgern, dass alle derartigen Befunde auf Phosphorvergiftung zu beziehen seien, wenn auch die stattgehabte Vergiftung nicht immer nachgewiesen werden könne. Indessen hat er darin doch mit Recht Widerspruch erfahren (*Wunderlich*). Wir werden weiter unten näher auf die Veränderung der Leber und die darüber aufgestellten Ansichten eingehen, hier sei nur soviel gesagt, dass ihr Vorkommen bei Phosphorvergiftung vielfach durch Beobachtung und Experiment bestätigt wurde.

*Tüngel**) brachte ein reiches Material bei, welches namentlich durch die genauere Beobachtung der Symptome im Leben, einige Temperaturmessungen und dadurch, dass 13 in Genesung geendete Fälle mitgetheilt sind, von grossem Werth für die Geschichte der Phosphorvergiftung ist.

In Frankreich erschien die Arbeit von *Fritz, Banvier* und *Verliac***), welche neben einigen Fällen auch mehrere Experimente an Kaninchen und Katzen beibringen, und ausser der fettigen Degeneration der Leber und Nieren, auch die des Herzfleisches und der Körpermuskulatur erwähnen. Zwar hatte *Wagner****) denselben Befund in einem Falle, den er zur Phosphorvergiftung rechnet, auch bereits angegeben, indess gehört dieser Fall eben zu denjenigen, wo die Vergiftung nicht constatirt werden konnte.

Wir erwähnen sodann die Arbeit von *Mannkopf*†), welcher 3 auf der *Frerichs*'schen Klinik beobachtete Fälle von Phosphorvergiftung mitgetheilt und ihnen theoretische Untersuchungen beigefügt hat. Die Beobachtung der Symptome, der Befund in der Leiche, bieten mehreres Beachtungswerthes, welches wir weiter unten näher hervorheben wollen. Hier sei nur erwähnt, dass *M.* den Process in der Leber ganz dem bei schwerem Icterus vorkommenden gleichstellt, und sich der von *Bright*, *Wedl* und *Frerichs* vertretenen Ansicht anschliesst, wonach es sich um eine parenchymatöse Hepatitis handelt. In seinem

---

*) Bericht des Hamburger Krankenhauses, 1861, Hamb. 1863.

**) De la stéatose dans l'empoisonnement par le phosphore. Arch. génér. 1862, juillet.

***) Zur Kenntniss der Phosphorvergiftung. Archiv der Heilkunde, 1862, p. 359 ff.

†) *Mannkopf.* Beitrag zur Lehre von der Phosphorvergiftung. Wien, med. Wochenschr. Spitalzeitung, 1863, Nr. 26. ff.

zweiten Falle fand *M.* in der Leber auch noch Veränderungen geringen Grades im interstiellen Bindegewebe, so dass er eine diffuse parenchymatöse und interstielle Entzündung der Leber annehmen zu müssen glaubt. Diese, durch den Reiz des Giftes entstanden, habe dann eine ähnliche Nierenaffection in ihrem Gefolge: die Symptome und der endliche Ausgang werden, wie bei der spontanen parenchymatösen Hepatitis (Icterus gravis) theils durch Acholie, theils durch Uraemie erklärt.

Aehnlich ist der Standpunkt von *Liebermeister.**) Auch er zählt die Affection der Leber zur parenchymatösen Entzündung resp. Degeneration; die ganze Dauer der Affection hängt, wie er glaubt, wahrscheinlich nur davon ab, dass die Leber plötzlich in ihrer ganzen Ausdehnung gleichzeitig von der krankmachenden Schädlichkeit betroffen wird. Wie dies vor sich geht, ob der Phosphor als solcher, oder durch seine Verbindung die krankmachende Schädlichkeit sei, darüber lässt sich der Verf. nicht aus; genug, dass eine parenchymatöse Hepatitis vorliegt, und dass sich von der Entzündung eines so wichtigen Organs die mannigfaltigsten Symptome ohne Schwierigkeit herleiten lassen!

Es geht aus dem bisher Erörterten hervor, dass unsere Kenntnisse von der Phosphorvergiftung trotz mancher dankenswerther Arbeiten durchaus nicht genügend sind. Die Thatsache, das der Phosphor schon in kleinen Dosen giftig wirkt, dass er nicht allein durch seine ätzende Einwirkung auf den Magen und Darm, sondern mehr noch nach Art eines narkotischen Giftes nach der Resorption und Aufnahme ins Blut seine characteristischen Wirkungen entfaltet, dass das Blut selbst in irgend einer Weise alterirt ist, endlich dass Icterus und Fettleber häufig dabei zur Beobachtung kommen und im inneren Zusammen-

*) Beiträge zur pathol. Anat. der Leberkrankheiten, 1864.

hang mit der Phosphorwirkung stehen, das sind etwa die bisher gewonnenen Resultate. Allein es fehlt jede Einsicht, wie die verschiedenen Symptome unter sich zusammenhängen und in welcher Weise sie von der Wirkung des Phosphors herzuleiten sind. Bei näherer Ueberlegung möchte man es schon für unwahrscheinlich halten, dass sämmtliche Vergiftungssymptome dem Phosphor als solchem zugeschrieben werden sollten. Denn ein Stoff, der eine so grosse Verwandtschaft zum Sauerstoff hat, wird denselben, sei es aus den Geweben, sei es aus dem Blute schnell an sich ziehen; seine specielle Wirkung müsste also, je feiner vertheilt er war, um so schneller erscheinen und vorübergehen. Allein es tritt gerade das Gegentheil ein: wir sehen die narkotischen Symptome erst nach 2 — 3 Tagen und zuweilen noch später erscheinen. Die Art ferner, wie bisher der Phosphor in der Leber nachgewiesen wurde, schliesst die Möglichkeit der Täuschung nicht aus. Es ist überhaupt nicht recht einzusehen, wie der Phosphor sich im Blute lösen sollte. Dass er in Oelen löslich ist, beweist doch nicht, dass er in dem Blute oder der Lymphe auch löslich ist, deshalb, weil dieselben eine Spur von Fett enthalten.

Unter diesen Umständen schien es zweckmässig zu sein, über den Vorgang der Phosphorvergiftung, welche so viele interessante Erscheinungen darbietet, welche so vielfach ein wissenschaftliches und ein praktisches Interesse erregt, genauere Untersuchungen anzustellen, als bisher geschehen war.

Zweites Capitel.

Die Symptome der acuten Phosphorvergiftung.

Erste Abtheilung.

Experimente.

A. Versuche an Fröschen.

Injection unter die Haut.

Exp. I.

Einem Frosch wurden am 4. Juni ein Paar Tropfen oleum phosphorat. unter die Rückenhaut gespritzt. Derselbe stirbt in der Nacht vom 6. zum 7. Juni. Bei der Section zeigen sich unter der Rückenhaut eine ziemliche Anzahl schwarzer Punkte (Schorfe). Leber ist gross, in den oberen Partien deutlich gelblich.*) Die Zellen sind stark mit Fett gefüllt. Das Herzfleisch zeigt körnige Trübung; auch die Nieren, die sehr hyperämisch sind, zeigen körnigen Inhalt der Epithelien.

---

*) Wir haben uns während der ganzen Dauer unserer Experimente durch vielfach wiederholte Untersuchung gesunder Frösche überzeugt, dass die Lebern derselben von brauner bis schwarzbrauner Färbung waren und die Zellen wohl feinkörniges Pigment, aber kein Fett in dieser Jahreszeit enthielten.

Exp. II.

Einem Frosch wird am 7. Juni ol. phosphor. in den Rücken unter der Haut injicirt. Tod in der Nacht vom 9. zum 10. Juni. Bei der Section sieht man unter dem Rücken einige kleine Schorfe. Leber, die Magen und Duodenum vollständig bedeckt, ist gross. Schnittfläche dunkelgrau, trübe, sehr blutreich. In der Leber reichliche Fettanhäufung von meist gelblichen Fetttropfen. Im Duodenum gelblicher Inhalt. Herzfleisch leicht körnig getrübt, stellenweise grössere Fetttröpfchen enthaltend.

B. Versuche an Kaninchen.

Exp. III.

21. 5. 11 Uhr Vormittags einem ziemlich grossen Kaninchen wird mittelst Katheters Phosphor von 10 Zündhölzchen in einer Emulsion von Eigelb in den Magen eingebracht.

Abends 6 Uhr. Temperatur im Rectum 38,1° C. Kein Harn.

22. 5. Morgens 8 Uhr Temperatur 36,1°. Im Uringlase c. 40 Cc. eines braunröthlichen, trüben, ziemlich stark eiweisshaltigen Harns: das Sediment zeigt ausser phosphorsaurem Kalk, zahlreiche Blutkörperchen und ziemlich viele zellige Elemente. Abends 6 Uhr: Temperatur 35,1°. 60 Respiration. Ziemlich grosser Collapsus. Im Glase c. 5 Ccm. eines fast rein blutigen Harnes, in welchem neben Blutkörperchen zellige Elemente und Cylinder sich zeigen. Kein Icterus der Conjunctiva. Abends 8 Uhr Tod.

Section am 23. 11 Uhr Vormittags. Todtenstarre. Abdomen aufgetrieben. Keine Spuren von Icterus. Muskeln blass. Das aus den grossen Venen fliessende Blut etwas dunkel, mikroskopisch nichts wesentlich Abnormes zeigend. Lungen collabirt, im Allgemeinen blassröthlich, die Pleura durch zahlreiche schwarze Punkte marmorirt. Der untere Lappen der rechten Lunge etwas voluminös, am vorderen Rande des oberen Lappens und am unteren des mittleren eine circa erbsengrosse hämorrhagische Stelle, die namentlich am ersteren Orte circa 1''' weit in die Tiefe eindringt, auf dem Durchschnitt von schwärzlichem Aussehen, von glatter Schnittfläche ist, und an deren hinteren Partien sich eine stark schmierige röthliche Flüssigkeit ausdrücken lässt. Trachea und Oesophagus normal. Herz sehr schlaff; im rechten Ventrikel viel Blut mit reichlichen, etwas trockenen Gerinnseln, beide von dunkel kirschrother Farbe, röthen sich an der Luft ziemlich schnell und vollständig; das linke Herz leer, Herzfleisch blass. In der Bauchhöhle keine abnorme Flüssigkeit. Därme nicht verwachsen. Magen stark zusammengezogen, besonders in der Gegend des Pylorus. In dem letztern reichlicher grauer, mit grünen Speisemassen (Spinat) gemischter Inhalt. Die Schleimhaut lösst sich leicht ab, ist aber im Allgemeinen intact und blass. Nur in dem Pylorustheil reichliche schwarzbraunrothe Punktirung der Schleimhaut, ähnlich wie im Duodenum. Im Duodenum derselbe Inhalt wie im Magen, der Schleim nicht so dünnflüssig: von galliger Beimischung keine Spur. Die Schleimhaut erscheint nach Entfernung des Inhaltes, im Allgemeinen blass, auf derselben sitzen vom Pylorus an bis circa 2½'' nach abwärts reichliche schwarzbraune (blutige) Schorfe von Stecknadelkopfgrösse und mehr: im Allgemeinen sind dieselben in der Quere gruppirt, am sparsamsten zeigen sie sich im obersten halben Zoll des Duodenum. Die Galle entleert sich auf Druck ziemlich leicht. Im oberen Theil des Dünndarms vollständig weisslich-schleimiger Inhalt, vermischt mit Speiseresten. Weiter nach abwärts wird der Inhalt hellgrünlich mit Galle gemengt, noch weiter abwärts dann ganz gallig. — Die Leber hat ein starkgeflecktes Ansehen, ist im Ganzen sehr blass, der scharfe Rand geröthet. Sie ist gross, teigig anzufühlen, die Acini auf der Oberfläche ziemlich gross, nach dem freien Rande zu kleiner: überall die Peripherie beträchtlich blasser als das Centrum. Auf dem Durchschnitt zeigt die Leber ein ziemlich homogenes, blass-graurothes Aussehen, die Grenze der Acini verwischt. die Centralvenen erscheinen als kleine Depressionen. Nieren von normaler Grösse, blassbrauner Farbe, auf dem Durchschnitt starke Hyperämie der Rinde, während die Marksubstanz vollkommen normal ist. Die stärkste Röthung findet sich im Uebergang von Mark- und Rindensubstanz. — Im Uterus kleine Fötus.

Mikroskopisch zeigt die Musculatur des Herzens eine äusserst starke Trübung durch dicht aufliegende dunkle Körner, welche nach Zusatz von Essigsäure nicht verschwinden. Die Querstreifung zum Theil noch erkennbar. — Die willkürlichen Muskeln zeigen ein normales Aussehen. Die Leberzellen erscheinen unter dem Mikroskop fast schwarz und undurchsichtig, angefüllt mit äusserst zahlreichen Fetttropfen, die Contouren der Zellen sind noch erhalten. Nach dem Zusatz von Essigsäure werden sie etwas blasser, bleiben aber im Wesentlichen unverändert. Diese Veränderung nimmt die Acini vollständig und überall in gleicher Intensität ein. — Auch die Nierenepithelien enthalten zahlreiche Fetttröpfchen. In den abgestreiften Massen zahlreiche Krystalle von phosphorsauren Kalksalzen, die sich in Essigsäure ohne Gasentwicklung lösen.

Exp. IV.

Am 23. 5. wird einem mittelgrossen männlichen Kaninchen, das kurz vorher 37,9° Temperatur im Rectum hat, Phosphor von fünf Streichhölzern in Emulsion in den Magen injicirt. Nachmittags 6 Uhr: Temperatur 38,0° circa 10 Ccm. normalen Kaninchenharns.

24. 5. Morgens 8 Uhr Temperatur 36,6°. Abends 6 Uhr wird dem Thiere von Neuem der Phosphor von fünf Streichhölzern injicirt.

25. 5. Morgens normaler Kaninchenharn, um 9 Uhr

Temperatur 37,0. Abends $6\frac{1}{2}$ Uhr Temperatur 36,8°. Harn normal.

26. 5 Morgens $9\frac{1}{2}$ Uhr Temperatur 36,5°, das Kaninchen ist anscheinend ganz wohl. Am 29. Morgens Temperatur 37,4. Das Kaninchen befindet sich ganz wohl. Am Abend des 30. wird dem Thiere von Neuem der Phosphor von 10 Streichhölzern beigebracht.

31. 5. Morgens 10 Uhr Temperatur 37,2. Harn blutroth alkalisch, sparsam. Mikroskopisch sind in demselben keine Blutkörperchen zu entdecken, das Filtrat ist blutroth, sehr reich an Eiweiss. Abends Temperatur 36,6. Harn heller, intensiv gelb, kein Eiweiss, deutliche, schwache Gallenfarbstoffreaction.

1. 6. Morgens von Neuem der Phosphor von zehn Streichhölzern, ohne in dem Befinden des Kaninchen eine wesentliche Aenderung hervorzubringen.

Am 2. 6. wird dem Kaninchen 1 Drachme Oleum phosphoratum in den Magen gebracht; zwei Stunden darauf ist es todt.

Section. Aus den grossen Venen ragen auf dem Durchschnitt feste schwarze Thromben hervor; im rechten Herzen schwarze nicht adhärente Gerinnungen. Linkes Herz leer; im linken Vorhof Gerinnsel, Blutkörperchen intact. In der rechten Lunge findet sich ein ziemlich grosser keilförmiger Heerd, dessen Oberfläche ein etwas geflecktes Aussehen zeigt; auf dem Durchschnitt ist das Gewebe graubraun, luftleer, ziemlich derb, in dem zuführenden Stamme der Pulmonalarterie findet sich nur ein loses Gerinnsel; auch in der linken Lunge ein kleiner erbsengrosser ziemlich scharf umschriebener Heerd von derberer Beschaffenheit und graubrauner leicht körniger Schnittfläche. — Im Dickdarm gutgefärbte Kothmassen; im unteren Theile des Dünndarms Inhalt dünnschleimig hellgrün, weiter nach oben findet sich nur grauweisser dünnschleimiger Inhalt; auch im Duodenum schmutziggrauer, schleimiger Inhalt; hier noch deutlicher Phosphorgeruch. Im Fundus des Magens ziemlich lebhafte Röthung, im Pylorustheil ist die Schleimhaut in grosser Ausdehnung mit dichtgedrängten, schwarzbraunen, punktförmigen Schorfen besetzt; im Duodenum zeigt sich nichts Derartiges. Die Leber verhält sich äusserlich normal, ist auf dem Durchschnitt von braunrother Farbe; aus den Lebervenen ragen hie und da ziemlich derbe schwarze frische Gerinnsel hervor. Mikroskopisch zeigen die Leberzellen eine reichliche feinkörnige Trübung. Herzfleisch normal. Nieren etwas hyperämisch in der Rinde, Marksubstanz blass. Epithelien ziemlich normal.

Exp. V.

Einem Kaninchen werden am 6. Juni Abends 1 C. C. ol. phosphoratum (schlechtes Präparat) in den Magen gespritzt, ohne Spur von Erscheinungen zu machen; auch der Harn enthält kein Eiweiss. Am 8. Juni wird eine Injection von 3 C. C. desselben Präparats wiederholt. Am 9. Morgens ist das Thier todt. Der in der Blase befindliche Urin ist gelb, eiweisshaltig. Das Herz fest zusammengezogen. Der rechte Vorhof voll geronnenen Blutes, das rechte Herz leer, im linken Vorhof und in der vena cava inf. gute Gerinnsel. Das Blut hat eine dunkle Farbe, röthet sich an der Luft. Im Magen nichts Abnormes. Im Duodenum einige punktförmige Schorfe. Hier sowohl, wie fast im ganzen Dünndarm dünnschleimiger grauer Inhalt ohne Spur galliger Beimischung. Die Leber äusserlich von normalem Aussehen, die Nieren blass. Bei der mikroskopischen Untersuchung sind die Leberzellen reichlich mit ziemlich grossen Fetttropfen erfüllt; die Epithelien der Nieren zeigen eine sehr feinkörnige Trübung, eine eben solche zeigt auch das Herzfleisch.

Exp. VI.

Einem kleinen Kaninchen wird am 11. Juni Vormittags der Phosphor von zehn Streichhölzern in einer Emulsion in den Magen gebracht. Abends 7 Uhr stirbt dasselbe unter Convulsionen. Bei der gleich nach dem Tode vorgenommenen Section ist das Blut schwarz, dünnflüssig. Leber von normalem Aussehen. Im Duodenum galliger Inhalt; die Duodenalschleimhaut vollkommen normal. Im Magen, namentlich in der Nähe des Pylorus, zahlreiche Schorfe und starke Injection der Schleimhaut. Der Harn in der Blase eiweisshaltig, trübe, enthält zahlreiche Nierenepithelien. Bei der mikroskopischen Untersuchung sind die Leberzellen sehr stark feinkörnig getrübt (feine Fettkügelchen); auch die Epithelien der Niere zeigen eine leichte körnige Trübung. Herzfleisch normal.

Exp. VII.

Einem Kaninchen wird am 12. Juni früh der Phosphor von zehn Streichhölzern, wie oben, in den Magen injicirt. Am 13. Juni Nachmittags ist der Harn normal, ohne Eiweiss. Am 14. früh erhält das Kaninchen von Neuem den Phosphor von acht Streichhölzern in einer mit Gelbei gemachten Emulsion. Nachmittags 3 Uhr ist das Thier todt. Das Blut ist bei der Section sehr dünnflüssig, das Herz schlaff, leer. Die Leber anscheinend normal. Mageninhalt sehr stark sauer reagirend auch noch im Beginn des Duodenum. Dieses stark geröthet; in ihm grauschleimiger Inhalt, der erst weiter unten im Dünndarm eine gallige Farbe annimmt. Nieren zeigen makroskopisch nichts besonders Abnormes. Mikroskopisch sind die Leberzellen mit feinkörnigem Inhalt durchsetzt, auch die Epithelien der Niere zeigen sich etwas getrübt. Herzfleisch normal.

Exp. VIII.

Am 15. Juni früh 10 Uhr wird einem Kaninchen der Phosphorgehalt von zwölf Streichhölzern injicirt. Tod Nachmittags 5 Uhr. Bei der sofort gemachten Section pulsirt das Herz noch schwach (Vorhofscontractionen). In beiden Vorhöfen dunkle Gerinnsel. Blut dunkel, dünnflüssig. In der Leber körnige Trübung. Duodenal-Schleimhaut geröthet; in demselben kein galliger Inhalt, der erst weiter unten im Dünndarm beginnt.

Exp. IX.

Einem grossen Kaninchen wird am 17. Juni früh der Phosphor von zehn Streichhölzern in den Magen gebracht. Am Abend verfällt das Thier in tiefen Sopor, der ab und zu mit Convulsionen abwechselt. In der Nacht vom 17. zum 18. stirbt das Thier. In der Blase gelber, stark eiweisshaltiger Urin. Blut dunkel. Im Duodenum und oberen Theile des Dünndarmes kein galliger Inhalt. Im Duodenum einige schwarzgraue Flecke, die sich auch auf der Magenschleimhaut am Pylorus finden. Die Leber fleckig mit gelbweissen und blaurothen Stellen. Die Nieren etwas dunkler als normal. Bei der mikroskopischen Untersuchung enthalten die Leberzellen eine geringe Menge eines körnigfettigen Inhalts. Nierenepithelien nicht verändert.

Exp. X.

Einem Kaninchen werden am 25. Juni, nachdem ihm bereits einige Tage vorher Injectionen mit Phosphor von Streichhölzern (wie sich später herausstellte, schlechtes Präparat) ohne irgend welchen Erfolg gemacht waren, Vormittags 11 Uhr 1½ C. C. ol. phosphor. (frisches Präparat) in den Magen gebracht. Um 3 Uhr fanden wir das Kaninchen auf der Seite regungslos liegen, es lässt sich nach allen Richtungen hin ohne irgend wie darauf zu reagiren, drehen und wenden, auch sind starke Reize nicht im Stande, es aus dem tiefen Coma, in dem es sich befindet, zu erwecken. Die Pupillen sind weit, das Auge reagirt auf Berührung. Die Respiration ist bedeutend verlangsamt und ungleichmässig, die Pulsfrequenz vermindert. Zehn Minuten nachher immer noch in derselben ausgestreckten Lage, Kopf nach hinten, fängt das Thier plötzlich an stark zu schreien, hält mit dem Schreien circa 5 Minuten an und bleibt dann weiter in dem früheren comatösen Zustande liegen — keine Spur von Sensibilität — bis Abends 10 Uhr, wo es zuletzt beobachtet wurde. Um diese Zeit hatte es 60 Respirationen und 60 Pulse. In der Nacht vom 25. zum 26. erfolgte der Tod. Bei der Section ist das Blut dunkel, die Leber von etwas blassbraunem Aussehen. Im oberen Theil des Dünndarms grauer Inhalt, weiter unten gallig. Auf der Magenschleimhaut und dem oberen Theil des Duodenum einzelne Schorfe. Im Herzen zahlreiche Gerinnsel, der linke Ventrikel leer. Urin nicht vorhanden. Bei der mikroskopischen Untersuchung sind die Leberzellen voll mit feinkörnigen bis stecknadelkopfgrossen Fettkügelchen; das Herzfleich zeigt eine Spur von körniger Trübung.

Exp. XI.

Einem Kaninchen wird am 26. Juni Vormittags 1 C. C. ol. phosphor. in den Magen injicirt. Am Abend ist der Urin gelb, trübe, enthält einzelne Cylinder, kein Blut, aber Eiweiss. Tod in der Nacht vom 27. zum 28. Juni. Bei Eröffnung des Thorax das linke Herz leer, Blut dunkel. Leber etwas blass. Nieren äusserst stark hyperämisch, namentlich auch in der Marksubstanz. Im Duodenum zahlreiche dunkle, fleckige Schorfe; hier, wie im oberen Theile des Dünndarms grauer Inhalt. Bei der mikroskopischen Untersuchung sind die Leberzellen mit zahlreichen zum Theil grossen Fetttropfen angefüllt, die Harnkanälchen zeigen eine leichte körnige Trübung, Herzfleisch normal.

Exp. XII.

Am 26. Juni werden einem Kaninchen 1½ C. C. ol. phosphor. in den Magen injicirt. Der Urin am 27. Juni ist stark eiweisshaltig. Am 28. Juni Vormittags ist das Kaninchen todt. Bei der Section zeigen die Lungen auf der Oberfläche zahlreiche punktförmige und confluirende Ecchymosen, ihre Schnittfläche ist sehr dunkel und blutreich, zum Theil etwas derb und wenig lufthaltig. Das Blut im rechten Herzen dunkel, locker geronnen. Im Fundus des Magens ziemlich zahlreiche schwarze Flecke, mässige Röthung. Im Duodenum: Schleimhaut vollkommen normal, galliger Inhalt. Leber auffallend blass, hellbraunröthlich, auf der Schnittfläche milchige Trübung. Acini gross und verwischt. Nieren stark geröthet. Urin in der Blase enthält sehr viel Eiweiss. Die mikroskopische Untersuchung ergiebt im Herzfleisch feinkörnige Trübung. Die Harnkanälchen sind mit körnigem Inhalt gefüllt, ausserdem sind in ihnen zahlreiche mit Fettkörnchen durchsetzte Cylinder. Die Glomeruli stark mit Blut gefüllt. Die Leberzellen sind mit zahlreichen zum Theil ziemlich grossen Fetttropfen erfüllt, wodurch der ganze Schnitt trübe, undurchsichtig wird.

Exp. XIII.

Einem Kaninchen wird am 3. Juli Abends 1. C. C. ol. phosphor. in den Magen gebracht. Die Temperatur ist am Abend 37,9. Der Harn am anderen Tage eiweisshaltig, enthält einige Cylinder, kein Blut. Am Nachmittage tritt bei dem Kaninchen tiefes Coma ein (Temperatur 36,4), in welchem das Kaninchen bis zu seinem Tode, der in der Nacht vom 4. zum 5. Juli erfolgt, bleibt. Bei der Section findet sich im Duodenum und oberen Theil des Dünndarms milchiger Inhalt mit Speiseresten untermischt, keine Galle. Im Magen, namentlich nach dem Fundus zu zahlreiche, stecknadelkopfgrosse Schorfe. Mageninhalt riecht etwas nach Phosphor. Das Duodenum ziemlich stark geröthet. Bei der mikroskopischen Untersuchung zeigen die Leberzellen zahlreiche grössere und kleinere Fetttröpfchen; in den Nierenepithelien sehr geringe körnige Trübung; im Herzen dagegen massenhafte kleinkörnige Fettdegeneration.

Exp. XIV.

Einem Kaninchen wird am 3. Juli Abends 1 C. C. Oleum phosphorat. in den Magen gebracht. Temperatur Abends 38°. Harn am 4. Morgens spärlich, eiweisshaltig. Temperatur 37,2. Nachmittags am 5. Juli erfolgte der Tod. Bei der Section finden sich im Magen kleine Schorfe in zahlreicher Menge. Im Duodenum galliger Inhalt, die Schleimhaut desselben ganz normal. Leber hellgelbroth, weich, teigig. Nieren äusserst blutreich, gross. Urin in der Blase eiweisshaltig. Die Leberzellen erscheinen bei der mikroskopischen Untersuchung dunkel, zum Theil zerfallen, dicht angefüllt mit theilweise sehr grossen Fetttropfen. Einige Nierenkanälchen sind mit stark fettigen Epithelien gefüllt, die Glomeruli stark injicirt. Herzfleisch normal.

Exp. XV.

Am 27. November v. J. wird einem mittelgrossen Kaninchen der Phosphor von acht Streichhölzern in einer Ei-Emulsion in den Magen gebracht. Am 28. ist der Urin normal. Am 29. Morgens circa 25 C. C. eines icterisch gefärbten Urins, in dem Gallenfarbstoff sich deutlich nachweisen liess, ebenso wie ein geringer Gehalt an Eiweiss. In dem Sediment neben Tripelphosphaten und phosphors. Kalk eine ziemliche Anzahl gelblich gefärbter Epithelzellen und einzelne spärliche Cylinder. Am 30. Morgens 25 C. C. eines stark icterischen eiweisshaltigen Harns, mit demselben Sediment, wie Tags vorher. Am 1. December schwindet die icterische Färbung des Harns, am 2. enthält derselbe keine Spur von Eiweiss. Am 6. December erhält das Kaninchen eine neue Injection mit Phosphor von zwölf Streichhölzern ebenfalls in einer Ei-Emulsion. Am 9. Morgens sind in dem spärlichen Harn Eiweiss und gelbröthlich gefärbte Faserstoffcylinder. Nachmittags enthält der frischgelassene dunkle Harn viele Blutkörperchen, Eiweiss und nur sehr wenige Cylinder, zeigt auch Gallenfarbstoffreaction. Am 10. Morgens ist das Kaninchen todt. Bei der Section findet sich exquisite Fettleber, hellgelb, weich; Nieren sehr blutreich. Starke Injection des Magens und oberen Theil des Duodenum. Die Leberzellen mit dichtgedrängten zum Theil grösseren Fettkügelchen angefüllt, die Glomeruli in der Niere stark gefüllt, die Nierenepithelien nur feinkörnig getrübt. Herzfleisch normal. Schnitte aus der in Alkohol gelegten Niere zeigen eine geringe Vermehrung und Wucherung jungen Bindegewebes in den Interstitien.

Injection in den After.

Exp. XVI.

Am 6. Juni werden einem kleinen Kaninchen 1 C. C. Ol. phosphor. mittelst Katheter in den After injicirt. Da das Kaninchen bis zum 8. Abends keine Erscheinungen zeigt, so erhält es auf demselben Wege noch 3 C. C. (schwaches Präparat). Am Morgen des 9. ist es todt. Der Urin in der Blase ist schwach eiweisshaltig. An der Curvatur des Mastdarms steigen aus der Bauchhöhle Phosphordämpfe hervor. Peritonitis. Im Dünndarm schwach galliger Inhalt, der auch im Duodenum vorhanden ist. Die Leber ist mit feinkörnigem Inhalt erfüllt. Im Herzen gut geronnenes Blut.

Versuche mit nachträglicher Darreichung von Magnesia.

Exp. XVII.

Einem grossen Kaninchen wird am 6. Iuli Abends 1 C. C. Ol. phosphor. in den Magen injicirt und dieser Injection sofort eine solche von Magnes. hydrico-carb., gelöst in einer Unze doppelt kohlensauren Magnesia-Wassers, nachgeschickt. Am 7. Juli Abends ist das Thier ganz munter. Es erhält eine neue Portion doppelt kohlensauren Magnesia-Wassers. Am 9. Juli Nachmittags stirbt es. Bei der Section findet sich im Duodenum etwas Röthung der Schleimhaut, grauer Inhalt im Duodenum; im Magen in der Nähe des Pylorus sehr viele ganz kleine Schorfe. Leber teigig, weich, hellbräunlichgelb. Nieren in der Corticalis stark geröthet. Die Leberzellen sind bei der mikroskopischen Untersuchung mit zahlreichen grossen und kleinen Fetttröpfchen erfüllt, die Zellen selbst im Ganzen noch gut erhalten. Die Nierenepithelien etwas getrübt, Herzfleisch nicht abnorm.

Exp. XVIII.

Am 7. Juli Abends wird einem schwächlichen Kaninchen 1 C. C. Ol. phosphor. in den Magen und gleichhinterher ebenfalls eine Portion Magn. hydr.-carb. in doppelt kohlensauren Magnesiawasser injicirt. Das Thier stirbt in der Nacht vom 8. zum 9. Juli. Bei der Section findet sich in der Blase ein stark eiweisshaltiger Harn. Blut dunkel. Im Herzen starke Gerinnsel; der linke Ventrikel leer. Im Magen etwas Röthung, im Duodenum neben dieser zahlreiche kleine Schorfe. Die Leber ist eine exquisite hellgelbe Fettleber. Im Duodenum und oberen Theil des Dünndarms grauer Inhalt. Nieren stark geröthet. Bei der mikroskopischen Untersuchung zeigt sich massenhafte Fettanhäufung in den Leberzellen, ebenso sind die Nierenepithelien stark getrübt, auch im Herzfleisch lässt sich eine feinkörnige Trübung nachweisen.

C. Versuche an Hunden.

Exp. XIX.

Phosphorvergiftung beim Hunde.

Ein kräftiger Hund erhält am 25. Juni circa 1 Drachme Phosphorpaste (enthaltend circa $2\frac{1}{2}$ gr. Phosphor) mit Fleisch und Milch. Eine Stunde nachher wiederholtes Erbrechen, mit dem zuletzt nur schleimige Massen entleert wurden. Am 26. Juni ab und zu Erbrechen. Am 27: Seit gestern hat der Hund fortwährend kurze klonische Muskelzuckungen, am stärksten in den Kopfmuskeln, Schultermuskeln und in den Vorderbeinen, so dass er während des Stehens fortwährend etwas einknickt. Auch beim Liegen dauern diese Zuckungen fort, und bewirken namentlich kurze Hin- und Herbewegungen des Kopfes. Der Hund frisst nichts, ist sichtlich magerer geworden. Er liegt viel, sieht traurig aus. Im Urin nichts Besonderes. Am 29. Morgens bekommt er eine neue ebenso grosse Portion Phosphor, von der er jedoch nnr sehr wenig nimmt. Am Abend dieses Tages ist der Urin etwas icterisch aussehend, enthält Gallenfarbstoff, kein Eiweiss. Gleich nachdem der Hund am 29. von der zweiten Dosis etwas genommen hatte, tritt wieder Erbrechen ein, das sich auch am folgenden Tage wiederholt. Die Zuckungen dauern anhaltend fort und haben sich auch auf die Rückenmuskeln und die Hinterextremitäten ausgedehnt. Conjunctiva icterisch gefärbt. Am 30. Juni ist der Harn stark icterisch, enthält Gallenfarbstoff und etwas Eiweiss. Eine Portion des Harnes wird eingedampft, mit Alkohol ausgezogen, das Filtrat eingedampft, in Wasser gelöst, mit Bleiessig gefällt, der Rückstand mit heissem Alkohol ausgezogen, sodann das Filtrat mit kohlensaurem Natron zerlegt, eingedämpft und mit absolutem Alkohol behandelt. Der durch Eindampfen erhaltene Rückstand giebt deutliche modificirte *Pettenkofer*'sche Reaction auf Gallensäuren. — Der Hund frisst nichts, magert stark ab, liegt im stetigen Sopor da. Die Muskelzuckungen halten auch im Schlafe fortwährend an. Am 5. Juli fängt er sich wieder etwas zu erholen an, frisst auch etwas. Stuhl selten, Faeces hart, sollen zuweilen grau aussehen. Der Urin bleibt immer icterisch; der Eiweissgehalt nimmt zu. Eine neue Portion Harn in obiger Weise auf Gallensäuren geprüft, giebt wieder deutliche Reaction. Am 8. früh bekommt der Hund eine neue Portion Phosphor durch die Kanüle in den Magen. Gleich nachher Erbrechen, dann wieder heftigere Zuckungen in allen Muskeln. Nachmittags 4 Uhr todt.

Section am 9. Juli früh. Das Thier ist sehr stark abgemagert. Die Conjunctivae gelb. Unterhautzellgewebe icterisch. Lungen stark collabirt, Pleurasäcke leer. Im Herzbeutel wenig icterische Flüssigkeit. Herz mässig gross. Blut dunkel, in den Vorhöfen und im rechten Herzen dunkle Gerinnsel. Der linke Ventrikel fast leer. In der linken Lunge am scharfen Rande eine blutige Suffusion, eine eben solche am unteren und mittleren Lappen der rechten; das Blut in der abgeschnittenen Vene dunkel, geronnen, auch in der Aorta etwas Gerinnsel. Magen ziemlich klein, Darm von aussen stark zusammengezogen, überall weisslich blass. Im Duodenum ganz frischer Erguss von reiner mit keiner Spur von Chymus gemischter Galle, welcher mit schnell abnehmender Intensität etwa 6 Zoll herunterreicht (vorher war die Leber herausgeschnitten worden!), weiter abwärts grauschleimiger Inhalt ohne Spur von galliger Beimischung und zwar erstreckt sich diese Beschaffenheit bis zur Mitte des Dünndarms, wo sich sparsame breiige Massen von hell gelblicher Farbe finden, weiter abwärts war der Inhalt wieder vollständig grau ohne jede Spur von galliger Beimischung, dann kommen wieder Stellen mit leicht grünlicher Färbung, im Coecum dunkelgrüngefärbte Stellen, weiter abwärts im Rectum dünne, dunkelgrüne Massen. Im Magen dünnschleimige Flüssigkeit. Schleimhaut im Allgemeinen intensiv geröthet; an einzelnen Stellen auf der Höhe der Falten eine dunkelbraunrothe Färbung zum Theil in's Schwärzliche spielend, jedoch ist hier eine eigentliche Schorfbildung nicht zu erkennen. Am Uebergang zum Pylorustheil ist die Oberfläche der Schleimhautfalten schmutzigbräunlich gefärbt, dazwischen fleckige Röthung. Im Anfangstheil des Duodenum starke Ulceration, starke fleckige Röthung, dazwischen mehrere zum Theil fast einen Zoll lange längsverlaufende Substanzverluste, die nicht ganz bis auf die Muskelhaut eindringen und mit lebhaft gerötheten Rändern mit weisslichem Grunde versehen sind; nirgends auf der Schleimhaut Schorfe. Weiter unten keine Substanzverluste, dagegen ist die

Schleimhaut aufgelockert, intensiv geröthet und mit ziemlich fest anhaftendem grauen Schleime bedeckt. Die intensive Röthung der Schleimhaut erstreckt sich tief hinein in den Dünndarm, ab und zu sind dort einige sechsergrosse Substanzverluste, die fast bis auf die Muskelhaut reichen; weiter abwärts nimmt die Röthung ab, wird mehr inselförmig — auch hier haftet an der Oberfläche ein grauer Schleim — und reicht etwa bis zum untern Drittel des Dünndarms, wo ungefähr die gallige Färbung des Inhalts beginnt. Leber ziemlich gross, intensiv icterisch. Gallenblase stark gefüllt. Die Oberfläche der Leber von buntem Aussehen, die Mitte der Acini stark geröthet, gegen die blassgelbliche Peripherie abstechend. Auf dem Durchschnitt dasselbe Ansehen; in dem gelblichen Grunde treten die punkt- und strichförmigen Gefässe hervor. Das Blut in den Lebervenen dunkel, gut geronnen. Milz klein, schlaff. Nieren gross, namentlich in der Rinde blutreich; Uebergang der Rinde in die Marksubstanz leicht icterisch.

Die mikroskopische Untersuchung ergiebt, dass es sich um eine exquisite Fettleber handelt. Die Leberzellen sind zwar meist noch gut erhalten, aber mit grossen und kleinen Fetttropfen dicht erfüllt, die Kerne sind meist nicht zu sehen, in den Zellen reichliches Gallenpigment, auch freies gelbes stäbchenförmiges Pigment zwischen den Zellen. Die Nierenepithelien zeigen sich stark feingetrübt, doch ist der Fettinhalt im Ganzen nicht bedeutend. Im Herzen feinkörnige fettige Trübung der einzelnen Muskelfasern. Auch in dem Pectoralismuskel zeigt sich mikroskopisch sehr exquisite fettige Degeneration einer ziemlich grossen Zahl von Muskelfasern.

Leber und Blut auf das Sorgfältigste vor jeder Berührung mit anderen Theilen geschützt, werden zur Untersuchung auf Phosphor in getrennte Gefässe gebracht.

Exp. XX.

Ein kleiner Hund wurde am 15. Juni mit Phosphor

vergiftet, indem er Fleisch mit Phosphorlatwerge gemischt, zu fressen bekam. Alsbald trat Erbrechen ein, das sich weiterhin sehr oft wiederholte. So oft der Hund irgend eine Nahrung zu sich nahm, trat sofort das Erbrechen ein. Das Thier war dabei etwas traurig und stille, schien jedoch im Ganzen wenig leidend. Am 13. Juni konnte im Harn zum ersten Male eine Spur von Gallenfarbstoff nachgewiesen werden. Am nächsten Tage (16. 7.) zugleich Gallenfarbstoff und ein schwacher Eiweissgehalt. Der Urin war übrigens ziemlich reichlich, klar, gelbroth, der Schaum icterisch. Der Hund war matt, lag meist stille, frass nichts. Am 18. 7. wurde er todt gefunden.

Obduction um 10 Uhr Vormittags. Starke Leichenstarre. Mässige Abmagerung. Die Zunge liegt fest zwischen den Zähnen der rechten Kieferseite eingeklemmt, von dem entsprechenden Mundwinkel läuft ein Streifen geronnenen Blutes zum Ohre herab, woselbst sich ein grösserer runder Fleck von geronnenem Blute befindet. (Der Hund hatte nach seinem Tode auf der rechten Seite gelegen.) Auch die Zähne und das Zahnfleisch der rechten Seite sind mit schmierigen schwärzlichen Blute befleckt. Die Conjunctivae sind leicht icterisch. Das Herz ist ziemlich stark zusammengezogen, mässig gross, beide Ventrikel sind fast leer, sie enthalten nur eine kleine Menge schmierigen, nicht geronnenen Blutes, gar keine festen Gerinnsel. Das Herzfleisch ist braunroth von guter Consistenz. Auch in den grossen Gefässen findet sich nur dünnflüssiges, schwarzes Blut, das sich an der Luft alsbald röthet. — Die linke Lunge ist blass, die rechte dunkel, hyperämisch und blutig suffundirt, ebenso die Pleura mediastinalis, sowohl das rechte, wie das linke Blatt derselben.

Die Därme sind eng, zusammengezogen. Der Magen klein. Das Mesenterium zeigt um den Kopf des Pancreas herum, dicht neben der Concavität des Duodenum ausgebreitete, schwärzliche, blutige Suffusion.

Im Magen zeigt sich ein schwärzlichrother, dünner Inhalt, die Schleimhaut ist nur am Pylorus-Theil fleckig geröthet. Im Duodenum findet sich äusserst starke Röthung und Schwellung der stark blutig suffundirten Schleimhaut, am oberen Theile sieht man einige kleine Schleimhautgeschwüre, bis zu Erbsengrösse, welche nicht einmal ganz bis auf die Muscularis dringen: ihre Umgebung ist lebhaft geröthet und theilweise hämorrhagisch gefleckt. Der sparsame Inhalt des Duodenum ist schleimig, zähe, dunkelschwarzroth, ohne eine Spur von galliger Beimischung. Die stärkste Röthung und hämorrhagische Beschaffenheit zeigt das Duodenum in seinem unteren Theile, von da ab nach dem Ileum zu nimmt die Röthung und Schwellung der Schleimhaut ziemlich schnell ab. Weiterhin zeigt die Schleimhaut keine erhebliche Veränderung. Der sparsame zähschleimige Inhalt ist aber fast überall schmutzigbraunroth und im Allgemeinen ohne jede Beimischung von Galle. Nur hie und da finden sich gleichsam Inseln von breiigen schmutzig grauen Massen eingestreut; weiter nach dem untern Theil des Ileum zu werden diese breiigen, gallig gefärbten Massen reichlicher und continuirlich, während der blutige Inhalt spärlicher wird und endlich verschwindet. Im Dickdarm finden sich spärliche, gelbe, ziemlich consistente Faecalmassen.

Die Leber ist ziemlich gross, von auffallend blasser und gelber Farbe und von teigiger Consistenz. Die Oberfläche zeigt auf der Convexität dicht unter dem Uebergang des Peritonaem vom Zwerchfell auf die Leber und am Lig. suspensor. ziemlich reichliche, theilweise confluirende, theilweise vereinzelte schwarzrothe Suffusionen. Die Acini sind ziemlich klein, ihre Grenze verwischt, die Centralvenen als kleine röthliche Pünktchen zu erkennen. Auf dem Durchschnitt dasselbe blassgelbe Ansehen, dieselbe Beschaffenheit der Acini. Gallenblase stark gefüllt, Galle mässig dünnflüssig. — Milz nicht vergrössert, Nieren gross, sehr dunkel, auf dem Durchschnitt ziemlich lebhafte Röthung der Rinden und Marksubstanz.

Mikroskopisch zeigte die Leber den höchsten Grad der fettigen Degeneration: Die einzelnen Zellen erscheinen unter dem Mikroskop schwarz wie Fettkörnchen-Conglomerate, erfüllt mit äusserst zahlreichen grössern und feinern Fetttropfen. Von den Kernen ist nichts zu erkennen. Alle Regionen der Läppchen sind in gleicher Weise an der Fettdegeneration betheiligt. Im Allgemeinen sind die Zellen gut erhalten, doch sieht man im Gesichtsfelde ziemlich viel freie Fetttropfen und auch feine Kerne der Leberzellen herumschwimmen.

Die Nierenepithelien sind in ziemlich hohem Grade mit feinen Fetttröpfchen erfüllt.

Die Muskelfibrillen des Herzens zeigen reichlichen feinkörnigen Inhalt, wie bei geringen Graden fettiger Degeneration, und zwar zeigen sich alle gleichmässig betheiligt. Auch die Muskelfasern der Bauchmuskeln zeigen leichte körnige Trübung bei deutlicher Querstreifung.

Exp. XXI.

(Phosphorvergiftung mit nachträglicher Darreichung von Magnesia.)

Am 16. Juli wurde der mittelgrosse, kräftige Hund in der gewöhnlichen Weise mit Phosphor vergiftet. Gleich nach der Einnahme des Giftes erhält er ein Gemenge von Magn. carb. mit kohlensaurem Magnesiawasser nachgespritzt und seitdem alle Morgen wieder eine Dosis (℈j) von Mag. carb. mit Wasser gemengt. Nach der ersten Vergiftung trat Erbrechen ein, seitdem aber nicht mehr. Im Ganzen war das Thier etwas traurig, doch war ihm nichts weiter anzusehen. Am 19. 7. frass es etwas angebotene Wurst, später in seinem Kasten noch mehr. Der an diesem Tage aufgefangene Urin war ziemlich reichlich, klar, gelbroth, enthielt etwas Eiweiss und gab deutliche Gallenfarbstoffreaction.

Am nächsten Morgen (20. Juli) wird der Hund todt gefunden.

Obduction um 11 Uhr. Starke Todtenstarre. Keine wesentliche Abmagerung. Kein Icterus der Conjunctiva. Das Zellgewebe des Mediastinum ant. ist durch blutige Infiltration etwa bis zur Höhe des Corp. sterni schwarzbraun, auch auf dem obern Theil des Pericardium finden sich äusserlich noch ziemlich zahlreiche, grössere und kleinere Hämorrhagien. Nach Eröffnung des Pericardium sieht man ähnliche kleinere, in nicht geringer Zahl auf dem Visceralblatt des Pericardium dicht unterhalb der Ursprünge der Aorta und Pulmonalarterie. Das Herz ist mässig gross, etwas schlaff, in seinen Höhlen nur sehr wenig dünnes, schwarzes Blut ohne Gerinnsel: das Herzfleisch ist ungewöhnlich blass und brüchig.

Die Harnblase ist ausgedehnt, in der Gegend des Scheitels zeigt sich unterhalb des Peritonaealüberzuges eine ausgedehnte, schwarzrothe, blutige Suffusion. Der Urin ist gelbröthlich, etwas trübe, schwach eiweisshaltig.

Im Magen findet sich ziemlich viel schwärzliche Flüssigkeit, untermischt mit schwarzen Flocken. Im Duodenum gerade an der Einmündungsstelle des Duct. choledochus zeigt sich ein offenbar frischer, mit dem Inhalt des Darmes ganz unvermischter Erguss von Galle; bei dem leisesten Druck auf die ziemlich stark gefüllte Blase entleerte sich die Galle aus dem Gallengange in den Darm und zeigt ganz dieselbe Beschaffenheit, wie der vorgefundene Erguss. Sonst findet sich im ganzen Darm von oben bis unten keine Spur von galliger Färbung des Inhaltes. — Das Duodenum zeigt vom Pylorus an eine sehr starke geschwürige Zerstörung. Zahlreiche, meist längs-gerichtete schmale Ulcerationen von $\frac{1}{8}$ — $\frac{1}{2}$" Länge mit blassem weisslichen Grunde, zwischen der gerötheten, hämorrhagischen, geschwellten Schleimhaut gelegen, geben dem ganzen Darmstück ein marmorirtes Aussehen. Nirgends liegt auf dem Geschwürsgrunde die Muscularis frei. Die übrig gebliebene Schleimhaut ist stark geschwellt und hämorrhagisch geröthet, namentlich auf der Höhe der Schleimhautfalten. Am untern Ende des Duodenum hören die Ulcerationen auf, dagegen liegt hier eine äusserst stark geröthete hämorrhagische Strecke von circa 1'' Länge; weiter abwärts ist dieselbe Beschaffenheit der ganzen Darmschleimhaut in etwas geringerer Intensität vorhanden; auf der Höhe sieht man zwischen den hämorrhagisch-geschwellten Partien ziemlich zahlreiche gelbweisse, stecknadelkopfgrosse Punkte eingelagert (kleine diphtheritische Nekrosen), jedoch keine offenen Substanzverluste. Dieselbe Beschaffenheit mit noch etwas wechselnder und schliesslich abnehmender Intensität zeigt die Schleimhaut des ganzen Jejunum bis ins Ileum hinein, der untere Theil des Ileum aber, sowie das Colon zeigen eine etwas geschwellte aber ganz blasse Schleimhaut. Der Inhalt, sowohl des Duodenum wie des Dünndarms, besteht in sparsamen, zähschleimigen, schmutzig-braunrothen Massen, welchen, wie bemerkt, jede Spur von galliger Färbung fehlt. Auch die rel. gesunden Partien im untern Theil des Ileum zeigen denselben Inhalt. Gleich unterhalb des Colon beginnt wieder eine ganz frische (dysenterische) Affection des Dickdarms, die ganze Schleimhaut ist hier äusserst lebhaft geröthet und ziemlich dicht, besonders auf der Höhe der Schleimhautfalten mit zahlreichen kleinen Blutpunkten besetzt. Diese Beschaffenheit erstreckt sich in gleicher Intensität bis zum Anus herab. (Tags vorher hatte der Hund noch eine feste, normale Kothentleerung gehabt. Der am Morgen des 20. vorgefundene Urin fand sich aber mit dünnen schmierigen schmutzig-röthlichen Faecalmassen vermischt.)

Die Leber ist ziemlich gross, blassbraun, auf dem Durchschnitt hat sie das Aussehen einer exquisiten Musskatnussleber, kleine gelbe Inseln liegen in einem blutreichen, braunrothen Gewebe eingestreut, die gelben Partien liegen um die Centralvenen herum, stellenweise zeigen sie eine Andeutung von baumförmiger Verzweigung. Die Gallenblase hat von aussen gesehen ein schwarzgrauliches Ansehen; die ausfliessende Galle bietet nichts besonderes, dagegen erscheint das Innere der Gallenblase weissgefleckt, wie mit feinem Mehl bestreut, wie die mikroskopische Untersuchung ergiebt, herrührend von sehr exquisiter starker Fettinfiltration der Epithelien.

Die Leberzellen zeigen ziemlich starke Fettinfiltration, doch in verschiedenen Intensitätsgraden. Einzelne sind äusserst stark mit grossen Tropfen erfüllt, wie Fettkörnchenkugeln, andere weniger, einige fast normal. Die Zellen sind gut erhalten, feine Fetttropfen schwimmen umher. Nach der Erhärtung erkennt man, dass die dem Centrum zunächst gelegenen Partien der Läppchen am stärksten die fettige Infiltration zeigen und dass dieselben gegen die Peripherie der Läppchen hin abnimmt.

Das Herzfleisch zeigt sich beim Zerzupfen sehr brüchig und lässt ziemlich intensive fettige Degeneration der Primitivfasern erkennen. Auch die Fasern der Bauchmuskeln zeigen eiue ziemlich starke fettigkörnige Trübung. Die Nierenepithelien sind ziemlich stark körnig getrübt.

Zweite Abtheilung.

Analyse der Zeichen der Phosphorvergiftung im Leben und in der Leiche.

I.

Die Krankheitssymptome.

Man hat seit jeher zwei Symptomengruppen dieser Vergiftung unterschieden, eine lokale, welche Folge der

Anätzung ist, und eine allgemeine, welche nach der Resorption des Giftes auftritt: *Falk* machte daraus zwei Formen, eine Intestinalaffection und eine Cerebral- oder Cerebrospinalaffection. Indessen verlaufen beide fast ausnahmlos zusammen, es sei denn, dass der Tod schneller eingetreten, ehe es zur Entwicklung der nervösen Symptome kommt, welche, wie wir sehen werden, immer erst nach einiger Zeit auftreten. Die Analyse der einzelnen Symptome im Leben ist nach Experimenten an Thieren an sich begreiflicher Weise unvollständig, sie lässt sich jedoch durch die Beobachtungen an Menschen vervollständigen, von denen wir jetzt namentlich durch die von *Tüngel* und *Mannkopf* gelieferten Beiträge eine Anzahl sehr brauchbarer haben.

1. Symptome von Seiten des Verdauungskanales.

Diese Symptome sind die ersten, welche überhaupt zur Erscheinung kommen.

a) In der Regel sehr bald nach dem Genuss des Giftes, zuweilen nach Verlauf mehrerer Stunden tritt Uebelkeit und sehr bald auch Erbrechen ein. Nach *Lewin's* Zusammenstellung kam es in 88 pCt. der Fälle vor. Hiermit stimmen *Tüngel's* Angaben ziemlich gut überein. In den ganz leichten Fällen, welche überhaupt fast ohne Symptome verliefen (die 7 ersten) fehlte auch diese Erscheinung. In den übrigen 12 Fällen, von denen auch noch 7 nicht tödtlich endeten, wurde spontanes Erbrechen nur einmal vermisst. In *Mannkopf's* Fällen, sowie in den von *Fritz*, *Banvier* und *Verliac* publicirten fehlte dieses Symptom niemals. Es trat immer einige Stunden nach der Vergiftung auf. Die kürzeste Zeit war 3 Stunden nachher (*Fritz*), die längste 18 Stunden (*Mannkopf*). Zuweilen hört das Erbrechen nach 1 oder 2 Tagen auf, häufig aber hält es durch die ganze Dauer der Krankheit an. In den späteren Zeiten wird es namentlich durch

Genuss von Speisen hervorgerufen; fast alles Genossene wird wieder ausgebrochen. Nach *Tüngel* soll es nach den ersten Tagen aufhören und dann wieder mit dem Erscheinen des Icterus auftreten.

Das Erbrochene besteht aus den genossenen Speisen, ist häufig mit Galle gemischt; nicht selten enthält es Phosphormassen, welche sich durch den Geruch und das Leuchten im Dunkeln deutlich zu erkennen geben. Weiterhin ist das Erbrochene nicht selten schwärzlich-blutig gefärbt (chokoladenfarbig).

b) Mit dem Erbrechen erscheint brennender Schmerz in der Magengegend, er geht ihm oft voran, begleitet es und folgt ihm. Seine Intensität ist verschieden. In den leichtesten Fällen fehlt auch dieses Symptom, jedoch nur selten (in den 3 ersten Fällen von *Tüngel*), in den übrigen wurde es nie vermisst. Auch bei *Mannkopf* und *Fritz* ist es constant. Zuweilen sind die Schmerzen sehr heftig. In der Regel jedoch sind diese Symptome der Gastritis viel weniger intensiv, als man sich früher vorgestellt hat. Hierauf weisen schon *Ehrle* und *Tüngel* hin. Mit der furchtbaren Schmerzhaftigkeit, welche z. B. die nach Schwefelsäurevergiftung auftretende Gastritis begleitet, ist die Phosphorvergiftung nicht zu vergleichen. In manchen Fällen sind sogar die gastritischen Symptome so gering, dass sie ganz in den Hintergrund treten, und doch entwickeln sich späterhin die Folgen der Resorption.

Nur selten begleiten die Gastritis brennende Schmerzen im Schlunde und längs der Speiseröhre. (Fall 2 von *Mannkopf*). Bei dem schnellen Durchgleiten des Giftes durch diese Partieen kommt es in der Regel zu keiner Anätzung, es sei denn, dass Partikelchen des Phosphors irgendwo haften geblieben sind. Im weitern Verlaufe aber verbreiten sich die Magenschmerzen über das Abdomen, gleichzeitig mit der Verbreitung der corrosiven Entzündung auf das Duodenum und den obern Theil des Dünndarms. Die ganze Oberbauchgegend erscheint alsdann aufgetrieben, gespannt und gegen Berührung und Druck mehr oder minder empfindlich.

c) Es braucht kaum hervorgehoben zu werden, dass mit diesen Erscheinungen der Gastritis fast immer Appetitlosigkeit verbunden ist. Jedoch ist auch dies Symptom mitunter wenig ausgeprägt. Ab und zu zeigt sich Verlangen nach Speisen, jedoch wird das Genossene meistentheils wieder ausgebrochen. Die Zunge ist weiss belegt, zuweilen abnorm roth. Ein sehr gewöhnliches, fast constantes Symptom ist der Durst.

d) Die Stuhlentleerungen sind bald retardirt, bald diarrhoisch. Nach *Lewin* kommt in 12,5 pCt. der Fälle Obstruction vor. Offenbar ist dies die Folge der verminderten Nahrungsaufnahme und des etwa als Medicament gereichten Opium. Nicht selten jedoch wird Diarrhöe beobachtet, vermuthlich in Folge der Enteritis, in vielen Fällen wohl auch durch die gereichten Abführmittel (Ricinus-Oel, Magnesia usta etc., auch schon durch Milch) wenigstens angeregt. Die Stuhlentleerungen enthielten zuweilen leuchtende Phosphorpartikeln und Phosphordämpfe.*) Wir glauben jedoch, dass diese Erscheinung nicht so häufig zur Beobachtung kommt, als man für gewöhnlich anzunehmen geneigt ist. War der Phosphor in grösseren Stücken beigebracht, so hat es keine Schwierigkeit zu denken, dass Theile davon mit dem Stuhlgange unverändert entleert werden, wie z. B. bei dem Hunde, mit welchem *Reveil* experimentirte. In der Regel jedoch, wenn die gewöhnliche Art der Vergiftung mit abgeschabten oder abgeweichten Streichhölzern und mit Phosphor-

*) Hierher gehört wohl auch der vielbesprochene *Casper*'sche Fall: „Am Abend vor der Obduction war die Leiche nach dem Obductionshause geschafft worden, und wie gross war das Erstaunen, als man hier leuchtende Dämpfe aus der Vagina strömen sah! Vor der Section am Morgen fiel uns und allen Umstehenden es ebenso auf, sehr deutlich nach Phosphor reichende grünweissliche Dämpfe fortwährend aus dem After strömen zu sehen!“

pasta stattgefunden, wird der Phosphor viel schneller oxydirt resp. resorbirt, als dass er mit dem Stuhlgang noch erscheinen sollte.

In manchen Fällen sind die Stuhlentleerungen mit Blut vermischt. Dies kann, wie es scheint, zwei Ursachen haben. Entweder entwickelt sich eine dysenterische Enteritis, wie in dem einem von uns am Hunde angestellten Experiment (Exp. XXI.), oder das Blut tritt in Folge der Bluterkrankung aus, ebenso wie auch anderweitige Blutungen vorkommcn.

Viel zu wenig ist die Färbung der Stuhlentleerungen berücksichtigt worden. Unter den älteren Fällen finden sich nur selten Notizen darüber; bei *Dassier* z. B. sind graue Excremente angegeben. Aber auch selbst in den letzten mit mehr Sorgfalt angestellten Beobachtungen finden sich nur spärliche Bemerkungen darüber. Im 11. Falle von *Tüngel* heiss tes: am 11. Tage fehlte im Stuhlgang noch die gallige Färbung. In anderen Krankengeschichten ist angegeben „normal gefärbter Stuhlgang", *Mannkopf* erwähnt im Falle 1. „wenig gelb gefärbter Stuhlgang von fester Consistenz", im 2. „hellbrauner, dickbreiiger Stuhlgang". *Fritz* etc. bemerken gar nichts über die Stuhlentleerungen.

e) Der Icterus. Dieses Symptom, schon in den früheren Krankengeschichten vielfach erwähnt, galt als eine zufällige Complication, bis *Hauff* (l. c.) auf die Lebererkrankung die allgemeine Aufmerksamknit lenkte, und aus der Häufigkeit des Vorkommens auf einen causalen Zusammenhang mit der Phosphorvergiftung schloss. Nach *Lewin*'s Zusammenstellung wurde Icterus etwa in der Hälfte der Fälle beobachtet. In den späteren Krankengeschichten ist er noch öfter angegeben. Unter den *Tüngel*'schen Fällen wurde Icterus in den schweren, welche tödtlich endeten, nie vermisst und war fast immer intensiv. Von Interesse ist es aber, dass er auch bei den milderen Fällen, die in Genesung endeten, nicht selten zur

Beobachtung kam. In den ganz leichten Fällen, welche überhaupt ohne alle Symptome verliefen, fehlte er auch (Fall 1 — 3). Unter den übrigen (Fall 4 — 14) wurde er 7mal beobachtet, also in der Hälfte der Fälle. *Mannkopf* sah ihn in allen Fällen. Von *Fritz* etc. wurde er in einem Falle bei Lebzeiten nicht beobachtet, obgleich der Tod erst am 4. Tage erfolgte: die Leiche war leicht icterisch. Allein auch in den schweren, tödtlichen Fällen fehlte der Icterus zuweilen. So in dem kürzlich von *Tüngel* mitgetheilten Fall, der in 9 Stunden tödtlich endete. (*Virchow*'s Arch. XXX. p. 720.) In der Regel bedarf es mehrerer Tage, ehe der Icterus erscheint. Vor dem 3. Tage kommt er meist nicht vor, ausnahmsweise jedoch schon am 2. Tage (Fall 16 bei *Tüngel*). In *Mannkopf*'s 2. Fall wird schon nach 36 Stunden schwach gelbliche Färbung der Haut erwähnt, der Harn gab jedoch keine Gallenfarbstoffreaction. In den leichtern Fällen dagegen kann er viel später auftreten. (Fall 4 bei *Tüngel* am 8. Tage.)

Ueber die Entstehung des Icterus hat man bestimmte Ansichten bisher nicht geäussert. Aus dem bereits oben Erörterten geht nur so viel hervor, dass man ihn mit der Lebererkrankung in Zusammenhang gebracht, dass man die Phosphorvergiftung überhaupt mit gewissen Formen des Icterus gravis (Acute Leber- und Nierensteatose. *Rokitansky*) verglichen hat. Auch *Lewin*, welcher Längeres über den Icterus spricht, kommt zu keinem Resultate. *Mannkopf* glaubt, dass hier, ebenso wie bei der acuten Leberatrophie, der Icterus durch frühzeitige Compression der Anfänge der Gallengänge bedingt sei, und dass sich hieraus sowohl die Leerheit der grösseren Gallengänge und der Gallenblase, sowie die Gallenarmuth der Darmcontenta erkläre.

Unsere Experimente an Thieren haben gezeigt, dass ein Resorptions- oder mechanischer Icterus vorliegt, bedingt durch eine Entzündung des Duodenum. Die dadurch gesetzte Schleimhautschwellung behindert, wie im Icterus catarrhalis die Entleerung der Galle in den Darm. Wir werden sehen, wie die Befunde in der Leiche einem solchen Verhältnisse entsprechen, wie die Gallenblase oft strotzend gefüllt ist, der Darminhalt aber in grösseren oder kleineren Strecken ohne gallige Färbung gefunden wird und endlich, dass die Gallensäuren im Harne nachweisbar werden.

An Thieren sind diejenigen Zeichen der Vergiftung, welche den Digestionscanal betreffen, freilich nicht so mannigfaltig, theilweise auch gar nicht zu eruiren, stimmen aber im Grossen und Ganzen mit den beim Menschen beobachteten überein. Die Kaninchen frassen in der Regel ganz gut. Durchfälle haben wir bei ihnen nicht bemerkt. Icterus trat auch nur selten ein. Hunde dagegen zeigten in unsern Experimenten constant Erbrechen, welches circa 1 — 2 Stunden nach dem Genusse des Giftes auftrat. Es wiederholte sich späterhin vielfach, kam meist nach jedem Genuss von Speisen wieder und pflegte im weitern Verlaufe der Krankheit nachzulassen. Der Stuhlgang bot keine Abnormität, bis auf den einen Fall, wo sich in Folge des Gebrauchs von Magnesia usta eine weit verbreitete Enteritis entwickelt hatte, verbunden mit Durchfall und reichlicher Entleerung schwärzlichen Blutes. Phosphorescirende Faeces wurden niemals bemerkt, dagegen war der Durst der Hunde entschieden vermehrt. Weiterhin blieb der Appetit gestört, fehlte jedoch nicht ganz; am 3. — 5. Tage trat Icterus auf, welcher bis zum Tode anhielt und sogar zunahm.

2. Symptome von Seiten des Circulations-Apparates.

a) Fiebererscheinungen. Erst in der neuesten Zeit sind Temperaturmessungen bei Phorphorvergiftungen angestellt. Aus denselben ergiebt sich, dass nicht selten ein mässiges Fieber auftritt. Schon *Falk* giebt an, dass im Anfang vermehrte Wärmeproduktion stattfindet. Am vollständigsten sind die Angaben von *Mannkopf*. In seinem ersten Falle betrug die Temperatur Morgens 37,8, Abends 38,1, Morgens 37,7. — Im 2., dem eine vollständige Temperatur- und Pulscurve beigegeben ist: M. 37,4, Ab. 37 8. M. 37,0. Ab. 37,4. M. 38,0. Ab. 38,4. M. 38,0. Ab. 37,8. M. 39,0. Ab. 39,8. Im 3. Falle betrug die Temperatur 38,2. 39,8.37,8. Im weiteren Verlaufe tritt zuweilen ein Absinken der Temperatur unter das Normale ein. Mehrmals ist Kälte des ganzen Körpers, besonders der Extremitäten angegeben. *Tüngel* sah die Temperatur auf 28° R. sinken und zwar nicht blos in den tödtlichen Fällen. Im Fall 13. betrug die Temperatur am 6. Tage 28,2, stieg aber am folgenden Tage wieder auf 30,2°.

Auch wir beobachteten bei Kaninchen, bei denen wir mehrere Male Temperaturmessungen anstellten, erhebliches Absinken der Temperatur; im 1. Kaninchenversuche betrug die Temperatur im Rectum am Abend des 1 Tages nur 38,1° C., am Morgen des 2. 36,1° C. und am Abend 35,1° C. Einige Stunden darauf erfolgte der Tod. Eine geringere Temperaturerniedrigung zeigt das folgende Experiment: 36,8° 36,6° C. in welchem die erste Vergiftung überstanden wurde.

b) Die Pulsfrequenz ist Anfangs häufig im mässigem Grade gesteigert, späterhin sinkt sie bis zum Normalen oder fast Normalen (76 — 64). Ein Sinken unter die normale Frequenz ist auch beobachtet worden, in einem Falle (*Schröder*) sank sie bis auf 40. Sub finem tritt häufig wieder eine beträchtliche Erhöhung der Pulsfrequenz ein (140 und mehr). — Die Beschaffenheit des Pulses betreffend, so wird er fast überall als klein, leicht zusammendrückbar bezeichnet, nur sehr selten ist im Stadium der Gastroenteritis von einem harten, vollen oder gespannten Pulse die Rede. Gegen das Ende hin nimmt er immer mehr an Kraft ab, und ist endlich kaum fühlbar.

c) Wir schliessen hieran die Neigung zu Blutungen, welche von jeher als ein Zeichen eigenthümlicher Bluterkrankung aufgefasst und schon frühzeitig bei der Phosphorvergiftung bemerkt wurden. Mehr noch als im Leben, werden bei den Obductionen Blutaustretungen gefunden am Herzen, im Mediastinum, in den Lungen, im Mesenterium. Allein auch im Leben treten dergleichen Symptome nicht selten hervor. Am häufigsten ist das Blutbrechen, und das Auftreten von Blut im Stuhlgange. Obgleich diese Phänomene z. Thl. auf die Anätzung des Magens und Darms zu beziehen sind, in Folge deren durch Abstossung der Schorfe freie Geschwürsflächen entstehen, so sind doch die Geschwüre im Allgemeinen meist so klein, dass sie mit der Grösse der Blutungen in keinem directen Verhältnisse stehen.

Fast ebenso häufig ist Blutharnen. Die blutige Beimischung stammt theils aus den Nieren, theils aus der Blase, in deren Wandung post mortem zuweilen Ecchymosen gefunden werden.

In einem Falle von *Ballay* (Arch. géner. 1857 Mars.) sind rothe Flecken am Arme angegeben. — *Tüngel* erwähnt Blutungen aus dem Zahnfleisch. — In *Mannkopf*'s 3. Falle flossen die Menses reichlicher als sonst.

3. Symptome von Seiten der Respirationsorgane.

a) Die Exspirationsluft wurde im Dunkeln leuchtend und nach Phosphor riechend gefunden. Schon *Lewin* weist darauf hin, dass dies durchaus kein Beweis für den Uebergang des Phosphors ins Blut und seine Ausscheidung durch die Lungen sei, sondern dass das Phänomen wahrscheinlich durch Phosphorpartikelchen bedingt werde, welche im Munde und Schlunde haften geblieben sind.

Bei Thieren haben wir dieses Phänomen nie beobachtet, wenn die Vergiftung durch den Magen und vermittelst Einführung einer Schlundsonde bewirkt war. Dagegen fast stets in sehr exquisiter Weise, als wir Thieren in das peripherische Ende der Jugularvene Ol. phosphoratum injicirten.

b) Die Respirationsfrequenz ist in der Regel

vermehrt, zuweilen vermindert. Gegen Ende steigt sie oft sehr bedeutend; *Mannkopf* Fall 3. bis 36, indem sich Dyspnöe hinzugesellt. Endlich kurz vor dem Tode tritt stertoröses Athmen ein. Zuweilen wurde blutiger Auswurf beobachtet.

4. Symptome von Seiten der Harnorgane.

a) Der Harn zeigt fast constant Veränderungen. Seine Menge ist häufig vermindert, nicht selten aber auch reichlich. Das specifische Gewicht ist zuweilen erhöht, zuweilen vermindert, selbst bei spärlicher Menge (im 2. Falle *Mannkopf*'s, betrug es 1020 — 1026, im 3. 1012 bei einer Menge von nur 280 Ccm.). Die Veränderungen, welche der Harn in seiner Zusammensetzung erleidet, sind mannigfach. In einigen Fällen enthält er Blut, zuweilen so reichlich, dass er rein blutig erscheint. In einem Kaninchenexperiment beobachteten wir Urin von fast rein blutigem Aussehen und dennoch konnte in demselben nicht ein intactes Blutkörperchen gefunden werden.

Sehr gewöhnlich enthält der Urin Eiweiss, wahrscheinlich noch viel häufiger, als es bisher in den Krankengeschichten angegeben ist. In unseren Experimenten fehlte bei Hunden niemals Eiweiss im Harn und auch bei Kaninchen in den Fällen nicht, wo ihnen eine hinreichende Portion beigebracht war. Die Menge des Eiweisses wechselte sehr: zuweilen war der Gehalt daran bedeutend. — Bei Kaninchen zeigte der Harn mehrmals sehr exquisite Zeichen einer Nierenaffection. Abgesehen von dem Gehalte an Eiweiss und mitunter auch an Haematin, der schon erwähnt wurde, fanden wir in mehreren Fällen erhaltene Blutkörperchen, freie zellige Elemente, Epithelien und Fibrincylinder. (Exp. III., XV.u. A.) Das Vorkommen von Eiweiss beim Menschen hat schon *Nitsche* erwähnt, *Tüngel* fand es einmal neben Epithelzellen und Leucinkugeln(?), in einem andern Falle neben Epithelzellen, Leucinkugeln(?) und wenigen blassen zum Theil mit Zellen bedeckten Exsudatcylindern. *Mannkopf* sah in seinem 2. Falle neben reichlichem Eiweissgehalt schmale Cylinder, im 3. fehlten sie. Auch *Wyss* fand Eiweiss und dunkle, stark granulirte Cylinder. Ferner enthält der Harn sehr gewöhnlich Gallenfarbstoff. Wir fanden denselben bei Kaninchen zuweilen, bei Hunden regelmässig. Im 3. Hunde-Experiment konnten wir in dem Harne die Anwesenheit von Gallensäuren constatiren. Dasselbe will *Wyss**) bei Menschen gesehen, ferner will derselbe im Harn, Leucin und Tyrosin, dagegen weder Zucker- noch Harnstoff gefunden haben.

b) In einigen der von *Lewin* und *Ehrle* zusammengestellten Fälle wird Enuresis und Harnverhaltung erwähnt.

c) Die Angaben von Phosphoresciren des Urins sind für Fabeln zu halten.

5. Symptome von Seiten des Nervensystems.

Sie erscheinen im spätern Verlaufe der Phosphorvergiftung ohne Ausnahme und hängen von der Resorption des Giftes in das Blut ab. Nicht immer treten sie mit gleicher Intensität und Mannigfaltigkeit hervor, oft sind sie eben nur durch leichte Delirien, Somnolenz etc. angedeutet.

a) Das Sensorium ist im Anfange immer frei und bleibt es mitunter bis zum Ende (*Mannkopf*). Häufig macht sich sehr bald eine eigenthümlich erregte oder niedergeschlagene Stimmung bemerklich, welche zum grössten Theile, bei Selbstmördern wenigstens der Reue über die geschehene That und der Furcht vor dem Tode zuzuschreiben ist. Theilweise liegt die niedergeschlagene Stimmung aber auch in der Krankheit begründet und sie hängt mit dem Gefühle der allgemeinen Abgeschlagenheit und Muskelschwäche zusammen. Zuweilen geht der Abgeschla-

---

*) Ueber das Vorkommen von Leucin und Tyrosin bei Phosphorvergiftung. Schweiz. Ztsch. f. Heilkunde, 1864, p. 321 — 325.

genheit Erregtheit und Unruhe vorher, immer aber ist diese mit Adynamie verbunden. Der Schlaf ist unruhig, unterbrochen, zuweilen vollständige Schlaflosigkeit, selbst nach dem Gebrauch von Opium. Die Kranken klagen über Schwindel, Kopfschmerz, Eingenommenheit des Kopfes. Dann erscheinen leichte (öfters erotische) Delirien, bei weiblichen Kranken steigern sie sich zuweilen bis zu maniakalischen Anfällen (*Tüngel* Fall 12.) Weiterhin kommt ein Stadium der Somnolenz, welches in Sopor und vollständiges Coma übergeht. Zu einem protrahirten comatösen Stadium kommt es nur selten. Die Kranken liegen dann wie im Schlafe mit tiefen schnarchenden, zuweilen verlangsamten Respirationen, sind durch nichts zu sich zu bringen, weder durch Rütteln, lautes Anrufen, Kneipen etc. Die Glieder liegen unbeweglich in der Lage, welche man ihnen giebt. Der weit geöffnete Mund bedeckt sich mit fuliginösem Anfluge. Oefters treten Krämpfe oder Convulsionen hinzu, und in diesen erfolgt der Tod.

Auch die leichteren Fälle, welche mit Genesung enden, zeigten mitunter erhebliche Nervensymptome (*Tüngel* Fall 12. und 13.), während in den anderen oft nur Delirien und ein kurzes Stadium der Somnolenz beobachtet wurde. Zum grossen Theil hängt diese Verschiedenheit gewiss von der Dauer der Krankheit ab; je länger sie ist, desto deutlicher treten die Wirkungen des resorbirten Giftes auf, während in den schneller endenden Fällen die grosse Muskelschwäche, der kleine Puls, die gesunkene Temperatur (Herzschwäche) vorherrschen und der Tod durch Herzlähmung erfolgt.

Bei Thieren beobachtet man deutliche Zeichen dieser Symptomenreihe nur selten. Traurige Stimmung, Unlust zu Bewegungen kann kaum hierher gerechnet werden. Der Tod trat meist ziemlich plötzlich ein, so dass die ihm kurz vorhergehenden Symptome nicht zur Beobachtung kamen. Zuweilen beobachteten wir ein exquisites, comatöses Stadium. Im IX. Experimente (Kaninchen) heisst es: Am Abend verfällt das Thier in tiefen Sopor, der ab und zu mit Convulsionen abwechselt. Exquisiter noch ist der Zustand im folgenden Experiment X.: Um 3 Uhr fanden wir das Kaninchen regungslos auf der Seite liegen, es liess sich nach allen Richtungen hin, ohne irgend wie darauf zu reagiren, drehen und wenden, auch waren starke Reize nicht im Stande es aus dem tiefen Coma zu erwecken. Die Pupillen waren weit, das Auge reagirte auf Berührung. Die Respiration war bedeutend verlangsamt und unregelmässig, die Pulsfrequenz vermindert. Zehn Minuten später, immer noch in derselben ausgestreckten Lage, fing es plötzlich an zu schreien, hielt mit dem Schreien circa 5 Minuten an, und blieb dann weiter in dem frühern comatösen Zustande liegen — keine Spur von Sensibilität — bis Abends 10 Uhr, wo es zum letzten Mal beobachtet wurde: um diese Zeit hatte es 60 Respirationen und 60 Pulse. In der Nacht erfolgte der Tod. —

b) Was die sensiblen Nerven anbetrifft, so wird nicht selten über Schmerzen geklagt. Abgesehen von den durch die Gastroenteritis bedingten Schmerzen, klagen die unglücklichen Kranken häufig über Kopfschmerzen, über Schmerzen im Kreuz und den Lenden, über Schmerzen längs der Wirbelsäule, in allen Gliedern, in den Füssen. Andere geben an, Kriebeln in der Haut, Eingeschlafensein der Glieder und Taubheit der Finger zu fühlen. *Leudet* (Arch. gén. 1857, Mars) beobachtete allgemeine Anästhesie durch Lähmung der sensiblen Hautnerven etc. Von besonderem Interesse ist aber der Zustand von mehr oder minder vollständiger Anästhesie, welche sich sehr gewöhnlich neben dem Coma ausbildet. Die heftigsten Reize rufen jetzt keinerlei Reaction hervor. Wir haben so eben sub a. ein Experiment am Kaninchen angeführt, wo dieser Zustand in sehr exquisiter Weise zur Erscheinung kam.

c) Ebenso mannigfaltig sind die Erscheinungen im Bereich der motorischen Apparate. Das gewöhnlichste

Symptom ist eine ungemeine Muskelschwäche. Auch dies tritt in der Regel erst im weiteren Verlaufe hervor, ist also auch als eine Folge des resorbirten Giftes anzusehen. In den ersten Tagen sehen wir die Kranken, wenn die Gastroenteritis nicht sehr heftig ist, noch umhergehen. Zuweilen werden sie erst am 2. oder 3. Tage bettlägerig. Diese Muskelschwäche ist von den schon erwähnten Schmerzen in den Gliedern begleitet. Weiterhin wurden häufig krampfartige Erscheinungen beobachtet. Nicht selten wurde Muskelzittern gesehen. Im Fall 11. erwähnt *Tüngel*: Contractionen der Fingermuskeln und Muskelhüpfen, Fall 12: Andeutung von Krämpfen in den Augenmuskeln. Von anderen Autoren sind krampfartige Contractionen in den oberen und unteren Extremitäten, sogar Trismus bemerkt. Sehr exquisite klonische Zuckungen fast sämmtlicher Körpermuskeln beobachteten wir im I. Hunde-Experiment (Exp. XIX.).

Im Falle 15. erwähnt *Tüngel* das Eintreten von Strabismus.

Zuweilen kommt es zu heftigen, allgemeinen Convulsionen. Sie treten entweder kurz vor dem Coma ein oder unterbrechen dasselbe, in der Regel sind sie Zeichen des bald eintretenden Todes. In den von *Ehrle* gesammelten Fällen geschieht ihrer mehrmals Erwähnung (Fall 3. 9. 10. 14. 18. 22.). Bei *Tüngel* sind sie nirgends erwähnt. Experimentell beobachteten wir sie namentlich bei dem schon erwähnten Kaninchen.

Das Vorkommen von Lähmungen in Folge der Phosphorvergiftung ist in einer nicht unbeträchtlichen Anzahl von Krankengeschichten angeführt*). *Lewin* erwähnt 3 Fälle von „Lähmung", über deren Art jedoch nichts Näheres gesagt ist. *Hartrop (Casp.* Wochenschrift 1846) spricht

*) Vergl. Les paralysies phosphoriques par le Dr. *Gallavardin* (de Lyon) Gaz. méd. 1861, Nr. 1. 2. 3. 5. 7. 17. 21. 23. 27.

von partiellen Paralysen bei chronischer Phosphorvergiftung. *J. Frank* beobachtete bei einem Manne, der seit drei Jahren in einer Zündhölzchenfabrik beschäftigt war, Paraplegie, geschlechtliche Aufregung, später Impotenz, Lähmung der Sprache und allgemeine progressive Paralyse. Im Falle *J. Mifflet* kam es zur Paralyse der Hände. — Unvollkommene Lähmung der oberen Augenlieder, Paralyse der Sphincteren, Enuresis, Incontinentia urinae wurden öfters beobachtet. Die exquisiten Lähmungen scheinen nur bei der chronischen Phorphorvergiftung vorzukommen.

d) Als Affectionen der Sinnesorgane sind zuweilen Ohrensausen und Schwerhörigkeit. sowie Flimmern vor den Augen, Lichtscheu etc. angeführt.

e) Wir schliessen hieran die Erregung der Geschlechtsfunction, welche von älteren Autoren erwähnt wird. Wir wollen die fabelhaften Geschichten, welche sich darüber bei *Pelletier*, *Foucroy* und *Bouttatz* etc. finden und welche sich durch alle Lehrbücher und Aufsätze hindurchziehen, hier nicht wiederholen*). Die neuen Krankengeschichten erwähnen nichts weiter, als erotische Delirien, und dass diese nichts für eine erregende Wirkung des Phosphors auf die Geschlechtsspähre beweisen, bemerkt schon *Lewin*.

Was den Verlauf der acuten Phosphorvergiftung betrifft, so sind in demselben zwei Reihen von Symptomen zu unterscheiden. Die eine umfasst die in Folge der ätzenden Wirkung des Giftes auftretenden Zeichen der Gastritis und Enteritis und als Folge der auf das Duodenum verbreiteten Entzündung den häufig eintretenden Icterus. Mit dieser Symptomenreihe beginnt allemal die

*) *Leroy* giebt an, dass er 0,15 gr. Phosphor auf einmal genommen habe, ohne andere Wirkung als Erbrechen, Kolikschmerzen und „une forte ardeur vénerienne."

Vergiftung, sie zieht sich mit abnehmender Intensität der subjectiven Symptome bis zum Ende der Krankheit hin, während der Icterus in den tödtlich endenden Fällen immer noch zunimmt. Im Ganzen sind die lokalen Erscheinungen nicht von grosser Heftigkeit, und es ist nicht wahrscheinlich, dass durch sie allein der Tod herbeigeführt werden kann. Gerade in den rapide verlaufenden Fällen ist eine schnelle Resorption des reichlich genossenen Giftes anzunehmen; hieranf deutet der kürzlich von *Tüngel* mitgetheilte Fall hin, der in 9 Stunden tödtlich verlief, ohne post mortem die Zeichen heftiger Gastritis zu zeigen. Diese zweite Reihe von Symptomen, welche von der Resorption des Giftes herzuleiten sind, kommt vermuthlich in allen Fällen zur Entwicklung, wo überhaupt deutliche Vergiftungssymptome beobachtet werden. In den allerleichtesten Fällen können sie freilich ganz fehlen. In den milderen Fällen (vergl. *Tüngel* Fall 6 — 13.) treten sie zuweilen ziemlich spät ein, am 4. 5. 6. Tage, waren aber trotz des günstigen Ausganges einige Male sehr deutlich ausgeprägt. In den heftigeren Fällen zeigen sie sich früher, in den allerheftigsten folgen sie den gastroenteritischen Erscheinungen in wenigen Stunden auf dem Fusse. Der Character dieser Symptomenreihe besteht in einer ungeheuren Muskel- und Herzschwäche, einem bald eintretenden Collapsus. Die Temperatur ist zuweilen durch die Gastritis erhöht, das Gift selbst wirkt, wie wir sehen werden, erniedrigend auf die Temperatur. Nicht selten erfolgt der Tod unter den Zeichen des Collapsus, der Herzschwäche, ohne dass das Sensorium deutlich beeinträchtigt wäre. Je mehr sich der Verlauf hinzieht, desto mehr treten nervöse Symptome hervor, Unruhe, Delirien, Somnolenz, mangelhafte Reaction auf wiederholte Reize, Sopor, Coma, zuweilen durch Convulsionen unterbrochen.

Die Dauer der Krankheit wechselt von wenigen Stunden bis zu 11 Tagen und mehr, die Genesung zieht sich bei günstigem Verlaufe viel länger hin. Im Allgemeinen endet die Krankheit in 3, 4 oder 5 Tagen mit dem Tode.

Was die Prognose betrifft, so ergiebt sich ebenfalls aus den bisherigen Erörterungen, dass sie im Ganzen eine bedenkliche ist, dass aber doch Genesung erfolgen kann, selbst wenn schon die Zeichen der stattgehabten Resorption des Giftes aufgetreten sind. Die Intensität derselben wird die Prognose weiterhin bestimmen. Dagegen bietet die Heftigkeit der Gastritis keine Anhaltspunkte für die Prognose. Die Gastroenteritis kann ganz milde verlaufen, und doch ein früher Tod unter nervösen Erscheinungen erfolgen, andererseits ist unter den glücklich geendeten Fällen *Tüngel*'s mehrfach wiederholtes Erbrechen und Schmerzhaftigkeit des Magens angegeben. Von Anfang an wird es für die Prognose von grosser Wichtigkeit sein, festzustellen, in welcher Form der Phosphor beigebracht ist. Am intensivsten wirkt er unzweifelhaft in Oel und in Latwergen, weniger intensiv, wenn Streichhölzer abgekratzt oder abgeweicht sind, da diese Manipulation häufig nicht vollständig gelingt und Reste auf dem Boden des Gefässes liegen bleiben. Am ungefährlichsten ist die Aufnahme des Phosphors in Stücken, die nicht selten unverändert mit dem Erbrochenen oder dem Stuhlgang entleert werden.

II.

Die Erscheinungen an der Leiche.

Wir können für diese Erscheinungen von den Befunden ausgehen, welche sich an den mit Phosphor vergifteten Thieren ergeben haben, da wir hier willkührlich erzeugte, einfachere Verhältnisse vor uns haben. Wir werden sie mit dem vergleichen, was an den Leichen von vergifteten Menschen gefunden wurde.

1. Die Befunde im Verdauungskanal.

a) Der Magen. Nur selten fanden wir eine ausgebreitete heftige Entzündung des Magens vor, ebenso selten war er in den lethalen Fällen ganz intact. Der häufigste Befund bestand in einer Affection der Pars pylorica. Hier zeigten sich mehr oder minder zahlreiche schwarzbraune, punktförmige Schorfe, welche von einer hyperämischen Schleimhaut umgeben waren: selten fanden sich dieselben Schorfe im Fundus des Magens (Experiment XII. und XIII.) zuweilen fehlten sie im Magen ganz. Bei den Hunden fanden wir ebenfalls nur einmal im Pylorustheil fleckige Röthung und einmal allgemeine Röthung der Schleimhaut.

Beim Menschen sind in den Obductionsberichten sehr häufig die Erscheinungen einer mehr oder minder heftigen Entzündung angegeben, indessen dürften nicht alle diese Angaben gleichen Werth haben. Die intensive Röthung an Leichen, die nicht selten viele Tage, selbst Wochen in der Erde gelegen hatten, beweist an sich nichts, und die Kritik der Gerichtsärzte ist nicht immer so scharf, dass man unzweifelhaft auf ihr Urtheil bauen könnte, ob eine Magenentzündung vorgelegen habe oder nicht. Dennoch geht auch aus den älteren Beschreibungen soviel hervor, dass zuweilen keine wesentliche Veränderung des Magens gefunden wird, in den meisten Fällen sich die Entzündung auf den Pylorustheil beschränkt, wo man lebhafte Injection, häufig auch schorfige und schwärzliche Punkte vorfindet. Ulcerationen fanden sich in dem von *Lewin* am Ende seiner Arbeit mitgetheilten, auf der *Frerichs*'schen Klinik beobachteten *Mannkopf*'schen Falle, wo v. *Recklinghausen* die Section machte: kleine erbsengrosse und grübchenartige Defecte, welche kaum die Submucosa erreichten, die grösseren Ulcera gehen nach der kleinen Curvatur zu. Die Schleimhaut selbst ist graugelb, nach dem Pylorus zu etwas verdickt, und hier von allen Defecten frei.

Bei *Tüngel* finden sich folgende Angaben: Fall 15.

Magenschleimhaut gelockert, im Pylorustheil grössere Suggillationen und hyperämische Stellen. Fall 16.: im Magen keine Spuren von Anätzung. Fall 17.: Magenschleimhaut normal, im Fundus geröthet mit einzelnen Ecchymosen, keine Erosionen. Fall 18.: die Schleimhaut des Magens (auch im Oesophagus) zeigt punktförmige Ecchymosen. Fall 19. Nichts besonderes.

Bei *Mannkopf* heisst es im 1. Falle: Oesophagus normal, im Magen schwärzlich brauner Inhalt, Schleimhaut von graugelber Farbe, sowohl im Fundus als an beiden Curvaturen flache, bis erbsengrosse Grübchen, die kaum bis auf die Submucosa reichen.

Fall 2.: Oesophagus normal. Im Magen ¾ Qt. grauröthliche, dünne Flüssigkeit. Schleimhaut im Fundus röthlich gefärbt, hat am Pylorustheil und der grossen Curvatur, wo sich starke Verdickungen finden, eine graue Farbe. In der Nähe zweier alten strahligen Narben, die correspondirend zu beiden Seiten der kleinen Curvatur sich finden, zeigen sich zwei erbsengrosse Flecke in der Peripherie, schwärzlich, in der Mitte ungefärbt, unter der Schleimhautoberfläche liegend.

Fall 3.: Im Magen fand sich ausser einer alten strahligen Narbe ebensowenig als im übrigen Darmkanal eine Anomalität vor. (Section am 4. Tage post mortem.)

Der Mageninhalt war in der Regel schwärzlich oder bräunlich, von beigemischtem (zerstörtem) Blute. So fanden wir ihn auch bei Hunden; bei Kaninchen wich er meist nicht von der gewöhnlichen Beschaffenheit ab, d. h. er bestand aus einer grossen Menge Speisen. — Nicht selten wird ein Leuchten oder Dampfen des Mageninhaltes und Geruch nach Phosphor beobachtet, und der Phosphor lässt sich nach den später zu besprechenden Methoden nachweisen. Allein in vielen Fällen, wo die Vergiftung mehrere Tage überlebt und das Gift in fein vertheiltem resp. gelöstem Zustande beigebracht wurde, findet sich nichts mehr davon im Mageninhalte vor.

Im Ganzen ergiebt sich also, dass eine intensive Entzündung der Magenschleimhaut nicht gefunden wird; in vielen Fällen ist die Entzündung auf den Pylorustheil beschränkt und dieser alsdann nicht selten mit Schorfen, Ecchymosen nnd Ulcerationen besetzt. Die Ulcerationen greifen nicht leicht bis über die Submucosa hinaus. Häufig sind die kleinen Erosionen oder Schorfe das einzige sichere Zeichen der Magenaffection. Die übrigen Zeichen, namentlich Hyperämie sind in der Leiche von zweifelhafter Beweiskraft. Um so wichtiger wird es sein, bei der Section sorgfältig nach dem Vorhandensein kleiner auch nur punktförmiger Schorfe oder Ulcerationen nachzusehen. Je früher der Tod erfolgt, um so eher trifft man noch Aetzschorfe an, während späterhin nur die nach Abstossung der Schorfe entstandenen Geschwüre zurückbleiben, ja es ist denkbar, dass auch diese bereits verheilt sind, also der Befund im Magen ein rein negativer wird.

Von geringer Wichtigkeit ist die Beschaffenheit des Rachens und Oesophagus. Nur in äusserst seltenen Fällen werden auch hier Spuren der Anätzung und Entzündung gefunden, in den überwiegend meisten Fällen verhalten sich diese Theile des Verdauungskanales ganz normal.

b) Das Duodenum. Nach unseren Experimenten an Kaninchen und Hunden bietet dasselbe unzweifelhaft die wichtigsten und characteristischen Befunde, und wir müssen daher bedauern, dass es bei den menschlichen Sectionen nicht überall mit der wünschenswerthen Genauigkeit untersucht und beschrieben ist.

In allen Hunde-Experimenten und in den meisten Kaninchen-Experimenten zeigte das Duodenum die unzweideutigsten Zeichen corrosiver Entzündung. Bei Kaninchen fanden wir es in grösserer oder geringerer Ausdehnung mit den schon am Pylorustheil des Magens beschriebenen punktförmigen Schorfen bedeckt; über die Beschaffenheit der so leicht zerreisslichen Schleimhaut war selten ein bestimmtes Urtheil zu gewinnen, sie erschien alsdann stark injicirt. Nur in wenigen Fällen war das Duodenum ganz intact. Bei den Hunden zeigte es allemal die exquisitesten Symptome der Entzündung, lebhafte Röthung, Ecchymosirung und, was von besonderes Wichtigkeit ist, zahlreiche grössere oder kleinere, nach der Längsachse des Darmes gerichtete Schleimhautgeschwüre mit lebhaft gerötheter Umgebung.

Endlich ist hervorzuheben, dass wir mit sehr spärlichen Ausnahmen an Kaninchen im Duodenum stets einen weisslich grauen, chymusartigen Inhalt ohne jede Spur von galliger Färbung sahen*). Gallige Färbung fand sich nur in zwei Fällen (Experiment VI. und XII.), wo sich überhaupt keine Entzündung des Duodenum zeigte, und die Wirkung des Giftes auf den Magen beschränkt geblieben war. Bei den Hunden verhielt sich der Inhalt analog, er war überhaupt spärlich, theils weisslich grau, theils blutig, ohne Spur von galliger Beimischung: dagegen fanden wir zweimal (Exp. XIX. u. XX.) frische Austretung von Galle in den Darm, welche von der Mündungsstelle des Duct. choledochus, eine Strecke von 1—3″ weit herabgelaufen war, vollständig unvermischt mit dem übrigen Inhalte und ohne Spur von Imbibition der Darmwand. Es kann hier unserer Ansicht nach kein Zweifel sein, dass diese Gallenentleerung durch die Manipulation bei der Section bewirkt war; die Galle entleerte sich äusserst leicht bei jedem Druck auf die Blase.

Die Angaben über das Verhalten des Duodenum beim Menschen sind im Ganzen sehr mangelhaft. Wir möchten aber nicht daraus schliessen, dass es nur selten verändert war, da wir es mit so grosser Beständigkeit bei unseren Experimenten afficirt fanden. In einzelnen Fällen ist auch die entzündete Beschaffenheit des Duodenum her-

*) Es ist nothwendig, während der Dauer der Versuche den Kaninchen kein grünes Futter zu geben.

vorgehoben, meistentheis aber hat sich die Aufmerksamkeit mehr auf den Magen gerichtet und Duodenum und Darm sind zusammengefasst worden. In *Lewin*'s Zusammenstellung ist 5 mal eine Affection des Duodenum angegeben, einmal rothe Stellen im Duodenum, zweimal schwarze Flecken, sodann Röthung und Ecchymosirung, endlich Röthung desselben. In *Tüngel*'s Fällen finden wir keine bestimmten Angaben über eine Affection des Duodenum, aber überhaupt auch nur eine kurze Erwähnung dieses Darmtheiles. Bei *Mannkopf* Fall 1.: „Aehnliche Massen, wie im Magen finden sich auch im Duodenum und Jejunum, die Schleimhaut zeigt keine Ulcerationen, nur hier und da Röthung.“ — Fall 2: „Im Zwölffingerdarm finden sich grüngrau gefärbte Massen, Schleimhaut auf der Höhe der Falten geröthet.“ Fall 3.: „Im Darmkanal keine Anomalität. Inhalt schwach gelblich.“

Mit grösserer Beständigkeit ist die Beschaffenheit des Inhaltes im Duodenum angegeben. Wir finden zwar nirgend auf den Mangel galliger Beimischung und ihrer Beziehung zum Icterus das genügende Gewicht gelegt, auch *Lewin*, welcher von der Affection des Duodenum spricht, weisst schliesslich eine mechanische Behinderung des Gallenabflusses von der Hand. Allein die Erwähnung des chymusartigen, gallenfreien, zuweilen theerartig-schwärzlichen Inhaltes ist gar nichts Seltenes. Der Inhalt des Duodenum (und Ileum) wird als ganz gleich beschaffen mit dem Mageninhalte angegeben, so z. B. schon in dem *Zeidler*'schen Falle (Charité-Annalen 1860): „Im Ileum dieselbe mehlsuppenartige Substanz, wie im Magen“. Auch in den von *Lewin* zusammengestellten Fällen ist mehrmals erwähnt: „Duodenum graufarbig“ oder „blutiger Schleim im Duodenum.“ In dem letzten von ihm mitgetheilten Falle heisst es: „Im Duodenum und Jejunum findet sich eine schwarzbraune, relativ dickbreiige Masse; der im Ileum vorhandene lättige lehmige Brei ist sehr blassgelblich.“ — Bei *Tüngel* heisst es im Falle 16.: „Im Duodenum zäher, bräunlicher Schleim.“ Fall 17.: „Inhalt schmierig graugrün, weiter abwärts weiss, wie Chymus.“ Fall 18.: „im Duodenum braune schaumige Flüssigkeit.“ Fall 17.: „schmutzig schwärzlicher Inhalt.“ Endlich in dem von *Metz* in *Casper*'s Vierteljahrsschrift 1863. XXIII. p. 102 — 113. veröffentlichten Falle heisst es: „Der Zwölffingerdarm und Dünndarm enthalten denselben graulichen dünnflüssigen Brei, wie der Magen.“

c) Der Dünndarm. Bei Hunden sahen wir die entzündliche Beschaffenheit der Schleimhaut sich durch den Dünndarm fortsetzen und zwar eben so weit, als der Darminhalt der galligen Färbung entbehrte. Ulcerationen fanden sich wohl noch im obersten Theile des Dünndarms, im Allgemeinen aber nur Röthung und Schwellung der Schleimhaut, hier und da mit Ecchymosirung. Bei Kaninchen liess sich über die Beschaffenheit der Schleimhaut kein sicheres Urtheil gewinnen.

Auch in den Obductionsberichten bei Menschen ist mehrfach eine entzündliche Beschaffenheit des Darmes angegeben, nicht überall aber die Zeichen derselben so präcise geschildert, dass die Angabe für zweifellos richtig gelten könnte. Röthung in der Leiche ist noch kein Beweis von stattgehabter Entzündung. Wir können daher hier nur die neuesten sorgfältigeren Sectionsberichte benutzen. In dem erwähnten letzten Falle bei *Lewin* heisst es: „Auf der Schleimhaut des Jejunum sieht man eine Menge weisser Stippchen, welche theilweise beim Abstreifen von der blassen Schleimhaut flache Grübchen hinterlassen.“ Bei *Tüngel* heisst es Fall 17.: Die Zotten auf der Höhe etwas injicirt: keine Ecchymosen. Bei *Mannkopf* Fall 1.: An einigen Stellen des Jejunum bemerkt man kleine, weisse, meist prominirende Stippchen, die beim Abstreifen leicht Grübchen hinterlassen. — Fall 2: Im Duodenum erscheint die Schleimhaut nur auf der Höhe der Falten geröthet, weiter unten ist dieselbe durchweg grau. — Fall 3: Nichts Abnormes. — Im

Falle von *Metz*: Die Schleimhaut zeigt keine krankhafte Veränderung.

Auch hier sind die Angaben über die Beschaffenheit des Darminhaltes zuverlässiger. Wir erwähnten schon bei dem Duodenum, dass derselbe Zustand des Gallenmangels sich meistentheils über einen Theil des Dünndarminhaltes, zuweilen über den ganzen erstreckt. Bald ist der Inhalt grauweiss, bald schmutzig blutig.

Zuweilen findet sich im Inhalt des Dünndarms noch Phosphor vor, der sich durch die Dämpfe, den Geruch und die chemisehe Analyse nachweisen lässt. Meistentheils ist dies nicht mehr der Fall, nur wo er in grösseren Stücken, oder in einer schlecht löslichen Form genommen ist, z. B. direct die Köpfe von Zündhölzchen, ist es wohl möglich, dass er soweit in den Darm hinabrückt ohne oxydirt zu sein, ja in solchen Fällen kann er den ganzen Darm durchwanderrn und mit den Excrementen wieder entleert werden. Natürlich könnte in solchen Fällen auch der pathologisch-anatomische Befund im Darme von dem gewöhnlichen sehr abweichen. Obgleich solche Fälle in der Litteratur wohl angedeutet sind, entbehren sie doch einer genauen und zuverlässigen Schilderung.

d) Der Dickdarm. Er geht nur so selten Veränderungen ein, dass wir ihn kaum zu erwähnen haben. In einem Hunde-Experiment zeigte er dysenterische Erkrankung in Folge von Abführmitteln.

Der Inhalt ist nicht selten noch lättig, lehmfarben, meistentheils aber finden sich normale, gallig gefärbte Kothmassen. Dass auch noch unzersetzter Phosphor gefunden werden könne, ist bereits erwähnt.

2. Die Beschaffenheit der Leber.

Dieses Organ, dessen Veränderung bei der Phosphorvergiftung in den letzten Jahren ein so allgemeines Interesse erregt hat, bietet in fast allen Fällen die Zeichen einer exquisiten icterischen Fettleber. Die Beschreibung derselben ist in competenter Weise zuerst von *Rokitansky* gegeben, obgleich er sie nicht in Zusammenhang mit der Phosphorvergiftung brachte. In einem Aufsatz in der Ztsch. der Gesellschaft der Aerzte zu Wien 1859, Nr. 32. beschreibt dieser Autor unter dem Namen der lethalen Leber- und Nieren-Steatose einige Fälle von starker fettiger Entartung der beiden genannten Organe, welche er in eine Beziehung zur acuten Leberatrophie und der bei dieser ebenfalls häufigen Nierenerkrankung setzt. Der erste von diesen Fällen ist eine Phosphorvergiftung. Er betrifft eine Magd von 23 Jahren, welche 6 Tage nach dem Genusse von Phosphorzündhölzchenmasse im Filialspitale Leopoldstadt verstarb. „Sie nahm ein nicht beträchtliches Quantum davon in einer durch unglückliche Liebe veranlassten melancholichen Gemüthsstimmung. Sie erbrach gleich Anfangs viel und in den erbrochenen Stoffen soll die Zündhölzchenmasse erkannt worden sein. Mit dem Aufhören des Erbrechens trat ein ziemliches Wohlbefinden ein, in wenigen Tagen aber zeigte sich eine leichte icterische Färbung und der Menstrualfluss, bald darauf trat Unbesinnlichkeit, schwärzlichbraunes Erbrechen und Convulsionen, und am 6. Tage der Tod ein. Die Section ergab: Die Leiche gross, kräftig gebaut, gut genährt, etwas d. h. eben merklich icterisch gefärbt. Gehirnhaut und Gehirn blutleer. Im Rachen blutiger schaumiger sehr zäher Schleim. Die Pleura, Mediastina, die Herzbasi ecchymosirt, hier und da in weitläufigen Strecken suffundirt. Linkerseits ein leichtes pleuritisches Exsudat. Beide Lungen gleich blutreich. Herz gross, im Fleisch fahl, zusammengezogen, in seinen Höhlen flüssiges Blut und einiges sulzartiges Fibringerinnsel. Leber im hohen Grade talghaltig, blassgelb, röthlich, teigig, blutleer, in der Gallenblase und in den Gallengängen eine gallige Feuchtigkeit. Nieren gross, sehr blass, gelblich weiss, leicht icterisch, von fettartigem Aussehen. In der Harnblase einige Tropfen einer dicklichen icterischen Feuchtigkeit.“ Der mikroskopische Befund war der einer exquisiten Leber- und Nierensteatose. Die Harnkanälchen der Cortikalsubstanz strotzten von aufgeblähten mit kleinen und grossen Fettkügelchen erfüllten Epithelzellen — in sehr erheblichen Strecken waren die Harnkanälchen mit feinen Fettkügelchen angefüllt.

Wir sahen bereits oben im ersten Capitel, dass bald nach *Rokitansky* der Zusammenhang der Fettleber mit der Phosphorvergiftung von *Hauff* erkannt und seitdem experimentell vielfach bestätigt worden ist.

Auch uns ergaben die Experimente an Thieren, die verschiedensten und höchsten Grade von Fettleber, sowohl bei Fröschen, wie bei Kaninchen und Hunden. Die letzteren zeigten die exquisitesten Veränderungen, indem sich auch makroskopisch das Verhalten den menschlichen Fettlebern höchsten Grades ganz analog zeigte. Im 3. Hunde-Experimente war die Fettleber nicht so hochgradig wie in den anderen, nur die Peripherie der Läppchen war stark degenerirt und blassgelb gefärbt, die Centren roth: es entstand auf solche Weise eine sehr exquisite Form von Muskatnussleber. Endlich weisen wir noch auf die starke Fettinfiltration der Epithelien der Gallenblase im dritten Hunde-Experiment (Exp. XXI.) hin. Hinsichtlich der Kaninchen müssen wir hervorheben, dass wir wiederholt hochgradige Fettleber antrafen, wenn die Vergiftung selbst schon in einem Tage tödtlich verlaufen war. Makroskopisch zeigten die Lebern eine nur geringe Veränderung; sie waren meist blasser als normal, gelblich weisse blasse Stellen in das braunrothe Gewebe eingesprengt, icterisch waren sie nie, zuweilen war ihnen mit blossem Auge gar nichts anzusehen. Bei Fröschen hatte die Leber ein blasses, olivenfarbenes, gelbgrünes Aussehen. —

Unsere Ansicht über das Wesen der Leberaffection werden wir erst weiter unten auseinandersetzen können.

3. Die Nieren.

Wie aus der oben citirten Schilderung von *Rokitansky* hervorgeht, zeigen die Nieren eine analoge Veränderung, wie die Leber, bestehend in fettiger Infiltration und fettigem Zerfall der Epithelien. Hiermit übereinstimmend ist die Beschreibung der Nieren von *Zeidler*: Nieren klein, Rinde blass, Glomeruli stark injicirt, Medullarsubstanz geröthet. Auch *Lewinsky* beschreibt eine Affection der Nieren. *Zeidler* spricht schon die Vermuthung aus, dass dies keine zufällige Erscheinung sei. Allein nicht immer wird eine so exquisite, schon makroskopisch erkennbare Veränderung der Nieren vorgefunden. In vielen Fällen sind sie blutreich, gross, besonders die Marksubstanz geröthet, die Oberfläche mit Ecchymosen besetzt, Ecchymosen und blutiger Inhalt im Nierenbecken.

Eine sehr starke parenchymatöse Affection der Nieren erwähnt *Fritz* etc. (Arch. gènér., 1863, juillet.) Die Nieren waren äusserst schlaff, zerreisslich, von graugelblicher Farbe, die Kanälchen der Cortikalsubstanz sind von fettiger Granulation erfüllt, in der Marksubstsnz ist diese Degeneration selten, man findet viele ganz intacte Epithelialzellen. Auch bei ihren Experimenten an Katzen fanden diese Autoren die Tubuli der Rindensubstanz ganz erfüllt mit Fettkörnchen und Tropfen, die *Malphighi*'schen Körperchen aber und ebenso die Marksubstanz frei.

In unsern Experimcnten bestand die Betheiligung der Nieren ziemlich constant darin, dass sie sehr blutreich erschienen, entweder im Ganzen oder es waren vorzüglich die Partieen am Uebergange der Rinden- und Marksubstanz oder die ganze Marksubstanz geröthet. Mikroskopisch zeigten die Epithelien körnige Trübung und fettigen Zerfall in verschiedenen Graden. In Exp. XV. sahen wir die Zeichen eines beginnenden entzündlichen Processes in den Interstitien.

4. Die Harnblase.

zeigte zuweilen Ecchymosen und einen trüben, gelben oder blutigen Inhalt.

5. Das Herz.

Es wird ebenso oft blutleer gefunden, wie stark mit Blut gefüllt. Zuweilen findet sich besonders hervorgehoben, dass nur das rechte Herz (Ventrikel und Vorhof) mit Blut stark gefüllt ist. Sehr gewöhnlich zeigt das Herz auf seiner pericardialen Oberfläche oder auch unter dem Endocardium und zwischen den Muskeln Ecchymosirungen verschiedenen Grades. In den Experimenten ist derartiges ebenfalls beobachtet worden (2. Hunde-Experiment). Das Muskelfleisch des Herzens wird mehrmals als auffallend welk, mürbe und entfärbt geschildert. So auch von *Rokitansky*. Iu einem Falle, den *Koch* im Med. Correspondenzblatt des Würtemberger ärztlichen Vereins 1861, Nr. 32. publicirte, ist zuert die fettige Degeneration der Muskulatur des Herzens angegeben. Seitdem mehrfach (*Wagner*, *Mannkopf*). *Mannkopf* fand im 2. und 3. Falle fettige Degeneration der Fibrillen. *Fritz* starke Steatose, in verschiedenem Grade, die Querstreifung verschwunden. In dem Katzen-Experimente fanden sie stellenweise sehr starke Fettdegeneration, so dass die Fibrillen ganz mit Fettkörnchen und Tropfen erfüllt und dadurch undurchsichtig waren. In unseren Experimenten an Thieren sahen wir diese Veränderung des Herzfleisches fast ebenso oft als die Fettleber, ebenfalls in verschiedenam Grade, sehr exquisit an Hunden.

Hieran schliesst sich die Veränderung

6. der willkührlichen Muskeln.

Sie waren in allen Hunde-Experimenten in deutlichem Grade körnig nnd fettig getrübt, sehr hochgradig im 3. Experimente. Bei Menschen ist derselbe Befund angegeben. *Fritz* etc. erwähnen denselben in ihrem 2. mitgetheilten Falle, wo sich überall eine sehr weit vorgeschrittene Steatose zeigte; auch in dem Experimente an Katzen sahen sie Fettdegeneration der Körpermuskeln.

7. Die Lungen.

In mehreren Fällen sind Veränderungen angegeben, deren Zusammenhang mit der Phosphorvergiftung zweifelhaft ist. *Rokitansky* erwähnt eine Pleuritis, andere Male sind Hepatisationen und hämorrhagische Infarcte angegeben, endlich in noch andern Fällen Ecchymosen unter der Pleura, blutige Suffusionen in dem Lungengewebe selbst, blutiger Schaum in den Bronchien.

Die Veränderungen, welche wir experimentell in den Lungen fanden, bestanden in Ecchymosen der Pleura und blutigen Suffusionen, welche tief in das Lungengewebe eindrangen und demselben eine derbere Beschaffenheit gaben, so dass sie zuweilen hämorrhagischen Infarcten ähnlich sahen. Emboli konnten in den Stämmen der Pulmonararterie nicht gefunden werden. Die Ecchymosirungen und Suffusionen des Gewebes stehen offenbar mit der gleich zu besprechenden Alteration des Blutes im Zusammenhang und es wäre möglich, dass dieselben weiterhin zu Entzündungen und Hepatisation führen können.

8. Das Blut.

Schon ziemlich früh wendete sich die Aufmerksamkeit der Aerzte auf gewisse Symptome, welche eine Veränderung des Blutes anzeigten; sie sollte in einem Flüssigbleiben desselben post mortem bestehen. Zuerst machten *Martin-Solon* (1837) und *Nasse* (1842) derartige Beobachtungen, *Leudet*, *Lewinsky*, *Dumenil*, *Schacht* u. A. bestätigten sie. *Schuchardt* fand bei seinen Experimenten an Kaninchen dünnflüssiges, nicht geronnenes Blut im Herzen, Ecchymosen und Blutinfiltrationen in den Lungen: er glaubte deshalb, dass das Blut nach Phosphorvergiftung überhaupt nicht gerinne. Allein dennoch fand man mehrfach im Herzen und den Gefässen ganz gut geronnenes Blut. Auch wir fanden bei unseren Experimenten in der Mehrzahl der Fälle gut geronnenes Blut. Ebensowenig bietet die Farbe des Blutes constante Eigenthümlichkeiten; meistentheils jedoch ist es als dunkel und dickflüssig beschrieben. Wir sahen es häufig auffallend dunkel, schwärzlich, doch röthete es sich an der Luft vollkommen gut.

Mikroskopisch wollte man ebenfalls Veränderungen des Blutes gefunden haben. Die mehrfach citirten räthselhaften Angaben *Casper's* über die Veränderung der Blutkörperchen beweisen freilich nichts. Auch *Zeidler's* Angabe: „die glashellen Blutbläschen ohne sichtbaren centrale Depression im röthlichen Plasma schwimmend" *) hat nicht mehr Bedeutung. *Lewin* endlich giebt in seinem Falle an: „die mikroskopische Untersuchung des Blutes ergab eine beinahe vollständige Auflösung der Blutbläschen. Es frägt sich nur, ob diese der schon vorgeschrittenen Fäulniss, oder einer eigenthümlichen Einwirkung des Phosphors auf die Blutzellen zuzuschreiben sei, wie *Casper* oben angegeben".

Wir fanden bei allen unseren Experimenten, sowohl an Fröschen, wie an Kaninchen und Hunden mikroskopisch am Blute durchaus nichts Abnormes, mit Ausnahme des sogleich zu erwähnenden Befundes im Harne.

Das constanteste und unzweifelhafte Symptom, welches für eine Alteration des Blutes spricht, sind aber die in allen Organen vielfach beobachteten Ecchymosen und Suffusionen. Sie sind so constant, dass sie ein wesentliches Symptom der Phospborvergiftung ausmachen. In *Lewin's* Zusammenstellung sind in 44 Fällen 16 mal Blutaustretungen angegeben, öfters gleichzeitig in den verschiedensten Organen: am häufigsten war das Herz betroffen, sodann die Pleura und das Mediastinum, die Lun-

---

*) Vielleicht nach Zusatz von etwas Wasser?

gen, die Nieren, die Blase, die Haut, Uterus, Muskeln, Gallenblase, Peritonaeum, Epiglottis; sehr häufig war im Magen und Darmkanal blutiger Inhalt. Entsprechend sind unsere Befunde in den Experimenten. Bei Kaninchen war der häufigste Befund Ecchymosen in der Pleura und dem Lungengewebe, ferner blutiger Harn und zwar konnten wir hier in einem Falle trotz deutlich blutrother Färbung kein einziges Blutkörperchen entdecken. Bei Hunden beobachteten wir Ecchymosen am Herzen und besonders ausgedehnte blutige Suffusion des Mediastinum, ferner blutige Suffusion des Zahnfleisches und blutigen Inhalt des ganzen Darmkanales, Allerdings deuten diese Vorgänge auf eine wesentliche Beeinträchtignug des Blutes hin, auch ohne dass eine gänzliche oder fast gänzliche Zerstörung der Blutkörperchen vorliegt. Eine solche Zerstörung ist schon deshalb nicht wahrscheinlich, weil das Leben viel früher erlöschen müsste, als es zu einer so ausgedehnten Auflösung der Blutkörperchen gekommen ist. Dagegen ist es wohl denkbar, dass die Blutkörperchen, wenn sie in ihrer Existenz resp. Ernährung beeinträchtigt sind, viel schneller, als gewöhnlich, durch Fäulniss zerstört werden.

Wir werden weiter unten sehen, worauf die Erkrankung des Blutes beruht.

Die Diagnose.

Wir brauchen kaum hervorzuheben, dass die Diagnose der Krankheit im Leben und die Diagnose der stattgehabten Vergiftung aus dem Obductionsbefunde nicht auf gewissen pathognomonischen Zeichen beruht, sondern dass sie um so sicherer sein wird, je mehr von den oben besprochenen Symptomen constatirt sind. Der Verlauf der Krankheit hat etwas so Eigenthümliches, dass aus den

Symptomen leicht der Verdacht der Phosphorvergiftung entnommen werden kann. Das erste Stadium der Gastroenteritis mit dem häufigen Erbrechen, weiterhin der Icterus und die nervösen Symptome, die Neigung zu Blutungen, der meist fieberlose Verlauf, alle diese Symptome in ihrer Vereinigung sind kaum einer anderen Krankheit eigenthümlich. Die meiste Aehnlichkeit haben Symptome und Verlauf mit dem schweren Icterus, mit welchem die acute Phosphorvergiftung leicht verwechselt werden kann. Das wesentlichste Unterscheidungsmerkmal zwischen beiden Krankheiten ist die Entwicklung; beim Icterus gravis aus dem Symptomen eines katarrhalischen Icterus, bei der Phosphorvergiftung nach Aufnahme des Giftes und unter einer corrosiven Gastroenteritis. Wird im letzteren Falle die Aufnahme von Phosphor constatirt, so ist die Diagnose der darauf folgenden Symptome einfach: constatirt ist sie aber entweder durch zuverlässige Zeugnisse über den vorangegangenen Genuss von Phosphor oder durch den Nachweis des Giftcs im Erbrochenen resp. im Stuhlgang. Ist dieser Nachweis nicht möglich, so wird die Unterscheidung beider Krankheiten aus den Symptomen und dem Verlaufe sehr schwierig. Das Unterscheidende ist jetzt die corrosive Gastroenteritis. Da aber die Symptome derselben in der Phosphorvergiftung sehr mässig sein können, und im schweren Icterus Gastroduodenalkatarrh mit Schmerzhaftigkeit der Oberbauchgegend und mit Erbrechen, selbst blutigem Erbrechen nichts Unerhörtes ist, so wird die Diagnose in der That jetzt vielleicht unmöglich.

Aehnlich verhält es sich mit der Diagnose an der Leiche. Auch hier wird sie um so sicherer sein, je mehr Symptome constatirt sind. Gerade die Phosphorvergiftung möchte darauf hinweisen, wie nothwendig eine sorgfältige, mit Sachkenntniss angestellte Obduction ist. Sie lehrt vor allen Dingen, dass ein Unterschied zwischen pathologisch-anatomischen und zwischen gerichtlichen Obductionen nicht besteht. Wenn die Wissenschaft an sich genaue Kenntniss und sorgfältige Untersuchung erheischt, so ist dasselbe doch auch da gefordert, wo es gilt ein Verbrechen ans Licht zu ziehen oder den Verdacht desselben zurückzuweisen. Das einzige ganz sichere Zeichen ist der Nachweis des Phosphors in der Leiche und zwar im Magen und oberen Theile des Dünndarms. Da sich aber der Phosphor, zumal wenn er im feinvertheilten oder gelösten Zustande genommen wurde, ziemlich schnell innerhalb des Darmrohres oxydirt, so wird seine Auffindung nur in den seltenern Fällen gelingen, häufiger ist er nicht mehr vorhanden. Für diese Fälle ist es die Frage, ob sich die Phosphorvergiftung dennoch aus dem Leichenbefunde mit Sicherheit diagnosticiren lasse. Besonders hervorgehoben ist die Schwierigkeit, eine zuverlässige Unterscheidung gegen den so analogen Process des schweren Icterus zu finden. Prof. *Köhler* in Tübingen stellt über das Verhältniss dieser beiden Krankheitsformen folgende Sätze auf (Würtemb. Correspondenzbl. XXXI. 1.):

1) Zwischen den allgemeinen Wirkungen des ins Blut aufgenommenen Phosphors und dem unbekannten Agens bei der acuten Leberatrophie besteht eine grosse, bisher nicht gewürdigte Aehnlichkeit.

2) Die Erkenntniss der acuten Vergiftnng mit Phosphor knüpft sich im Allgemeinen an die örtlich entzündenden, bez. ecchymosirenden und verschorfenden Wirkungen des Giftes in den ersten Wegen.

3) Wenn bei einer sogenannten acuten Leberatrophie heftige epigastrische Schmerzen, anhaltendes Erbrechen, unlöschbarer Durst und überhaupt einer toxischen Gastritis ähnliche Symptome auftreten, so wird die Diagnose wesentlich auf den Mangel der characteristischen positiven Merkmale der Phosphorvergiftung zu stellen sein. Phosphorgeruch und Leuchten des Erbrochenen im Dunkeln sind die positivsten Zeichen der Phosphorvergiftung, überdiess wird es sich der Arzt angelegen sein lassen, möglichst bald erbrochene Massen zur chemischen Prü-

fung zu verwenden. Das Blut aus der Leiche ist zu untersuchen.

4) Fällt die chemische Probe negativ aus, fehlt uns ein sicherer Nachweis des Phosphorgeruches und Leuchtens, so wird die Diagnose nur auf eine umsichtige Prüfung aller äusseren Umstände etc. zu gründen sein, besonders Punkt 2.

Während wir uns im Allgemeinen mit den hier aufgestellten Maximen einverstanden erklären, so glauben wir doch, dass der Punkt 2., auf den alles ankommt da, wo der Phosphor nicht nachgewiesen werden kann, einer besonderen eingehenden Erörterung bedarf.

Unzweifelhaft ist der 2. Grundsatz richtig, dass die Erscheinungen der acuten Phosphorvergiftung und des schweren Icterus sich dadurch unterscheiden, dass die beiden gemeinsamen nervösen Symptome dort von einer corrosiven Entzündung der ersten Wege eingeleitet sind, während bei dem Icterus epidemische Einflüsse oder „ein unbekanntes Agens“ eingewirkt haben. Man hat also zunächt nach den zuverlässigen Beweisen zu suchen, dass überhaupt ein Gift in den Magen aufgenommen worden sei. Wir können es aber nicht genug hervorheben, dass nur entzündende resp. ecchymosirende Wirkungen keinesweges ausreichen, um eine corrosive Entzündung zu erweisen. Der Icterus, auch der schwere, geht in vielen Fällen mit einem Gastroduodenalkatarrh einher, der im Leben ähnliche Symptome bedingen kann, wie die Gastritis nach Phosphorvergiftung, und in der Leiche eine Röthung und Schwellung der Schleimhaut im Magen und Duodenum erkennen lässt, die nicht selten mit reichlicher Ecchymosirung verbunden ist. Die Intensität der Entzündung kann in diesen Fällen sehr heftig sein, während umgekehrt bei Phosphorvergiftung oft nur wenig davon gefunden wird. Noch weniger beweisst die Entzündung, welche sich über den Darm fortsetzt und welche in den meisten Fällen wenig mehr mit dem Phosphor zu thun hat. Experimente an Thieren lehren, dass nach Abschluss der Galle vom Darm durch Unterbindung des Ductus choledochus, sich zuweilen sehr schnell eine ausgebreitete Entzündung der Darmschleimhaut ausbildet, bestehend in lebhafter Röthung und Schwellung, zuweilen Ecchymosirung. Da eine der hauptsächlichsten Wirkungen der in den Darm ergossenen Galle darin besteht, dass sie die Zersetzung der Chymusmassen verhindert, so ist die erwähnte Entzündung im Darm als Folge solcher Zersetzungen anzusehen. Unter diesen Umständen ist es sehr schwer zu sagen, ob diejenige Darmentzündung, welche wir bei der Phosphorvergiftung antreffen, noch etwas mit den ätzenden Wirkungen des Giftes zu thun hat, oder ob sie Folge des verhinderten Zuflusses der Galle ist. Möglich, dass beide Ursachen zusammen kommen. Jedenfalls ist aber dieser Zustand des Darms in keiner Weise als ein Beweis für eine stattgehabten Phosphorvergiftung anzusehen.

Wir müssen also behaupten, dass der Befund einer Gastritis oder gleichzeitigen Duodenitis und Enteritis als solcher keinen positiven Beweis für die Einwirkung eines ätzenden Giftes abgiebt. Mehr würde schon die besondere Beschränkung auf den Pylorustheil des Magens und das Duodenum, welche der Phosphor-Gastroenteritis eigen ist, für sie sprechen, allein auch dies Zeichen ist nur mit grosser Vorsicht aufzunehmen. Eine stattgehabte Aetzung wird nur durch zwei Dinge erwiesen, die noch vorhandenen Aetzschorfe oder die daraus hervorgegangenen Geschwüre. Diesen Befund, neben den sonstigen Zeichen, die einem schweren Icterus entsprechen (Icterus, Lebererkrankung, Ecchymosen etc.), können wir allein als beweisend ansehen. Wir glauben auch, dass er bei sorgfältiger Untersuchung sich öfter wird constatiren lassen, als es bisher geschehen ist. Unzweifelhaft ist er ja in vielen Obductionen der mit Phosphor vergifteten Menschen gefunden worden. Bei unseren Experimenten an Thieren war es ein fast constanter Befund; bei Kaninchen liessen sich die Aetzschorfe meist erkennen, obgleich die Untersuchung der Magen- und Darmschleimhaut hier nicht ganz leicht ist. Bei Hunden war die Geschwürsbildung sehr ausgedehnt. In beiden Fällen betrafen diese corrosiven Affectionen vorzugsweise das Duodenum.

Noch schwieriger wird die Diagnose in den Fällen, in denen es zur Entwickelung des Icterus überhaupt nicht gekommen ist. Hier sind die am meisten characteristischen Befunde die Anätzung des Magens und Duodenum, die Ecchymosen, die allgemeine Fettdegeneration. Dass aber dieselben Veränderungen auch in Folge der Einwirkung anderer Gifte, namentlich Säuren vorkommen, haben wir kürzlich (Klin. Wochenschrift, 1864, No. 49 und 50.) gezeigt. Der Obductionsbefund im Magen und Duodennm, die Fettdegeneration constatiren hier nur die Thatsache der stattgehabten Vergiftung — über die Natur des Giftes kann nur die chemische Untersuchung oder der Zeugenbeweis entscheiden.

Drittes Capitel.

Theorie der Phosphorvergiftung.

I.

Welche Wirkung äussert der in den Magen gebrachte Phosphor und worauf beruht dieselbe?

Die erste Wirkung des Phosphors im Magen oder Darmkanal ist eine anätzende. Eine solche Anätzung ist nicht nur bei den meisten Vergiftungen an Menschen post mortem constatirt, sondern hat sich auch uns bei allen Experimenten gezeigt. Sie findet sich in allen Theilen des lebenden Körpers, an welchen Phosphor mit denselben in Berührung kommt. Ueber die Ursache der Anätzung kann man verschiedener Ansicht sein. Man könnte zunächst annehmen, dass der Phosphor als solcher ätzt, indem er den organischen Substanzen Sauerstoff entzieht und sie auf diese Weise reducirt.

Exp. XXII.

Phosphor wird in eine, in Reagensgläsern befindliche, Eiweiss- und Zuckerlösung gebracht, mit dieser zum Austreiben der Luft ein wenig erwärmt und fortgestellt. Die Eiweisslösung behält ihre frühere alkalische Reaction noch nach einigen Tagen bei, und auch in der Zuckerlösung ergiebt sich keine Veränderung der Reaction, wobei sich der Phosphor auf dem Boden des Reagensglases ebenfalls unverändert zeigt. Erhitzt man beide Flüssigkeiten stark, so erscheinen oberhalb der Flüssigkeit allerdings Dämpfe von phosphoriger Säure, allein diese sind nur dadurch entstanden, dass der Phosphor durch die Hitze zum Schmelzen nnd beim Aufkochen der Flüssigkeit mit der Luft im Gläschen in Berührung gekommen ist; denn mit dem Erkalten der Flüssigkeit zeigt das in dieselbe getauchte Lakmuspapier keine Veränderung.

Bringt man hingegen z. B. sehr concentrirte Phosphorsäure unter die Haut eiues Kaninchens, so kann man sich von der bald entstehenden Anätzung überzeugen. —

Da hiernach der Phosphor ohne Zutritt von Luft auf organische Substanzen vollkommen ohne Einfluss ist, so beruht die Aetznng des Phosphors viel wahrscheinlicher darauf, dass der Phosphor in den Magen oder Darm gebracht, sich dort oxydirt und dass das sich bildende Oxydationsproduct in statu nascenti mit den Geweben in Berührung, diesen Wasser entzieht, auf solche Weise ihre Zerstörung herbeiführt, und so der directe Uebergang der Oxydationsproducte in das Blut vermittelt wird.

Offenbar geht die Anätzung des Phosphors nicht sehr energisch von Statten. Denn 1) entwickeln sich die Zeichen der Anätzung erst nach einigen Stunden; 2) sieht man fast nie eine sehr ausgebreitete und sehr tiefe, meist nur eine sehr geringe Verschorfung; 3) findet man nicht selten noch nach einigen Tagen, selbst wenn der Phosphor in feinvertheiltem Zustande genommen war, unzersetzten Phosphor. So wie der Magen eröffnet wird, entwickeln sich die Dämpfe von phosphoriger Säure, wenigstens bei Kaninchen, welche nicht, wie z. B. Hnnde einen grossen Theil des genossenen Phosphors durch Erbrechen entleeren. Diese wenig energische Oxydation erklärt auch die mässigen Symptome von Gastritis, welche in vielen Fällen bei Lebzeiten beobachtet werden; sie ist aber hinreichend, um zunächst Erbrechen und Schmerzen im Epigastrium zu erzeugen. Sie lässt es ferner begreifen, dass die Wirkung des Phosphors sich nicht auf den ganzen Magen erstreckt, sondern vornehmlich auf den Pylorustheil und mitunter auf das Duodenum. Sehr leicht kann das Gift durch die Contraction des Magens, so wie es unter Umständen durch Erbrechen entleert wird, durch den Pylorus gedrängt, im Duodenum längere Zeit liegen bleiben und hier seine hauptsächlichste Wirkung entfalten. Vom Duodenum setzt sich die Entzündung zuweilen noch weiter in den Dünndarm fort, begünstigt durch die Zersetzung des gallenlosen Darminhalts und zuweilen durch Abführmittel.

Soweit sind die Erscheinungen der Phosphorvergiftung directe Folgen der Anätzung; eine weitere indirecte Folge derselben ist der

Icterus.

Ueber das Zustandekommen desselben sind, wie wir bereits auseinandergesetzt haben, verschiedene Ansichten geäussert worden, denen wir jedoch sämmtlich nicht beipflichten können; nach unseren Untersuchungen müssen wir den Icterus als eine Folge der durch Duodenitis behinderten Entleerung der Galle in den Darm ansehen. Wir fanden bei unseren Experimenten fast alle Male Zeichen einer Duodenitis, die ja auch in einer grossen Anzahl von Vergiftungen an Menschen vorhanden waren, ferner sahen wir die Gallenblase immer mit Galle gefüllt, einige Male (im Hunde-Experimente XIX.) war dieselbe abnorm ausgedehnt und strotzend voll von Galle. Drittens war in allen Experimenten, in welchen die Zeichen einer Duodenitis sich vorfanden, der Inhalt des Duodenum und oberen Theils des Dünndarms, zuweilen bis in den Dickdarm hinein, grau, chymusähnlich, der galligen Färbung entbehrend. Dieselbe Beschaffenheit ist bei Obductionen an Menschen mehrfach erwähnt.*) Viertens haben wir in einem Experimente (XIX.) die Anwesenheit von Gallensäure im Harn nachgewiesen, wie dies auch von *Wyss* in einem Falle beim Menschen mitgetheilt ist. Endlich wird das Vorhandensein des Stauungsicterus bei der Phosphorvergiftung wesentlich gestützt durch die Abwesenheit des Icterus in den Fällen, in denen die Wirkung des Phosphors nur auf den Magen beschränkt blieb und sich nicht auf das Duodenum erstreckte, sowie in solchen Fällen, in welchen der Phosphor auf Wegen in den Körper gelangt war, durch die ihm eine directe Wirkung auf das Duodenum unmöglich gemacht wurde. So sahen wir in Exp. VI.: Im Duodenum galligen Inhalt, die Duodenalschleimhaut vollkommen normal. Im Magen, namentlich in der Nähe des Pylorus, zahlreiche Schorfe und starke Injection der Schleimhaut. Ferner in Experiment XII.: Im Fundus des Magens ziemlich zahlreiche schwarze Flecke, mässige Röthung. Im Duodenum: Schleimhaut vollkommen normal, galliger Intalt. Dann in Experiment XIV.: Im Magen kleine Schorfe in zahlreicher Menge; im Duodenum galliger Inhalt, die Schleimhaut desselben ganz normal. In allen diesen Fällen blieb auch die Einwirkung des Phosphors begrenzt auf den Magen. Dann aber sahen wir bei der Injection vom After aus in dem Experiment XVI. galligen Inhalt im Duodenum, ebenso sahen wir Mangel des Icterus und Anwesenheit von galligen Massen im Duodenum in den beiden folgenden Experimenten, in welchen das Ol. phosph. subcutan beigebracht wurde.

Exp. XXII.

Einem erwachsenen Kaninchen werden unter die

*) Seitdem haben wir auch in einem Falle von Schwefelsäurevergiftung bei einem Hunde Gallenfarbstoff im Harn, in dem stark angeätzten Duodenum und Dünndarm aber gallenfreien grauen Inhalt gefunden.

Rückenhaut 2 C. C. Ol. phosphor. (circa 2 gr. Phosphor) gebracht. Nach 24 Stunden ist das Thier todt. Bei der Section zeigen sich an der Stelle, an welcher die Berührung der Haut mit dem Ol. phosphor. stattgehabt hatte, eine geringe Anzahl stecknadelkopfgrosser Schorfe. Leber von fast normalem Aussehen. Leberzellen äusserst stark fettig degenerirt, ebenso im Herzfleisch starke feinkörnige Trübung; in der Niere eine geringe Veränderung der Epithelien. Schleimhaut des Duodenum von ganz normalen Aussehen, deutlich galliger Inhalt. Blut dunkel.

Exp. XXIV.

Einem kleinen Hunde werden am 9. November 2 C. C., am 11. November noch 3 C. C. Ol. phosphor. an zwei verschiedenen Stellen unter die Haut des Rückens gespritzt. Der Hund bekommt kein Erbrechen, ist am 12. noch anscheinend munter, wird aber am 13. früh todt vorgefunden. Bei der Section zeigt sich die Conjunctiva blass, ebenso das Zellgewebe. Das Blut ist dunkel, dünnflüssig. Herzfleisch ziemlich consistent, blass, nirgends Ecchymosen. Leber blass grauröthlich, von teigiger Consistenz; auf dem Durchschnitt gelbbräuulich; die Grenzen der Acini verwischt. Gallenblase mässig stark gefüllt. Magen stark zusammengezogen, in demselben eine reichliche, gallige, gelbbräunliche Flüssigkeit; im Oesophagus keine gallige Färbung; im ganzen Duodenum und im oberen Theil des Dünndarms sehr reichlicher, galliger, gelbbräunlicher Inhalt, der Dünn- und Dickdarm stark zusammengezogen. Der Inhalt des Dünndarms wird weiter nach abwärts spärlicher, stellenweise enthält es blutige Klumpen, überall mit galliger Färbung. weiterhin deutlich galliggefärbte grüne und grünbräunliche Massen; im Dickdarm sehr spärlicher blutiger Inhalt mit schwacher, aber deutlicher galliger Färbung. Nieren in der Rindensubstanz etwas stark geröthet. Der in der Blase enthaltene Urin enthält keinen Gallenfarbstoff, dagegen ziemlich viel Eiweiss. An der Applicationsstelle des Ol. phosphor. vom 11. Novbr. zeigt sich ein wallnussgrosser Sack unter der Haut, der gefüllt ist mit einer schmierigen schwärzlich röthlichen Masse, die sich zum Theil von den Wänden abschaben lässt und mikroskopisch aus massenhaften Oeltropfen, Detritus und nur sehr wenigen Blutkörperchen besteht. Die Wandung des Sackes ist schmutzig grauweisslich verfärbt, enthält noch eine grosse Anzahl zum Theil schwer abzuschabender, meist kleiner punktförmiger Aetzschorfe. Das Innere des Sackes giebt einen noch deutlichen Phosphorgeruch. In der Umgebung ausgebreitete, blutige Suffusion; in der daraus genommenen Masse zahlreiche Eiterkörperchen, sehr wenige Blutkörperchen. Bei der mikroskopischen Untersuchung sind die Muskelfasern des Herzens sehr stark feinkörnig fettig getrübt; die Leberzellen, zum Theil zerfallen, sind äusserst stark fettig degenerirt, stellenweise so dunkel, wie Fettkörnchenconglomerate, mit grösseren und kleineren Fetttröpfchen dicht erfüllt. Harnkanälchen mit feinkörnig-fettigem Inhalte. Auch in den Bauchmuskeln ist eine grosse Anzahl Fasern der Querstreifung verlustig und deutlich feinkörnig getrübt. Die chemische Untersuchung der Leber auf Phosphor ergiebt ein vollständig negatives Resultat.

Soweit sind, wie wir gesehen haben, die Symptome der Phosphorvergiftung directe Folgen der ätzenden Wirkung des Giftes. Für die weiteren Erscheinungen ist die Anätzung insofern Bedingung, als dadurch offene Wundflächen entsteben, von denen aus der Uebergang des Giftes in das Blut unmittelbar erfolgen kann.

II.

Sind die weiteren nach der Resorption auftretenden Symptome der Phosphorvergiftung dem Phosphor als solchem zuzuschreiben, oder seinen Verbindungen?

Die Ansicht, dass der Phosphor resorbirt werde und als solcher die beschriebenen Wirkungen der Vergiftung herbeiführe, ist die jetzt ziemlich allgemein angenommene. Sie stützt sich einzig und allein darauf, dass einige Beobachter angeben, den Phosphor als solchen durch Leuchten in der Leber nachgewiesen zu haben, so *Chevalier* und *Henri*, *Reveil* und schliesslich *Lewin*, über dessen hierher gehörige Untersuchung wir bereits oben (p. 18.) gesprochen haben. Dieser Behauptung müssen wir das Resultat unserer Untersuchungen entgegenstellen. Es ist uns nicht gelungen, namentlich mit Hülfe der weiter unten zu beschreibenden *Mitscherlich*'- und *Blondlot*'schen Methode in der Leber eines durch Phosphor vergifteten Hundes (Exp. XIX.), die wir bei der Section, um sie vor der Berührung mit Magen- und Darminhalt zu schützen, zuerst aus dem Körper nahmen, Phosphor nachzuweisen, ebenso wenig wie in dem Blute desselben Thieres. Auch in der Leber des von der Haut aus vergifteten Kaninchens (Exp. XXIV.) waren wir nicht im Stande Phosphor zu finden. Selbst in dem Exp. XXXI. konnten wir nach der Injection von Ol. phosphor. in die Jugularis, obgleich das Thier schon wenige Stunden nach der Injection starb und wir noch eine grosse Menge Oel in den Lungen fanden — in diesen keinen Phosphor mehr nachweisen. — Und doch war auch der anatomische Befund in diesem Falle ein der Phosphorvergiftung ähnlicher: fettige Degeneration des Herzfleisches etc. Dasselbe wollte nns ebenso wenig in dem Exp. XXXIII. gelingen, in welchem wir einem Hunde Ol. phosph. in die Lungen injicirten, wonach das Thier in c. 8 Stunden starb und wo wir sowohl in der Lunge, als in der Leber keine Spur von Phosphor auffinden konnten.

Wenn wir nun auch dieses Resultat als ein negatives, für sich allein nicht als vollständig massgebend anerkennen wollen, so fragt es sich, ob der Phosphor an sich Wirkungen äussert, welche in irgend welchen Punkten dem Bilde der acuten Phosphorvergiftung ähnlich sind.

Betrachten wir zunächst die Wirkung des Phosphors auf das Blut, da dieses als wesentlich betheiligt bei der Phosphorvergiftung angesehen werden muss.

Exp. XXV.

Es wird eine gleiche Menge Blut in zwei Reagensgläser gethan: in das eine wird ein Stückchen Phosphor gelegt; alsbald zeigt es eine entschieden heller rothe Färbung, als das andere ohne Phosphor. Nach einer halben Stunde untersucht, zeigen sich die Blutkörperchen vollständig wohl erhalten. Inzwischen hatte das Blut die frühere hellrothe Beschaffenheit behalten, namentlich aber kein lackfarbenes Aussehen angenommen.

Blut wird in einer Schaale mit Oleum phosphoratum versetzt und geschüttelt; es nimmt ebenfalls alsbald eine hellerrothe Farbe an, zeigt aber sonst auch nach längerem Stehen keine Veränderung, insbesondere kein lackfarbenes Aussehen. Die Blutkörperchen sind wohl erhalten. —

Hieraus sehen wir, dass das Blut durch die Einwirkung des Phosphors keine wesentliche Veränderung erleidet und namentlich in Bezug auf seine Farbe ein ganz anderes Verhalten, als bei der Phosphorvergiftung zeigt.

Man könnte dann weiter fragen, ob der Phosphor, wenn er direct in das Blut des lebenden Thieres injicirt wird, der Phosphorvergiftung analoge Erscheinungen hervorbringen könnte, und gestützt auf das oben beschriebene *Magendie-Orfila*'sche Experiment, in welchem der Tod so bald nach der Vergiftung eintrat, glauben, dass der Phosphor, als solcher, das wirksame Princip bei der Vergiftung sei.

(Das für diesen Zweck fast allein zu verwendende Präparat ist das Oleum phosphoratum, das meist 6 gr. Phosphor auf die Unze gelöst enthält; wir benutzten jedoch fast stets eine Lösung von circa 8 — 9 gr. auf dieUnze.)

Phosphorinjectionen in das Blut.

Exp. XXVI.

Einem kräftigen Kaninchen werden am 16. Juni Abends 6 Uhr 2 C. C. Oleum phosphor. (frischen Präparats) in die Jugularis ohne Spur von Erscheinungen Seitens des Thieres langsam injicirt. Aus der Nase strömen deutlich während jeder Exspiration Phosphordämpfe heraus. Auch am 17. Juni ist das Thier munter; der Urin ist trübe, ohne Eiweiss. In der Nacht vom 20. zum 21. Juni Tod. Bei der Section ist das Blut im Herzen dünnflüssig, mit milchweissen speckhäutigen Gerinnseln. Beide Lungen sind abnorm gross, viel derber als normal, dunkelmarmorirt, namentlich links, zahlreiche Ecchymosen in ihnen. Auf dem Durchschnitte sehr viele hepatisirte Heerde und nur wenige lufthaltige Stellen, namentlich links. Die Leber ziemlich gross, dunkel. Im Duodenum hellgalliger Inhalt. Die Leberzellen enthalten keine Spur von Fett.

Exp. XXVII.

Einem kräftigen Kaninchen werden am 17. Juni Morgens erst 3, dann nach einigen Minuten noch 2 C. C. Ol. phosphor. (frischen Präparats) in die Jugularis gebracht. Fortwährendes Entweichen von phosphoriger Säure durch die Nase. Das Thier bleibt dennoch vollkommen munter und frisst sofort sein Futter. Am 18. Morgens erscheint das Thier sehr schwach, Nachmittags kann es sich nur mit Mühe aufrichten und unter Convulsionen stirbt es Abends 8 Uhr. Bei der Section ist in der Blase hellgelber, schwach eiweisshaltiger Harn. Im Zellgewebe des Mediastinum zahlreiche punktförmige Ecchymosen. Im Herzen dunkel geronnenes Blut. Die Lungen sind von dunkelmarmorirtem Aussehen, mit zahlreichen stecknadelkopfgrossen und grösseren Ecchymosen besetzt, namentlich nach dem Rande zu, der auf der Schnittfläche eine derbe Beschaffenheit zeigt. Die Leber ziemlich gross, dunkel. Im Duodenum galliger Inhalt, die Nieren hyperämisch. In den Leberzellen etwas feinkörniges Fett.

Exp. XXVIII.

Einem Kaninchen werden am 2. Novbr. 4 Uhr Nachmittags 2 C. C. frischer gesättigter Lösung Ol. phosphor. in die Jugularis gespritzt. Während und nach der Injection Dämpfe von phosphoriger Säure aus der Nase. Das Thier ist hernach munter, frisst bald. Urin am 3. ohne Eiweiss. Am 4. Morgens ist das Thier munter, ebenso noch am 9. früh.

Exp. XXIX.

Einem ganz kleinen Hunde werden 2 C. C. einer gesättigten Lösung von Ol. phosphor. in die Jugularis injicirt. Während der Injection entweichen nur sehr wenige Dämpfe von phosphoriger Säure aus der Nase. Zuerst Zeichen von Unbehagen, nach zwei Tagen vollkommenes Wohlsein.

Exp. XXX.

Einem mittelgrossen Hunde werden 3 C. C. einer gesättigten Lösung von Ol. phosphor. (c. 3 gr.) in die Vena jugularis gespritzt. Starkes Dampfen von phosphoriger Säure aus der Nase. Mässige Dyspnoe. Kein Rasseln, kein Erbrechen. Am folgenden Tage ist der Hund sehr matt, hat nichts gefressen. Der Hund, der ausser Dyspnoe keine besonderen Erscheinungen zeigte, stirbt am 6. Tage nach der Injection. In beiden Ventrikeln findet sich ein Stück spekhäutiges Gerinnsel, das übrige Gerinnsel dunkel. Lungen stark marmorirt, Oberfläche stellenweise leicht blutig suffundirt, grösstentheils derb; auf dem Durchschnitte zeigte sich eine sehr starke graurothe Infiltration mit hämorrhagischen Partieen. Die hepatisirten Stellen fast luftleer, nur in der Mitte beider Lungen finden sich einige lufthaltige Stellen. Die grösseren Bronchien zeigen nichts wesentlich Abnormes, dagegen sind dic kleineren stark geröthet, mit schleimigem und schaumigem Inhalt.

Exp. XXXI.

Einem Hunde werden am 1. Novbr. erst 3, dann sofort 2 C. C. einer frisch bereiteten gesättigten Lösung von Ol. phosphor. in die Jugularis gespritzt. Noch während des Einspritzens und dann noch einige Zeit nachher — eine Viertelstunde beobachtet — kamen mit jeder Exspiration massenhafte Dämpfe von phosphoriger Säure aus der Nase. Der Hund scheint wenig angegriffen, allein nach einer halben Stunde soll er heftig zu brechen angefangen haben. Das Erbrochene, ob aus Lunge oder Magen ist unbestimmt, schwarz blutig, dampft und riecht stark nach phosphoriger Säure. Einige Stunden nach der Injection ist der Hund todt. Bei der Section ist nach Eröffnung der Brust- und Bauchhöhle keine Spur von Phosphorgeruch wahrzunehmen. Im Herzen sehr viel dunkles schwärzliches Blut. Herzfleisch schlaff, blass, Muskelfasern des Herzens stark feinkörnig getrübt. Trachea voll blasigschleimiger Flüssigkeit, ebenso die grösseren Bronchien. Lungen sehr voluminös, dunkelbraunroth, auf dem Durchschnitt äusserst starke Hyperämie mit reichlichem Oedem; mikroskopisch viel Oel. Im Magen ein wenig dunkle Flüssigkeit. Leber von normalem Aussehen, in den Leberzellen kein Fett. Nieren normal.

Die Lungen nach der *Mitscherlich*'schen Methode zum Nachweise des Phosphors behandelt, geben ein absolut negatives Resultat.

Exp. XXXII.

Einem mittelgrossen Hunde werden 5 C. C. Ol. olivar. in die Jugularis gespritzt, ohne dass derselbe darnach in den nächsten Tagen etwas wesentlich Abnormes zeigt. Zwei Tage nachher erhält er circa 6 C. C. einer gesättigten Lösung von Ol. phosphor. in die Jugularis der anderen Seite. Noch während der Injection und einige Zeit nachher entströmen durch die Nase starke Dämpfe von phosphoriger Säure, der Hund bekommt die furchtbarste Dyspnoe, am ganzen Thorax hört man bald starkes klein blasiges Rasseln (acutes Lungenoedem); in kaum einer halben Stunde ist er todt. Bei der Section sind die Lungen sehr voluminös, äusserst stark hyperämisch und oedematös, aus der Trachea ergiesst sich eine schmaumige, blutige Flüssigkeit. Trachea und Bronchien stark hyperämisch und an vielen Stellen frische kleine blutige Ergüsse. Herz und Leber normal.

Exp. XXXIII.

Einem mittelgrossen Hunde werden Mittags 12 Uhr 5 C. C einer frisch bereiteten, sehr concentrirten Lösung von Ol. phosphor. in das peripherische Eude der Jugularis eingespritzt. Während und nach der Einspritzung strömen reichliche Dämpfe von phosphoriger Säure aus der Nase. Der Hund läuft nach der Injection unter starker Dyspnoe, die bald auf 168 Resp. in der Minute steigt, im Zimmer umher. Abends ist der Hund todt. Bei der Section finden sich die Lungen stark ausgedehnt, von dunkelbraunrother Farbe. Aus der Trachea ergiesst sich ein reichlicher blutiger Schaum, die Bronchien sehr hyperämisch; sehr starkes Oedem der Lungen. In der Leber und im Herzfleisch nichts Abnormes. Die Lungen zusammen mit dem Blut des Hundes, so wie andererseits die Leber werden einer genauen Untersuchung auf Phosphor unterworfen, allein derselbe lässt sich darin nicht nachweisen.

Wie erklären sich die in diesen Experimenten beobachteten Erscheinungen?

In allen Experimenten sehen wir keinerlei Vergiftungssymptome unmittelbar nach der Injection erscheinen, die, falls der Phosphor als solcher im Blute Wirkungen äusserte, bei der Injection so grosser Dosen — wie wir sie angewendet haben und wie sie vom Magen aus sehr bald, sicher in 24 Stunden den Tod unter den exquisitesten Erscheinungen der Phosphorvergiftung hervorbringen würden, unmöglich hätten ausbleiben können. Wohl aber sehen wir überall sofort eine Oxydation des Phosphors eintreten, der sich bei der Circulation durch die Lungen hier zu phosphoriger Säure umwandelt und als solche, wie im XXXI. Experimente bis über eine Viertelstunde nach der Injection beobachtet wurde, in Form von Dämpfen durch die Nase exspirirt wird. Die Thiere kamen selbst nach der Injection so grosser Dosen zum Theil mit dem Leben davon, oder wenn sie starben, so gingen sie meist nicht an den Folgen der Phosphorvergiftung zu Grunde, da wir post mortem dann nicht die der Phosphorvergiftung eigenthümlichen Veränderungen an der Leber, Herz, Nieren etc. fanden. Sie starben in solchen Fällen an der Affection der Lungen, in welchen durch die in den Alveolen sich bildende und durch sie aus den Korper geführte phosphorige Säure die heftigste Entzündung mit starkem Oedem entstanden war. Letzteres liess sich noch während des Lebens constatiren (Exp. XXXII.) und zeigte sich auch post mortem auf das Evidenteste. Selbst in den Fällen, in welchen wir schnell eine sehr grosse Quantität Oleum phosphoratum in die Jugularis spritzten — eine Quantität, die auch vom Magen aus sehr bald den Tod herbeiführt — und in denen der Tod in kurzer Zeit eintrat, war schon Lungenoedem vorhanden. Zum Theil kann man auch den in so kurzer Zeit erfolgten Tod freilich als eine Folge der Wirkung des in den Lungen oxydirten Phosphors ansehen, dessen Oxydationsproduct in den von ihm angeätzten Lungen in directe Vermischung mit dem Blute gebracht, ebenso schnell wirken muss wie bei der Injection desselben in das Blut, die wir weiter unten genauer besprechen werden. Als Beweis dagegen, dass der unzersetzte Phosphor keinen Theil an den Wirkungen hatte, müssen wir noch namentlich hervorheben, dass wir sogar in denjenigen Fällen, in welchen der Tod schon wenige Stunden nach der Injection in das Blut eintrat (Exp. XXXI. u. XXXIII.) nicht im Stande waren, weder in den Lungen, in denen wir wegen der Masse noch angehäuften Oels den etwa vorhandenen Phosphor hätten vermuthen müssen, noch in der Leber denselben mit Hülfe der genauesten Methoden nachzuweisen.

Hiernach glauben wir also bewiesen zu haben, dass der Phosphor, ein Körper, der keinerlei Einwirkung auf Eiweiss, Kohlenhydrate, auf das Blut (Blutkörperchen) hat, der in keinem Bestandtheil des Blutes löslieh, der nach stattgehabter Vergiftung weder in dem Blute, noch in der Lunge und Leber nachweisbar ist, der sich bei seinem Einbringen in das Blut sofort oxydirt — dass der Phosphor, als solcher nicht für die Substanz gehalten werden darf, der man die Symptome der acuten Phosphorvergiftung zuschreiben muss.

III.

Welcher der Verbindungen des Phosphors sind aber dann die Symptome der Phosphorvergiftung zuzuschreiben?

Schon nach den Ergebnissen der bisher mitgetheilten Untersuchungen werden wir zur weiteren Erörterung der Frage auf die Oxydationsproducte des Phosphors hingewiesen. Bevor wir jedoch näher auf diese eingehen, wollen wir zuerst eine Verbindung des Phosphors genauer betrachten, die von *Schuchardt* *) als die Ursache der durch

*) *Henle* und *Pfeuffer* N. F. Bd. VII.

die Posphorvergiftung hervorgebrachten Erscheinungen gehalten wurde. Wir meinen den

Phosphorwasserstoff. (PH.)

*Nysten**) stellte zuerst Versuche mit Phosphorwasserstoff an, den er direct in die Vena jugularis einführte. Einem Hunde von 7½ Kilogr. Gewicht, wurden in Zeit von 10 Minuten, in 4 Absätzen, 110 C. C. Phosphorwasserstoff in die Jugularvene injicirt. Die erste Injection von 20 C. C. Gas brachte keine bemerkbare Erscheinung hervor. Bei der zweiten und dritten Injection, die jedesmal 30 C. C. Gas betrugen, hob sich die Respiration während weniger Augenblicke und der Puls wurde langsamer. Die vierte Injection von ebenfalls 30 C. C. Gas führte viel bedeutendere Respirationsbehinderung herbei; die Exspiration wurde keuchend und viel länger gezogen, als die Inspiration, dabei zeigte sich Unruhe. Nach Verlauf von 5 Minuten war die Ruhe wieder hergestellt, nur die Respiration war noch etwas beschleunigt. Darauf wurden im Verlaufe von 15 Minuten drei andere Injectionen von 30 C. C. desselben Gases vorgenommen; der letzten folgten convulsivische Bewegungen, Aufhören der Herzthätigkeit und der Respirationsactionen, endlich der Tod. Bei der nicht lange nachher angestellten Section fanden sich die Cavitäten des rechten Herzens sehr ausgedehnt von Blut und vielem Gas, welches den Geruch von Phosphorwasserstoff hatte, sich aber nicht an der Luft entzündete; die Lungen waren hellroth gefärbt.

In einem anderen Versuche hatte *Nysten* einem Hunde auf 2 Mal 130 C. C. Phosphorwasserstoff in die rechte Pleurahöhle injicirt; bei dem Einbringen des Troicars kam etwas Luft mit in die Pleurahöhle hinein und der Phosphorwasserstoff entzündete sich. Das Thier starb nach

*) Recherches de Physiol. et de Chimie pathol. Paris, 1811.

vier Tagen, und die sieben Stunden später angestellte Section zeigte beide Pleuraplatten mit zellig gebauten, serös infiltrirten Pseudomembranen bedeckt. Die Lungen waren gesund, in beiden Ventrikeln des Herzens war das Blut geronnen und es fanden sich Gerinnsel, wie bei entzündlichen Zuständen.

Ein dritter Versuch wurde bei einem Hunde von 7½ Kilogrm. Gewicht angestellt. 150 C. C. Phosphorwasserstoff wurden in einem Zeitraume von 15 Minuten in die Jugularvene eingespritzt. Das Thier, welches darauf losgelassen wurde, ging, ohne auf eine bemerkbare Weise zu taumeln. Die Respiration, welche durch die letzte Injection etwas beschwerlich wurde, geschah bald wieder ganz frei. Den Tag über war der Hund bald auf den Beinen, bald lag er. Den folgenden Tag war er traurig, verweigerte die Nahrung, der Puls war klein und schwach; dieser Zustand war in den folgenden Tagen derselbe, der Puls blieb schwach; das Thier lag fast immer. Den 8 Tag sanken die Kräfte sehr und eine andere Wunde, welche am Schenkel gemacht war, nm das Arterienblut zu untersuchen (es war den ersten Tag nach der Injection die Cruralarterie geöffnet — das ausfliessende Blut hatte sich sehr roth gezeigt) verbreiteten einen üblen Geruch; in nächstfolgender Nacht starb das Thier, wie *Nysten* glaubt, in Folge der gangränescirenden Wunden. Bei der Section zeigte sich das Zellgewebe am Abdomen mit Serum infiltrirt und die Lungen mit Schleimmasse angefüllt. Das Herz enthielt in seinen verschiedenen Höhlen geronnenes Blut, wie bei entzündlichen Zuständen. — Um den Einfluss der Injectionen von Phosphorwasserstoffgas in die Jugularvene auf die Färbung des Arterienblutes zu prüfen, machte *N.* einem Hunde von 7½ Kilogrm. Gewicht, nachdem er ihm an der Carotis der linken Seite, eine Röhre mit einem Hahn angebracht hatte, in die Jugularvene 5 Injectionen von Phosphorwasserstoff in einem Zwischenraume von jedesmal einigen Minuten und zwar die beiden ersten zu je 20, die dritte zu 30 und die vierte und fünfte zu je 40 C. C. Die vier ersten Injectionen brachten keine bemerkbare Wirkung auf die Färbung des arteriellen Blutes hervor, sie verstärkten nur etwas die Respirationsbewegungen. Nach der fünften Injection wurden die Respirationsbeschwerden stärker, das Athmen wurde sehr kurz, keuchend, und das Blut aus der Carotis war weniger roth. Nach 15 Minuten, während welcher Zeit die Respiration fortwährend kurz und keuchend gewesen war, man aber wegen Verstopfung kein Blut aus der Carotis hatte erhalten können, wurde eine neue Injection von 50 C. C. Gas gemacht, welche Klagen, Schreien, convulsivische Bewegungen, Ausleerung von Urin und Faeces, mehrere Anfälle von Opisthotonus hervorrief, in Folge deren das Thier aufhörte zu respiriren, dann schliesslich noch ein Paar Athemzüge machte und 4 Minuten nach dieser letzten Injection starb. Im Augenblick des Todes wurde die Carotis geöffnet und das langsam ausfliessende Blut war schwarz. Bei der Section fand man die Lungen roth, das rechte Herz ausgedehnt von Gas und Blut, welches ins Violette spielte.

Schuchardt stiess ein Stückchen Phosphorcalcium mit einem Stäbchen über den Kehlkopf herüber in den Oesophagus eines Kaninchens und glaubte, dass es dann in den Magen gelangen und sich aus ihm auf nicht zu rasche Weise Phosphorwasserstoff entwickeln würde. Allein nach etwa 10 Minuten war das Thier offenbar durch Erstickung todt, indem das Stück im Oesophagus stecken geblieben war. Hiernach versuchte *Sch.* das Phosphorcalcium unter Oel in einer Reibschaale ganz fein in demselben zu vertheilen und so mit dem Oele in den Magen zu bringen. Ein derartiger Versuch misslang dadurch, dass die Masse, die tropfenweise aus einer gläsernen Spritze in den hintern Theil des offen gehaltenen Mundes gebracht wurde, ein Theil in den Larynx und Luftröhre hineinkam und das Thier nach ¼ Stunde starb.

Einem Kaninchen wurde 0,1 grm. Phosphorcalcium, in 3 Drachmen Mandelöl fein diluirt, mittelst einer Kanüle in den Magen eingespritzt. Es starb nach 12 Stunden, nachdem es anfangs noch gefressen hatte, später aber unruhig geworden war, und etwas schnell geathmet hatte. Die nach 8 Stunden vorgenommene Section ergab Folgendes: Die Luftröhre war etwas injicirt; die rechte Lunge zeigte auf ihrer äussern Oberfläche etwa 8 — 10 stecknadelkopfgrosse, nicht ganz dunkelgefärbte Ecchymosen; übrigens war diese Lunge normal. Auch an der linken zeigten sich solche Ecchymosen, und ausserdem war dieselbe in ihrem untern hintern Theil beträchtlich infiltrirt und an einigen Stellen ganz luftleer. Das Herz war in beiden Hälften mit schlecht geronnenem schwärzlichem, wenn man es dünn ausstrich, eigenthümlich rosen- oder purpurroth gefärbtem Blute angefüllt. Der Oesophagus war normal. Der Magen zeigte sich in seinem Cardiatheile leicht mit kleinen rothen und rothbraunen Gefässen injicirt, dazwischen befanden sich zahlreiche kleine Ecchymosen, aber nichts von Geschwürsbildung. Der Fundus war in etwas grösserer Ausdehnung fleckig braun gefärbt; an einem grösseren Theile des Magens löste sich die Schleimhaut in ihren obersten Schichten leicht in Fetzen ab. Der grösste Theil des Dünndarms war durchaus stark entzündet, mit vielen Gefässinjectionen äusserlich und innerlich stark besetzt und enthielt reichliche, schleimige Massen in seinem Innern.

Ein anderes Kaninchen erhielt 0,03 grm. Phosphorcalcium, in 1½ Drachmen Mandelöl durch Reiben diluirt, in den Magen eingespritzt. Es befand sich, obwohl es beim Einspritzen etwas unruhig geworden war, ½ Stunde nachher durchaus wohl und frass munter. Den andern Morgen gegen 8 Uhr wurde es unruhig, rannte gegen die Wände seines Behälters, die Pupillen waren sehr erweitert, und es schien, als wenn die Sehkraft sehr verringert war, indem rasch ganz nahe vorgehaltene Gegenstände kein Blinzeln erregten und die Pupillen auf Lichtreiz sich nicht contrahirten. Es traten bei dieser Unruhe von Zeit zu Zeit eigenthümliche Krämpfe ein, indem das Thier sich krampfhaft auf die Hinterbeine setzte, dann den einen Vorderfuss ausstreckte und mit dem andern, welcher mehr angezogen war, zitternde, leise zuckende Bewegungen machte; kurze Zeit darauf traten leichte Drehbewegungen mit dem Kopfe ein, die sehr rasch ausgeführt wurden. In etwa $\frac{1}{4}$ — 1 Minute war ein solcher Anfall vorüber, und es kehrten dieselben anfangs seltener, den Nachmittag alle 5 — 10 Minuten während eines Zeitraums von 1 Stunde wieder, um später seltener zu werden und gegen die Nacht hin ganz zu verschwinden. In der Zwischenzeit zwischen diesen Anfällen war es ziemlich unruhig, lief öfter, als sonst, putzte sich viel den Mund mit den Pfoten und leckte die Ränder des Mundes, als ob es einen unangenehmen Geschmack oder Geruch habe. Dazwischen knirschte es manchmal mit den Zähnen, was nicht während der Anfälle geschah, und zwar zuweilen so stark, dass man es 10 Schritte und weiter hören konnte. Den andern Morgen war es wieder ganz ruhig geworden, frass ordentlich und zeigte keine besonderen abnormen Erscheinungen mehr. Auch die Störungen an den Augen schienen ganz geschwunden. 72 Stunden nach dem ersten Einbringen des Phosphorcalcium, erhielt das Thier wiederum 0,05 grm. Phosphorcalcium in Mandelöl fein diluirt in den Magen eingespritzt. Schon nach einer Stunde sah es *Sch.* wieder munter fressen, und sich sonst wohl befinden. 3 Stunden nachher that *Sch.* ein weibliches Kaninchen zu ihm, und es zeigte sofort den lebhaftesten Begattungstrieb, welchen es auch in der nächsten Zeit zu wiederholten Malen befriedigte. Nach weiteren 120 Stunden (also 192 Stunden nach der ersten Darreichung) wurde wiederum 1 grm. Phosphorcalcium in Mandelöl diluirt in den Magen des Kaninchens gespritzt, das sich bis dahin durchaus wohl befunden hatte. Einige Stunden nachher frass es wieder, wenn auch nur wenig. Den andern Morgen hatte es grosse Unruhe, schrie, sprang viel umher, frass nichts. Krämpfe in der früher beobachteten Weise traten nicht ein. Den andern Tag war es wohler, frass etwas mehr, doch athmete es rascher, und zeigte sich nicht ganz wohl. Da die ganzen Versuche an diesem Kaninchen längere Zeit in Anspruch genommen hatten, als *Sch.* Anfangs hatte voraussehen können, und die Zeit drängte, so wurde 2 Tage nach dem letzten Einspritzen das Thier getödtet. Der Oesophagus zeigte sich normal, die Trachea war etwas geröthet, in den Lungen zeigte sich in der rechten Lungenspitze in grösserer Ausdehnung graugefärbte, mit schwärzeren Massen durchsetzte Infiltration, uud eine ganz eben solche in der Mitte der linken Lunge. Das Herz war voll dunkeln, nicht bedeutend geronnenen Blutes (die Section war 18 Stunden nach der Tödtung vorgenommen). Der Magen zeigte in der Cardiagegend zwei grössere Erosionen, welche durch die Schleimhaut hindureh, bis auf die Muscularis gingen, so dass letztere an den meisten Stellen ganz bloss lag; die kleinere Erosion hatte etwa den Durchmesser eines Centimeters, die grössere den von zweien, beide waren aber sehr unregelmässig gestaltet, hatten eine intensiv hellrothe Färbung und etwas aufgewulstete Ränder. In ein Paar Stellen griffen die Erosionen etwas tiefer in die Muscularis ein; den Erosionen gegenüber auf der Aussenseite des Magens waren die Venen stärker entwickelt und gefüllt. Der Mageninhalt war stark mit zähen Schleimmassen bedeckt. —

Einem dritten Kaninchen wurde ein länglich rundes Stück Phosphorcalcium, 0,3 grm,, in den After etwa $1\frac{1}{2}$ Zoll weit hineingeschoben. Es entwickelte sich sofort Phosphorwasserstoff, welches beim Heraustritt aus dem After, während der Wärter das Thier noch auf dem Arme hatte, sich entzündete, ohne dass aber dadurch irgend welche Verletzungen des Afters entstanden, oder die umstehenden Haare versengt wurden. Etwa 3 Minuten nachher, während welcher Zeit noch ein paar Mal solche kleine Explosionen statt hatten, kam aus dem After ein Tropfen einer schwärzlichen, dicken, theerartigen Flüssigkeit heraus. Das Thier wurde nun in einen Kasten gesetzt, verhielt sich anfangs ruhig, fing aber nach etwa 10 Minuten an beschleunigt zu athmen, und der Athem roch nach Phosphorwasserstoff. Nachher wurde es unruhig, sprang mehrmals umher, legte sich dann und starb unter leichten Convulsionen etwa 1 Stunde nach stattgehabter Vergiftung. Die Section zeigte beträchtliche Röthung der Trachea bis in die Bronchien hinein, in der rechten Lunge waren in dem mittlern und untern Theile grössere Strecken infiltrirt, so dass sie graulich melirt aussahen und zwischen diesen Stellen nicht unbeträchtliche Partien von dunklerer schwärzlicher Farbe sich befanden; solcher schwärzlichen hirsekorngrossen und grösseren Punkte befanden sich mehrere hin und wieder zerstreut auch in andern Theilen der rechten Lunge. Die linke Lunge zeigte nur einige solche Punkte, im Uebrigen war dieselbe ganz normal. Die Lungengefässe, so wie die aus dem Herzen kommenden Gefässe und die Cavitaeten des Herzens selbst, besonders rechts waren bedeutend angefüllt mit schwarzem, weich geronnenem Blute. An der innern Wand des rechten Ventrikels waren ein Paar kleine Ecchymosen zu sehen. Der Magen zeigte eine leicht bräunliche Tingirung, durchaus keine Veränderung der Schleimhaut, keine Geschwüre oder Ecchymosen; der Pylorustheil war etwas heller gefärbt, indem die oben erwähnte hellbräunliche Färbung etwa 1½ Zoll oberhalb des Pylorus aufhörte. Der übrige Tract. intestin. verhielt sich normal, bis auf die zwei letzten Zoll vor der Aftermündung. An der Aftermündung selbst war durchaus keine Veränderung zu bemerken; ½ Zoll oberhalb derselben befand sich eine flache etwa ¼ Zoll lange und 2 Linien breite in der Längsaxe stehende unregelmässig gestaltete Erosion, welche mit schwärzlichen geronnenen Massen (ausgeschwitzten, verschorften, mit Blut stark imprägnirten Exsudaten) bedeckt war. Einen halben Zoll höher hinauf befanden sich noch zwei ähnlich gebildete Erosionen, und etwa ⅓ Zoll höher noch eine. Um alle diese Stellen lagen, das Rectum anfüllend, krümliche dunkle Massen, (wohl die Reste der aus der Zersetzung des Phosphercalcium hervorgegangenen Verbindungen; während des Lebens war trotz sorgfältiger Beohachtung nichts von einem etwaigen Abgang unzersetzten Phosphorcalciums zu bemerken gewesen). Die um das Rectum und den Uterushals liegenden Gefässe strotzten sehr von dunklem Blute, ebenso fand sich die Vena cava infer. mit ähnlich aussehendem Blute stark angefüllt. —

Aus diesen Versuchen nun zog *Schuchardt* den Schluss, dass der Phosphor nur durch seine Verbindung als Phosphorwasserstoff im Körper giftig sei, dass nur die Phosphorverbindungen, welche Phosphorwasserstoff bilden, als eigentliche Gifte anzusehen seien und der Phosphor selbst sich ihnen nur darum anreihe, weil und insofern er diese Eigensehaft mit jenen theilt, wobei unter Umständen die mögliche Einwirkung des Verbrennnns desselben noch in Betracht kommen könne.

Lewin wiederholte diese Versuche mit Phorphorwasserstoff, indem er zuerst die Thiere über frei sich entwickelnden Phosphorwasserstoff, der sich natürlich sofort entzündete, hielt, wonach die Thiere, wie leicht erklärlich, bald starben. Dasselbe geschah, als er kleine Stücke von Phosphorcalcium in die Speiseröhre der Kaninchen schob und Wasser nachspritzte. Nun brachte er kleine Stückchen Phosphorcalcium in einer Menge von 1 Decigrm. in den Magen und spritzte sofort Wasrer nach; die Thiere starben danach nach einer halben Stunde und *L.* sah die Schleimhaut des Magens in ihrer ganzen Ausdehnung blasig abgehoben, so dass er nicht zweifelt, dass der Phosphorwasserstoff sich entzündet und ähnlich die Schleimhaut, wie eine Flamme die Epidermis zur Blase abgehoben habe. „Das Blut zeigte sich hier weder in der Farbe noch in seiner Consistenz so verändert, wie es der Fall hätte sein müssen, wenn die giftige Wirkung des Phosphors auf der Bildung von Phosphorwasserstoff beruhte; die Lungen waren hellroth, nirgends in ihnen Infiltration oder Ecchymosen.“

Die Betrachtung der *Nysten*'schen Versuche hätte für sich allein schon einen genügenden Beweis dafür geliefert, dass der Phosphorwasserstoff bei der Phosphorvergiftung nicht als solcher giftig wirke, indem ja die directe Einführung desselben in das Blut selbst in sehr kleinen Dosen, wenn es bei der Phosphorvergiftung betheiligt wäre, Erscheinungen zeigen müsste, die jener ähnlich wären. Aber auch nicht eine einzige Erscheinung sah *N.* eintreten. Ohne irgend ein Symptom zu bewirken, wurden dem einem Hunde 170 C. C., dem zweiten 150 C. C., dem dritten 110 C. C. Phosphorwasserstoff injicirt, ja der Hund, dem 130 C. C. in die Pleurahöhle gebracht wurden, starb erst nach vier Tagen, an den Folgen der Verbrennung und der dadurch entstandenen Pleuritis. Auch das Blut war in dem Falle, in welchem 150 C. C. in die Jugularis gespritzt waren, und wonach der Hund erst nach Tagen starb, am Tage nach der Operation auf seine Farbe untersucht und zeigte sich aus der Cruralis sehr roth. Ebenso verhielt sich das Blut in dem andern Versuche noch nach Injection von 130 C. C., und erst nach Injection von 210 C. C. in diesem Falle, wonach der Tod eintrat, war das aus der Arterie ausfliessende Blut für schwarz gehalten, wogegen es noch in dem rechten Herzen nach dem Tode, als in's Violette spielend angegeben wurde. Aber auch die *Schuchard*'schen Versuche selbst beweisen durchaus nicht die von ihm aus ihnen gezogenen Folgerungen. In seinem zweiten Versuche gab *Sch.* dem Thiere in 8 Tagen im Ganzen 2 Decigrm. Phosphorcalcium, und musste das Thier, da es danach absolut nicht sterben wollte, nach 10 Tagen tödten. Die einzigen Zeichen, die es nach der Vergiftung bot: an dem ersten Tage Sehschwäche und eigenthümliche Krämpfe höchst problematischer Natur, die man bei Kaninchen, wenn sie munter sind und sich putzen, häufig sieht, und nach 6 Tagen die bei Kaninchen wohl nicht merkwürdige Thatsache, dass das Thier, als ein weibliches Kaninchen zu ihm gelassen wurde, sofort den lebhaftesten Begattungstrieb zeigte!!

Aus den erwähnten Versuchen geht vielmehr hervor, dass der Phosphorwasserstoff keine der Erscheinungen bewirkt, welche für die Phosphorvergiftung charakteristisch sind. A priori ist die Bildung von Phospborwasserstoff bei der Phosphorvergiftung und ein Einfluss desselben auf die Symptome schon deshalb sehr unwahrscheinlich, weil man nach der Eröffnung des Magens in der Leiche zwar häufig die Entwickelung von Dämpfen phosphoriger Säure, niemals aber den so charakteristischen und auffallenden Geruch nach Phosphorwasserstoff wahrnimmt, auch ist nicht einzusehen, wie sich bei der gewöhnlichen Art der Phosphorvergiftung Phosphorwasserstoff im Magen bilden solle. —

Exp. XXXIV.

Drei Kaninchen wurde Phosphorcalcium in wenig Oel emulgirt in verschieden grossen Dosen mit der Schlundsonde beigebracht und sofort durch die Sonde eine grosse Quantität Wasser nachgespritzt. Sie zeigten weder jetzt noch später Erscheinungen und wurden nach vier Wochen zu anderen Experimenten verwendet.

Phosphorwasserstoff wurde längere Zeit durch Blut geleitet. Das Blut nahm darnach eine hellere Farbe als vorher an, die Blutkörperchen selbst zeigten keine wesentliche Veränderung. —

Es folgt also, dass der Phosphorwasserstoff keine der Phosphorvergiftung ähnlichen Erscheinungen am Blute und im Körper bewirkt.

Unterphosphorige Säure. (PO.)

*Savitsch**) injicirte einem Kater von 3642 grm. Gewicht mittelst eines elastischen Katheters 1 grm. unterphosphorige Säure in 5 grm. Wasser gelöst (0,126 grm. wasserfreie Säure) in den Magen. Das Thier frass sofort nach dem Versuche begierig Fleisch und befand sich fortwährend wohl. Einige Tage nachher erhielt es die doppelte Menge obiger Säure eingespritzt, wonach zwar bald Erbrechen eintrat, allein einige Stunden nachher hatte sich das Thier so vollständig erholt, dass sich keine Störung der Gesundheit wieder zeigte.

Savitsch selbst nahm 3,214 grm. unterphosphorige Säure, 0,405 wasserfreie Säure und zwei Tage nachher 4,05 grm. (0,611 grm. wasserfreie Säure) ohne irgend einen Einfluss derselben auf sein Wohlbefinden zu verspüren.

Lewin gab Kaninchen zuerst 10 Tropfen unterphosphorige Säure, stieg dann allmählich nach zweitägigen Pausen bis zu 40 Tropfen, so dass Jedes eine halbe Unze erhalten hatte. Die Thiere wurden nach der zweiten Dosis von 20 Tropfen etwas unruhig, frassen weniger, kauerten sich still in einen warmen dunkeln Stubenwinkel, erholten sich jedoch stets sehr bald wieder; ganz ähnlich verhielten sie sich nach den stärkern Dosen.

Unsere eigenen Versuche mit unterphosphoriger Säure ergaben Folgendes:

1. Frösche.

Exp. XXXV.

Einem Frosche werden 2½ C. C. unterphosphorige Säure unter die Haut gebracht. Einige Minuten nachher springt er noch munter umher, dann aber wird er still, und nach kaum einer Viertelstunde ist er todt.

---

*) Meletemata de acidi arsenicosi efficacia. Dissert. inaug. Dorpat. 1854.

Exp. XXXVI.

Einem Frosch wird am 9. Juni 1 C. C. unterphosphorige Säure unter die Haut des rechten Beines gebracht. Das Thier bewegt sich nachher langsamer, zieht dann bald das rechte Bein nach, das es gestreckt hält und welches auf Reize nicht mehr reagirt. Zwei Tage nachher ist es todt. Die Muskeln des rechten Oberschenkels zeigen sich bei der Section gelbweiss, härter als links. Die Leber von gewöhnlicher Farbe. In den wohl erhaltenen Zellen keine grösseren Fetttröpfchen, nur in den meisten eine feine, kleinkörnige Trübung.

Exp. XXXVII.

Einem Frosch wird am 13. Juni ½ C. C. unterphosphorige Säure unter die Haut des rechten Schenkels gebracht. Der Frosch ist nachher munter. Am 15. Juni todt. Das Blut wird bei der Section dünnflüssig, die Leber normal gefunden; die Zellen sind nur sehr wenig körnig getrübt.

Exp. XXXVIII.

Einem Frosch wird am 13. Juni ½ C. C. unterphosphorige Säure unter die Haut des rechten Schenkels gebracht. Der Frosch zeigt nachher keine abnormen Erscheinungen, nur schleppt er nach einiger Zeit den rechten Schenkel, der auch unempfindlicher ist, etwas nach. Am Abend des 15. ist er todt. Bei der Section ist die Leber von einer schwach ins Gelbliche spielenden Farbe; die Zellen enthalten grobkörniges, gelbes, kein farbloses Fett.

2. Kaninchen.

a) Injection in das Blut.

Exp. XXXIX.

Einem sehr kräftigen Kaninchen werden am 18. Juni in drei Absätzen je ¼ C. C. unterphosphorige Säure in die Jugularis injicirt. Die beiden ersten Injectionen verträgt es sehr gut, ohne irgend darauf zu reagiren, nach der dritten jedoch bekommt es in verhältnissmässig kurzer Zeit plötzlich heftige Convulsionen, Opisthotonus, heftiges Vibriren der Muskeln (deutlicher Muskelton), Tod.

b) Injection in den Magen.

Exp. XXXX.

Einem mittelgrossen Kaninchen werden 3 C. C. unterphosphorige Säure in den Magen injicirt. Das Thier zeigt darnach nichts Abnormes. Am folgenden Morgen erhält es noch 8 C. C., ohne dass durch sie im Laufe des Vormittags etwas in dem Befinden des Kaninchens geändert wäre. Allein vom Nachmittag an ist es entschieden krank und stirbt in der Nacht. Bei der Section ist die Schleimhaut des Magens im Allgemeinen stark hyperämisch, mit zahlreichen Schorfen bedeckt, auch das Duodenum, dessen Inhalt schwärzlich roth ist, zeigt sich äusserst stark geröthet. In den übrigen Organen nichts Besonderes.

Exp. XXXXI.

Zwei erwachsenen Kaninchen wurden je 8 C. C. einer ziemlich concentrirten Lösung frischer unterphosphoriger Säure in den Magen gespritzt. Am nächsten Tage hatten sie eine geringe Menge Eiweiss im Harn, sonst zeigten sie weder an diesem Tage noch später andere Krankheitserscheinungen.

3. Wirkung der unterphosphorigen Säure auf die Blutkörperchen.

Exp. XXXXII.

Froschblut wird unter dem Mikroskop mit ganz frisch bereiteter unterphosphoriger Säure versetzt. Die Blutkörperchen werden blasser, die Kerne treten schärfer hervor, allein es tritt kein Verschwinden der Blutkörperchen ein.

Werden Kaninchenblutkörperchen mit unterphosphoriger Säure unter dem Mikroskop versetzt, so schrumpfen sie zusammen, verschwinden aber auch nicht. —

Aus diesen Versuchen ersehen wir also, dass die unterphosphorige Säure an sich keineswegs, wie dies von *Savitsch* behauptet worden ist und nach ihm allgemein angenommen wird, für ein gleichgültiges Präparat gehalten werden darf. Ihre Wirkung ist nach unserer Beobachtung eine vollkommen verschiedene, je nachdem wir sie in den Magen oder in das Blut bringen. In letzteres injicirt, bedingt sie in einer verhältnissmässig kleinen Dosis — freilich in einer noch immer grösseren, als dies die anderen Oxydationsproducte des Phosphors, wie wir sogleich zeigen werden, thun — den sehr bald eintretenden Tod, während sie denselben bei Kaninchen durch die Injection in den Magen erst in ziemlich grosser Dosis und nach einiger Zeit herbeiführt. Das Sectionsergebniss lehrt uns, dass sie in diesem Falle durch Anätzung eine heftige Gastritis bewirkt, an der die Thiere sehr bald zu Grunde gehen. Kleine Dosen der Säure machen, wie wir gesehen haben, nur vorübergehende oder gar keine Erscheinungen, grössere führen zur Gastritis und deren Folgen, ohne dass dadurch eine Aufnahme des Giftes in das Blut stattzufinden braucht. Grosse Dosen aber werden offenbar durch die auf der Magenschleimhaut stattfindende Anätzung in das Blut resorbirt und können schnell in derselben Weise tödten, wie wir es bei der Injection der unterphosphorigen Säure in das Blut beim Kaninchen und nach Injection einer grossen Dosis unterphosphoriger Säure unter die Haut des Frosches sehen. Weiter unten werden wir zeigen, dass die uuterphosphorige Säure sich vor oder nach der Resorption weiter oxydirt, da sie weder im Blute noch im Harn nachweisbar ist.

Wir schliessen also, dass die unterphosphorige Säure allerdings giftig ist, dass sie aber die Ursache des Todes bei der Phosphorvergiftung nicht sein kann: Sie löst die Blutkörperchen nicht auf, bewirkt auch meist in den Organen nicht jene Veränderungen, wie wir sie bei der Pbosphorvergiftung eintreten sahen. Nur in einem Froschexperiment (XXXVIII.) hatte die Leber eine gelbliche Farbe und enthielt etwas gelbes Fett — ein Befund, dessen Ursache wir bald besprechen und erklären werden.

Phosphorige Säure (PO_3.)

Hünefeld *) gab einem Kaninchen 25 Tropfen des Hydrats der phosphorigen Säure; nach einer Stunde wurde es unruhig, frass nicht, kam jedoch bald wieder zu seinem normalen Verhalten. Nach 24 Stunden erhielt das Kaninchen ein Quentchen Säure mit Wasser verdünnt, worauf Dyspnoe, Aengstlichkeit, und Unlust zur Bewegung sich einstellte. Nachdem es sichtlich 10 bis 12 Stunden mit starken Schmerzen gekämpft und fortwährend dyspnoetisch war, erbrach (?) es eine wässerige blutige Masse und verschied unter einigen Convulsionen. Die Schleimhaut des Magens zeigte sich an der Cardia etwas bräunlichroth, sonst ohne Veränderung. Nirgends war Phosphorgeruch warnehmbar. Der Harn in der Blase reagirte sauer und enthielt viele Tripelphosphate. Die Gefässe des nicht schwangeren Uterus waren stark geröthet, eine Entzündung unverkennbar; in der vagina befand sich eine blutige Flüssigkeit. Harnblase, Rectum normal. *Hünefeld* hielt nach diesem Versuche die Wirkung der phosphorigen Säure ähnlich der Wirkung der Phosphorsäure, indem er sich auf den Versuch von *Orfila* mit letzterer (s. S. 120) stützte. Besonders wichtig erschien *H.* die entzündliche menstruationsartige Affection des Uterus; er hielt es für möglich, in dieser Säure und ihren Salzen ein wichtiges und zuverlässiges remedium pellens zu finden.

Weigel und *Krug* **) gossen von einer 10 pCt. phos-

---

*) Ueber die Wirkuug der phosphorigen Säure etc. auf den Organismus. Arch. f. med. Erf. von *Horn*. 1830, p. 854.

**) Ueber die verschiedenen Wirkungen reiner und verunreinigter Phosphorsäure. *Casper*'s Wochenschr. 1844, p. 455.

phorige Säure enthaltenden officinellen Phosphorsäure drei Mal je 15 Tropfen halbstündlich einem Kaninchen auf die Zungenwurzel, nachdem Ober- und Unterkiefer durch hinter die Zähne gelegte Bänder von einander gehalten worden waren. Nach der ersten Dosis zeigte sich Unruhe, die sich nach der zweiten vermehrte; nach der dritten traten anfangs leichte Zuckungen und heftiges Schnaufen ein; später legte sich das Kaninchen in eine Ecke, bewegte unter ängstlichem Schnaufen nur den Kopf, bis es nach 1¼ Stunden ohne weitere auffallende Erscheinungen starb. Die Epithelialschicht des Magens zeigte sich an den meisten Stellen fast gänzlich zerstört; in der Gegend der Cardia und längs der grossen Magencurvatur mehrere kreuzerstückgrosse, unregelmässig in der Schleimhaut sitzende braunrothe Flecke von derberer Consistenz; die Speiseröhre an einzelnen Stellen geröthet.

Bei einem Versuche, in welchem einem Kaninchen drei Mal halbstündlich je 10 Tropfen einer 10 pCt. phosphorige Säure enthaltenden officinellen Phosphorsäure auf ähnliche Weise beigebracht wurden, waren die Erscheinungen geringer und der Tod trat nach 4 Stunden ein. Bei der Section fanden sich Flecke auf der Magenschleimhaut, doch waren sie weniger zahlreich als in dem letzten Falle.

W. und *K.* glaubten daher, dass die phosphorige Säure eine brandige Entzündung der Magenschleimhaut veranlasst, die ihren Grund wahrscheinlich in der Entwickelung von Phosphorwasserstoff hat, da phosphorige Säure enthaltende Phosphorsäure an der Luft beim Erhitzen ebenfalls Phosphorwasserstoff entwickele, möglichenfalls aber auch durch eine im Magen vor sich gehende höhere Oxydation der phosphorigen Säure bedingt wird.

Wöhler und *Frerichs* *) sahen bei einer Taube der ⅛ Grm. trockner, phosphoriger Säure in einer diluirten

---

*) *Wöhler* und *Frerichs*: *Liebig's* Annalen der Pharm. Bd. 65. p. 335 — 349.

wässerigen Lösung beigebracht war, den Tod nach einer Stunde eintreten. Die Lungen und Luftwege waren, abgesehen von einzelnen nadelkopfgrossen, stark injicirten Stellen, gesund. Spuren von Entzündung, wie sie von *Weigel* und *Krug* beobachtet wurde, zeigten sich weder im Magen noch Darmkanal. — Einem Meerschweinchen wurde dieselbe Menge eingegeben. Das Thier bekam Zuckungen, es trat Schaum aus den Nasenöffnungen, und der Tod erfolgte nach einigen Minuten. Ein Theil der Flüssigkeit war in die Luftröhre gelangt und hatte Erstickung zu Wege gebracht. — Endlich sahen sie bei einer Katze, die 1 Grm. derselben Säure ebenfalls in Lösung erhielt — „beim Herausziehen der elastischen Röhre floss auch hier wahrwahrscheinlich ein Theil der Flüssigkeit in die Luftröhre“ — sehr bald Respirationsbeschwerden und den Tod nach 36 Stunden eintreten. Der Magen erschien auch hier nicht wesentlich verändert, ebenso wenig der Darmkanal. In der Luftröhre und den Bronchien hatten sich entzündliche Ausschwitzungen gebildet. Die Lungen normal.

Aus diesen Versuchen schlossen *Wöhler* und *Frerichs*, dass die phosphorige Säure giftige Eigenschaft besitzt, dass aber die heftige Reizung der Magenschleimhaut, wie sie *Weigel* und *Krug* beschrieben, wenigstens nicht immer als Folge derselben angetroffen wird.

Savitsch injicirte einer Katze mit einer elastischen Röhre 1 Grm. phosphorige Säure in 5 Grm. Wasser gelöst (also 0,563 Grm. wasserfreie Säure) in den Magen. Ausser Erbrechen, welches kurz nach dem Versuche entstand, folgte nichts Abnormes, und das Thier erhielt nun denselben Nachmittag noch 2 Grm. phosphorige Säure in 10 Grm. Wasser (also 1,127 Grm. wasserfreie Säure) in zwei Portionen in einem Zwischenraume von einer Viertelstunde ohne besonderen Erfolg. Auch *Savitsch* selbst nahm 2,729 Grm. phosphorige Säure (1,536 wasserfreie phosphorige Säure) und sah danach ebenso wenig eine

Wirkung, wie später nach Versuchen mit phosphorsauren Salzen.

Schuchardt injicirte einem ausgewachsenen Kaninchen 24 Tropfen (ungefähr 10 Grm. wasserfreier Säure) phosphorige Säure in zwei Drachmen Wasser diluirt, in den Magen, wonach das Thier sieh vollkommen wohl befand und die folgenden Tage in gewohnter Weise frass, und auch auf weitere, nach 3 Tagen dem Kaninchen beigebrachten 36 Tropfen zeigten sich keinerlei Erscheinungen. Einem anderen Kaninchen wurden 24 Tropfen phosphorige Säure in drei Drachmen Wasser, und nach 4 Tagen, während welcher Zeit es sich ganz wohl befand, weiterhin 30 Tropfen in Wasser ohne irgend welche Wirkung gegeben.

*Orfila**) schreibt, ohne sich auf Experimente zu berufen, der phosphorigen Säure ähnliche Symptome und anatomische Veränderungen zu, wie der Phosphorsäure, nur hält er ihre Wirkung nicht für so stark.

*Personne***) stellte an 6 Hunden Versuche an, denen er 0,6 bis 1,45 Grm. phosphorige Säure gab und dann den Oesophagus unterband. Die Hunde lebten noch bis zum 6., 8. und 9. Tage. *Personne* schreibt den Tod der Thiere bloss dem Hunger und der Unterbindung des Oesophagus zu, giebt jedoch über das Verhalten der Thiere während des Lebens, sowie über die Sectionsergebnisse nur ganz ungenügende Auskunft.

*Meyer****) brachte einem Kaninchen 40 Tropfen phosphorige Säure durch eine Wunde unter die Haut des Rückens. Es schreit beim Einbringen der Flüssigkeit. Nach zwei Stunden schlägt das Herz viel schwächer und unregelmässig, später öfter aussetzend. Es wird unem-

---

*) *Orfila*. Lehrbuch der Toxicologie.

**) *Personne*. Compt. rend. de l'Acad. 1857.

***) *Meyer* l. c., p. 228.

pfindlich und nach 6 Stunden ist es rechts gelähmt. Das Herz schlug 60 Mal in der Minute, die Temperatur zeigt 21° R. Nach 8 Stunden ist das Herz fast unfühlbar, die Respiration noch langsamer, die Temperatur im After 19° R. (äussere Temperatur der Luft 17° R.) Nach 11½ Stunden ist der Herzschlag und die Respiration erloschen, das Thier gelähmt, unempfindlich am Auge und an den Gliedern. Die Temperatur 17,5° R. und es verendet nach 12 Stunden, gelähmt, auf der Seite liegend; die gereizten nervi ischiadici reagirten nicht mehr. Nach drei Stunden trat rigor mortis ein. Bei der 7 Stunden p. m. angestellten Section enthielt das Herz blaues flüssiges Blut mit etwas Coagulum. Die Lungen sehr roth und dicht, die Wundfläche braun gebeizt, und war von ihr aus der Fundus des Magens mit braunen Flecken von Durchschwitzung der Säure versehen, welche bis auf und in dem Chymus sichtbar waren.

Einem Frosche wurden 20 Tropfen phosphorige Säure unter die Haut geträufelt. Der Frosch bäumt sich vor Schmerzen; nach einer Stunde ist er matt und wenig bebeweglich. Empfindlichkeit und Bewegungsvermögen vermindern sich immer mehr und nach 2½ Stunden ist er todt. Das Herz ist blass, stillstehend, nicht mehr reizbar, von wenig dunklen flüssigem Blute erfüllt, die Lungen roth gefleckt, die Nerven reagiren nicht mehr auf Reizung.

Einem anderen Frosche wurden in ähnlicher Weise 60 Tropfen phosphorige Säure beigebracht, wonach er bald unempfindlich und bewegungsunfähig wurde. Nach 1½ Stunden ist er todt. Das Herz stillstehend, blass, im Sinus etwas flüssiges, blaues Blut. Nerven nicht mehr reizbar.

Einem Frosche werden 30 Tropfen phosphorige Säure in den Schlund und Magen eingeträufelt, was ihm etwas Schmerzen erregte. Empfindung und Bewegung nehmen allmählig ab, wie in den vorigen Versuchen, und der Tod erfolgt nach 3½ Stunden. Das Herz war fast leer, der Magen war nicht entzündet, aber der Dünndarm roth, die

Nerven nicht mehr reizbar. Bei einem ähnlichen Versuche mit 20 Tropfen phosphoriger Säure war der Frosch nach einer Stunde unempfindlich und auf Reizung unbeweglich. Nach 3 Stunden todt.

Meyer *) hält nach diesen Experimenten die phosphorige Säure für eine keineswegs unschädliche Substanz, stellt ihre Wirkung jedoch der des Phosphors selbst nach, indem nach seiner Ansicht sowohl die locale caustische, als die allgemeine organische Wirkung dem reinen Phosphor im höchsten Grade zukommt und mit seiner Oxydation abnimmt, deren Producte dann auch nur nach ihrem Gehalte an Phosphor einen Einfluss haben.

Lewin gab einem Kaninchen einen Scrupel, einem andern zwei Scrupel, und einem dritten eine Drachme phosphoriger Säure, die derselbe mit der zweifachen Quantität Wasser versetzt hatte. In steigender Dosis ging *L.* bei dem ersten bis auf drei Drachmen, bei dem zweiten bis zu drei, dem dritten bis zu sechs Drachmen. Vier Tage nach der höchsten Gabe, nachdem das Thier schon im Ganzen $1\frac{1}{2}$ Unzen bekommen hatte, starb es unter zunehmender Schwäche und auffallender Apathie. Das Blut war dunkel, doch zeigte sich ziemlich viel gut geronnener Faserstoff. Im Magen und Darmkanal war die Schleimhaut nicht im Geringsten entzündet ja sogar auffallend fest und weiss, näherte sich ganz dem Aussehen ja der Consistenz der Albuginea; mit dem Rücken des Messers konnte man ziemlich hart und scharf darüber hinfahren ohne eine Zerreissung derselben zu bewirken. Die Leber war von braunerem Colorit als im normalen Zustande, ziemlich blutreich, zeigte keine Fettentartung. Nirgends fanden sich Ecchymosen weder auf den Schleimhäuten noch im Innern eines Organs.

Dieses, dem der anderen Experimentatoren widersprechende Resultat motivirt *Lewin* dadurch, dass er den bei

---

*) *Meyer* l. c. p. 232.

den entgegengesetzten Befunden angewendeten Methoden die Schuld beimisst. Die in Bezug auf ihre Resultate doch höchst interessanten Froschversuche *Meyer*'s übergeht *L.*, begnügt sich mit seinem Versuch den experimentellen Nachweis der nicht absolut giftigen Wirkung der phosphorigen Säure geführt zu haben, sieht in dem Leichenbefunde einen Zustand, der „ziemlich entgegengesetzt“ dem bei Phosphorvergiftung ist, hält danach die phosphorige Säure als bei derselben nicht in Betracht kommend und glaubt diese Ansicht noch damit unterstützt, dass alle Antidota, welche Neutralisationsmittel dieser Säuren sind, doch in der Phosphorvergiftung wirkungslos bleiben.

Gehen wir nun zu unserem mit phosphoriger Säure (spec. Gew. 1,12) angestellten Versuchen über.

Froschversuche.

Exp. XXXXIII.

Einem Frosch wird 1 C. C. phosphorige Säure unter die Haut des rechten Oberschenkels gebracht. Er hört sehr bald zu springen auf, und nach etwa 10 Minuten hat er das rechte Hinterbein gestreckt und kann dasselbe nicht flectiren. Am folgenden Morgen ist der Frosch todt. Die Leber ist ziemlich klein, dunkelgraugefärbt, zeigt mikroscopisch nichts Abnormes.

Exp. XXXXIV.

Einem Frosch wird 1 C. C. phosphorige Säure unter die Haut des rechten Oberschenkels gebracht. Derselbe bleibt nachher munter. Auch am folgenden Tage zeigt er keine wesentliche Veränderung in seinem Verhalten, allein am darauf folgenden Morgen wird er todt gefunden. Bei der Section haben die Muskeln der rechten Hinterextremität, namentlich diejenigen an der Injectionsstelle ein trübes gelbweisses Ansehen und fühlen sich bedeutend härter als links an; am Unterschenkel ist zwischen den beiderseitigen Muskeln keine Differenz. Die Leber ist dunkelgraugefärbt. Die Leberzellen enthalten zum Theil einen feinkörnigen Inhalt; eine Anzahl von ihnen jedoch ist normal.

Exp. XXXXV.

Einem Frosche wird am 13. Juni ½ C. C. phosphorige Säure in den rechten Schenkel unter die Haut gebracht. Er springt nachher munter fort und scheint am folgenden Tage nur ein wenig matter. Am 16. Juni ist er todt. Die Leber zeigt einen leichten Stich in's Gelbliche; ihre Zellen sind gut erhalten und haben nur wenige körnige Trübung. Das Blut ist dunkel, dünnflüssig.

Exp. XXXXVI.

Einem Frosche wird am 13. Juni ½ C. C. phosphorige Säure in den rechten Schenkel gebracht. Er ist am 14. ganz munter, wird am 16. dagegen todt gefunden. Bei der Section erscheint die Leber ebenfalls mit einem schwachen Stich in's Gelbliche, allein ihre Zellen sind leichter zerfallend als im vorigen Experiment und enthalten ziemlich viel gross- und kleinkörniges Fett. Blut dunkel, dünnflüssig.

Exp. XXXXVII.

Einem Frosche wird am 13. Juni ½ C. C. phosphorige Säure unter die Haut des Oberschenkels injicirt, ohne dass er bis zum 18. Juni, wo er todt gefunden wird, irgend welche Erscheinungen zeigt. Bei der Section ist die Leber dunkel, normal.

Kaninchenversuche.

Injection in das Blut.

Exp. XXXXVIII.

Einem grossen Kaninchen werden über 2½ C. C. phosphorige Säure sehr schnell in die jugularis injicirt. Sehr bald nacher Tod. Herzstillstand, während die Respiration noch etwas fortdauerte und die Muskeln leicht vibriren.

Exp. IL.

Einem erwachsenen Kaninchen werden in 2 Absätzen zusammen 1⅓ C. C. phosphorige phosphorige Säure in die jugalaris injicirt. Das Kaninchen erholt sich bald und wird nach einigen Tagen zu andern Experimenten benutzt.

Injection in den Magen.

Exp. L.

Einem grossen Kannichen wurden am 20. Juni 9 C. C. phosphorige Säure in den Magen injicirt, ohne dass danach irgend welche Erscheinungen eintraten, am 21. Juni 9 Uhr ist es todt. Bei der Section findet sich in den Lungen nichts Besonderes; im rechten Herzen reichliche dunkle Gerinnsel. Der Magen ist enorm ausgedehnt; das Duodenum zeigt schon von Aussen in der Länge von 3″ eine sehr ausgeprägte, fleckige Röthung. Nach dem Einschneiden in dasselbe findet sich darin ein schwärzlichgrüner Inhalt, die Schleimhaut zeigt, so weit sie äusserlich gefleckt war, eine sehr reichliche Besetzung von stecknadelkopfgrossen, zum Theil confluirenden Hämorrhagien; weiter nach abwärts werden diese spärlicher und heller, nehmen immer die Höhe der Kerkringischen Falten ein und finden sich noch einen Fuss über den Pylorus hinaus. Der Magen enthält eine reichliche Menge eines schwarzgrün gefärbten Speisebreies; die ganze Schleimhaut ist mit einem fast continuirlichen, mit Speiseresten gemischten schwarzen, fest anhaftenden Ueberzug bedeckt, ausserdem überall sehr starke Röthung. Die Leber vollkommen normal. Im Harn der Blase eine Spur von Eiweiss.

Exp. LI.

Einem Kaninchen werden 4 C. C. phosphorige Säure in den Magen injicirt, ohne dass dasselbe am nächstfolgenden Tage irgend welche Erscheinungen zeigt. Es erhält dann noch 12 C. C. Einige Stunden nacher ist es todt. Die Schleimhaut des Magens blutigschwarz, auch in dem Duodenum noch blutiger Inhalt. In der Leber, im Herzfleisch und in den Nieren nichts Abnormes.

Exp. LII.

Ein Kaninchen erhält 12 C. C. phosphorige Säure in den Magen. Nach ca. 6 Stunden ist es todt. Die Leberzellen zeigen sich an einigen Stellen ziemlich stark fettig, dagegen meist sind sie ganz normal. Herzfleisch normal, ebenso Nierenepithelien. Der Magen voll von blutigen Schorfen, die auch noch tief hinein in das Duodenum sich erstrecken.

Exp. LIII.

Einem Kaninchen werden Mittags 12 Uhr 12 C. C. phosphorige Säure in den Magen injicirt. Am darauf folgenden Tage Morgens 9 Uhr stirbt es. Kurz nachher wird das Blut aus dem Herzen und den grösseren Gefässen ohne Verletzung der übrigen Eingeweide sorgfältig herausgenommen und in einen sehr geräumigen Wasserstoffapparat gebracht. Aus diesem wird das sich entwickelnde Wasserstoffgas in eine Silberlösung geleitet, die sich bald stark schwarz färbte. (Die stark schwarze Färbung der Silberlösung beobachteten wir regelmässig, so oft wir organische Substanzen in den Wasserstoffapparat brachten und das Gas in Silberlösung leiteten.) Der in der letzteren entstandene Niederschlag wurde im *Blondlot*'schen Apparat, nachdem man sich vorher von der Abwesenheit einer smaragdgrünen Färbung der Wasserstoff-Flamme desselben überzeugt, gebracht und konnte man hier durch längere Zeit keine Spur einer smaragdgrünen Färbung des inneren Flammenkegels beobachten. So oft wir diesen Versuch wiederholten, bekamen wir dasselbe Resultat.

Die Leber, Herzfleisch, Nieren normal. Die Magenschleimhaut abgehoben, von schwarzblutigem Aussehen.

Exp. LIV.

Einem Kaninchen werden 15 C. C. phosphorige Säure in den Magen injicirt. Der Tod erfolgt nach wenigen Stunden. Der Magen findet sich enorm ausgedehnt, stark fleckig geröthet, mit schwärzlich blutiger Schleimhaut. Im Duodenum nur wenige hämorrhagische Stellen. Weder im Herzen, noch in der Leber, noch in den Nieren etwas Abnormes.

Exp. LV.

Wirkung der phosphorigen Säure auf die Blutkörperchen.

Nach Zusatz von Froschblutkörperchen zu frisch bereiteter phosphoriger Säure werden dieselben etwas blasser, die Kerne treten nur schwächer hervor, aber die Blutkörperchen verschwinden nicht. Auch Kaninchen-Blutkörperchen schrumpfen nach Zusatz von phosphoriger Säure stark zusammen, werden aber ebenfalls nicht aufgelöst. Lässt man dagegen einige Tropfen phosphorige Säure einige Zeit an der Luft stehen und setzt dann einen Tropfen davon zu Blut unter dem Mikroscope, so wird ein Theil der Blutkörperchen aufgelöst, während die grössere Masse sich nur geschrumpft zeigt. —

Nach diesen Versuchen muss also auch die phosphorige Säure als eine dem Körper schädliche Substanz angesehen werden. Kleine Dosen in den Magen gebracht, können ganz wirkungslos bleiben oder nur vorübergehende Erscheinungen herbeiführen. In grösseren Dosen bedingt sie eine heftige Gastroduodenitis, welche bei Kaninchen schon allein einen baldigen Tod bewirken kann. Es ist zu vermuthen, dass auch in diesem Falle ein Theil der Säure vom Magen aus in das Blut resorbirt wird, und von hier aus giftig wirkt. Viel intensiver gestaltet sich die Wirkung der phosphorigen Säure bei Injection in das Blut. Hier bewirkt sie in verhältnissmässig kleiner Dosis den sofortigen Tod, jedoch ist immer eine grössere Dosis nöthig als von der bald näher zu besprechenden Phosphorsäure. Minder schnell, doch immer noch ziemlich rapide führt sie bei Fröschen den Tod durch Resorption nach subcutaner Injection grösserer Dosen herbei. Während also vom Magen aus bei der langsamen Resorption und leicht möglichen Neutralisation wenig oder nichts von freier Säure in das Blut gelangt, wird sie auf allen anderen Wegen, auf denen sie leichter in das Blut aufgenommen werden kann, einen verhältnissmässig schnellen Tod herbeiführen. In welcher Weise sich ihr deletärer Einfluss auf das Blut äussert, können wir erst weiter unten berücksichtigen und wollen hier nur constatiren, dass sie in ihrer Wirkung stärker ist, als die vorher besprochene unterphosphorige Säure. Erfolgt der Tod bei der Resorption nicht sofort, sondern erst nach einiger Zeit, so sehen wir hier eine Reihe von Erscheinungen eintreten, welche wir freilich viel regelmässiger bei der Phosphorsäure beobachten und deshalb dort genauer besprechen und begründen werden. Hierher gehört vor allen Dingen, die bereits kurze Zeit nach der subcutanen Injection der phosphorigen Säure — wie wir es ja auch zum Theil nach der unterphosphorigen Säure, beobachtet haben — sich einstellende mehr weniger starke Lähmung des ganzen in den Bereich der Injectionsstelle fallenden Körpertheils, namentlich hier des Oberschenkels, die sehr bald von einer vollständigen Gefühlslosigkeit begleitet ist. *Meyer* sah sogar nach der oben angeführten subcutanen Injection der phosphorigen Säure bei einem Kaninchen allgemeine Unempfindlichkeit und bald danach halbseitige Lähmung desselben und bei den Froschversuchen schnell Empfindungslosigkeit und Bewegungsunfähigkeit der Frösche eintreten. Ferner gehört hierher die ebenfalls in dem *Meyer*'schen Experimente allmählig sich zeigende Wirkung der phosphorigen Säure auf das Herz, das sehr bald an seiner Kraft verlor und in einem Falle kurz nach dem

Tode auf Reize nicht mehr reagirte. Endlich sahen wir bei den Fröschen, welche längere Zeit nach der Einbringung der phosphorigen Säure gelebt hatten, in zwei Fällen eine entschieden gelbliche Farbe der Leber und in einem Falle die Leberzellen leicht zerfallend und mit ziemlich vielem gross- und kleinkörnigem Fett erfüllt. Auch bei Kaninchen war in dem Exp. LII. eine fettige Degeneration einer Anzahl Leberzellen zu constatiren.

Wenn auch die phosphorige Säure in ihrer Wirkung in einigen Punkten schon näher tritt den Erscheinungen, wie wir sie nach der Phosphorvergiftung beobachten, so müssen wir doch den Schluss ziehen, dass sie nicht der Körper sei, der bei der Phosphorvergiftung hauptsächlich in Betracht kommt. Denn einerseits löst sie die Blutkörperchen nicht auf, dann aber sind wir nicht im Stande gewesen, nach Phosphorvergiftnngen bei Kaninchen weder im Blute noch in der Leber und dem Herzen mit Hülfe des später zu beschreibenden Verfahrens eine Spur von phosphoriger Säure zu entdecken, .ebenso wenig haben wir sie im Blute selbst mit Hülfe dieser Methode nach Injectionen grosser Dosen von phosphoriger Säure in den Magen constatiren können. Ausserdem aber führt sie nur in verhältnissmässig seltenen Fällen die der Phosphorvergiftung ähnlichen Erscheinungen herbei, — die wir sehr bald in anderer Weise erklären werden.

Phosphorsäure. (PO_5.)

Orfila gab einem kleinen zweijährigen Hunde 1,60 grm. Phosphorsäure in 2 grm. Wasser gelöst. Nach 2 Minuten erbrach das Thier eine kleine Menge fadenziehender und röthlicher Substanzen. Dieses Erbrechen wiederholte sich in den ersten funfzig Minuten nach dem Einbringen des Giftes 4 Mal. Nach 2 Stunden schien der Hund Schmerzen im Halse zu haben, und machte viele vergebliche Anstrengungen zum Brechen. Am folgenden Morgen war er sehr schwach, traurig und lag auf dem Bauche. Man stellte ihn auf die Beine, aber er hatte einen solchen Schwindel, dass es ihm unmöglich war zwei Schritte zu laufen. ohne zu fallen. Er starb Mittags (23 Stunden nach der Vergiftung). Die Schleimhaut des Magens war dunkelroth, besonders in der Nähe des Pylorus; das Duodenum ebenso. Die Lunge war gesund.

Weigel und *Krug* gaben einem Kanichen drei Mal je 15 Tropfen reiner officineller Phosphorsäure. Bei der Section des nach 6 Stunden getödteten Thieres fand sich eine kaum merkliche Anätzung der inneren Magenoberfläche, welche sich dadurch kund gab, dass die Epithelialschicht stellenweise leichter wegwischbar war, sonst nichts Abnormes. Dasselbe war bei einem Kaninchen der Fall dem *W.* und *K.* dreimal je 10 Tropfen Phosphorsäure halbstündlich beibrachten. Sie folgern ans diesen Versuchen, dass die reine Phosphorsäure keine schädliche Einwirkung auf den Organismus habe.

Meyer goss einem robusten Kaninchen gegen zwei Drachmen reiner Phosphorsäure durch eine Hautwunde in das Zellgewebe. Nach einer Stunde war der allmählig schwächer werdende Herzschlag nur wenig fühlbar, die Respiration noch normal, Beweglichkeit und Empfindlichkeit unverändert. Nach der zweiten Stunde wurde der Herzschlag noch schwächer und unregelmässig, die Respiration zeigte nur 60 Athemzüge; das Thier fühlte sich kalt an. Nach drei Stunden wurde der Herzschlag aussetzend. In der achten Stunde war der Herzschlag zitternd und schwer zu fühlen, Beweglichkeit und Empfindlichkeit noch ungestört. Es hatte sich bald darauf die Wunde aufgerissen, so dass die übrige Phosphorsäure abfloss. Am Morgen des andern Tages waren die Erscheinungen nur wenig verändert. Es werden ihm um 10 Uhr 20 Minuten wieder zwei Drachmen in eine neue Wunde unter die Haut instillirt. Gegen Mittag war der Herzschlag langsam und mit dem vierten Puls aussetzend. Die Respiration geschah seltener, und das Thier fühlte sich kalt an. Um 4 Uhr 30 Minuten Abends war der Herzschlag kaum noch fühlbar, die Respiration geschah 50 Mal in der Minute; das Thier wankt mit dem Kopfe, legt sich auf den Bauch, ächtzt, und ist ganz kalt. Es bleibt so still und wenig empfindlich liegen, erkaltet immer mehr (23° R.) und verendet ohne Krämpfe um 7 Uhr 15 Minuten, also 8 Stunden 20 Minuten nach der letzten Dosis Phosphorsäure. Bei der Section, welche 10 Minuten darauf angestellt wurde, fand man die Brusthöhle ganz kalt, das Herz stillstehend und schlaff, wenig und flüssiges Blut in der linken Herzhöhle, von normal venöser Farbe, in dem rechten Ventrikel ein erbsengrosses Coagulum und nur wenig Blut. Die Lungen, ganz besonders die rechte, hatten grosse Blutflecken. Der Magen war voll von Futter und nicht geröthet, die übrigen Organe normal. Die Muskelstarre trat bald darauf ein.

Einem Frosch wurde ½ Drachme Phosphorsäure durch eine Wunde unter die Haut des Rückens gegossen. Nach einer Stunde hört er zu respiriren auf, er wird unempfindlich und bewegungslos; die Lunge schwillt auf(?) und er verendet ganz erschöpft und erschlafft. Bei sofortiger Eröffnung des Leibes fand man die Temperatur der Leibeshöhle 15°, wie die der Atmosphäre, das Herz stillstehend und nicht auf Reizung mehr beweglich, von schwarzem, jedoch flüssigem Blute angefüllt; die Nerven reagirten nicht mehr auf Reizung.

Weder *Orfila* noch *Meyer* legten den eben angeführten Experimenten die genügende Wichtigkeit bei, und *Meyer* ist sogar trotz derselben so sehr von dem geringen Nachtheil, den Phosphorsäure im Organismus hervorrufe, überzeugt, dass er für die Behandlung der Phosphorvergiftung geradezu vorschlägt, den Phosphor im Magen durch Oxyde in Phosphorsäure umzuwandeln (wozu ihm bei schnell nöthiger Hülfe der gemeine Hausessig zweckdienlich erscheint). Diese sich überall kundgebende Sorglosigkeit über die Phosphorsäure hat auch *Lewin* veranlasst, auf die Untersuchung, ob Phosphorsäure die giftige Wirkung des Phosphors bedinge, nicht erst näher einzugehen; „keine Autorität stützt eine solche Hypothese!"

Unsere Versuche:

Versuche an Fröschen.

Exp. LVI.

Einem muntern Frosch wird 1 C. C. Phosphorsäure unter die Haut des Rückens eingespritzt. Er krümmt sich einen Moment zusammen, springt aber dann in kräftigen Sätzen fort. Nach circa einer Minute scheint es, als ob seine Bewegungen matter, seine Sprünge kürzer werden; doch ist jedenfalls keine erhebliche Wirkung vorhanden. Es wird ihm daher noch 1 C. C. unter die Haut gespritzt. Wiederum Zusammenkrümmen, dann Fortspringen. Jetzt aber werden die Bewegungen sichtlich matter, die Sprünge werden kurz, schwach; alsbald kriecht der Frosch nur noch und bleibt dann liegen ohne sich zu rühren. Extendirt man seine Hinterbeine, so zieht er sie erst nach einiger Zeit und langsam wieder an, auch auf Kneipen der Zehen reagirt er nur schwach und spät. Die Respiration ist gut. Weiterhin rufen die stärksten Hautreize gar keine Reaction mehr hervor; auf den Rücken gelegt, macht das Thier kaum einige schwache Versuche sich umzukehren und bleibt ruhig liegen. Kehrt man ihn um, so macht er zuweilen noch kleine, nicht ganz unkräftige Sprünge. In diesem Zustande wird der Frosch auf den Rücken gelegt und ihm das Herz bloss gelegt. 42 Contractionen in der Minute. Respirationsbewegungen gut. Auf das blossgelegte Herz wird ein Tropfen Phosphorsäure getupft, ohne augenblickliche auffällige Wirkung. Daher das Auftupfen noch zwei Mal wiederholt wurde. Während dessen begannen die Contractionen allmählig unvollkommen zu werden. Der Ventrikel wird nicht mehr ganz blutleer, nicht mehr blass. Weiterhin wird er kaum kleiner bei der Systole, als in der Diastole und zeigt nur eine Runzelung auf der Oberfläche. Jetzt sinkt die Pulsfrequenz allmählig auf 28, 24, 16, 12, endlich vollständiger Stillstand des Herzens. Es ist jetzt vollständig unerregbar auf alle Reize. Noch einige Minuten später macht der Frosch Schluckbewegungen und zuweilen zwar schwache, aber entschieden spontane Bewegungen der Unterextremitäten. Selbst nach dem Ausschneiden des vollständig todten Herzens werden noch einige Zeit später ab und zu Schluckbewegungen und Bewegungen der Oberextremitäten wahrgenommen.

Exp. LVII.

Am 6. Juni Abends 5 Uhr werden einem Frosche 2 C. C. Phosphorsäure in den Rücken gespritzt. Sofort nachher wird er ruhig, seine Bewegungen werden immer matter, nach einigen Minuten kann man beide Beine extendiren, ohne dass er sie zurückzieht. Auf Kneipen, Stechen reagirt er gar nicht mehr, selbst das Abschneiden der Zehen lässt ihn vollkommen gleichgültig. Auf den Rücken gelegt macht er nur im Anfang einige fruchtlose Versuche sich umzudrehen, dann aber bleibt er ruhig liegen. Gegen 8 Uhr Abends wird er an derselben Stelle in der Stube liegend gefunden, in die er um 6 Uhr gebracht wurde, ist vollkommen comatös und sind die stärksten Reize nicht im Stande, an ihm die geringste Reaction hervorzubringen. In der Nacht stirbt er. Bei der Section zeigen sich nur auf dem Rücken einige starke Gefässinjectionen sonst nichts wesentlich Abnormes.

Exp. LVIII.

Einem Frosche wurden am 6. Juni etwas weniger, als 2 C. C. Phosphorsäure 1,13 spec. Gew., in den Oberschenkel unter die Haut injicirt. Gleich nachher, nachdem er offenbar einen Theil der Phosphorsäure wieder entleert hat, zeigt er nur sehr wenige Reaction auf starke Reize, ist jedoch nicht vollkommen gleichgültig gegen Alles, springt namentlich bei starker Quetschung seines Hinterbeins (dasjenige, in welches nicht injicirt wurde) noch fort. Der Frosch wird dann in kurzer Zeit in sein Gefäss gebracht. Am Mittag des 7. Juni aus seinem Gefässe genommen, macht er gar keine selbstständigen Bewegungen, liegt, die Beine weit ausgestreckt, die Augen geöffnet da und man sieht an ihm nur recht häufige Respirationsbewegungen. Legt man ihn auf den Rücken, so bewegt er ein wenig seine Oberextremitäten, bleibt aber dann ruhig liegen. Am 8. Juni Morgens zeigt sich im Zustande keine Veränderung: dasselbe Coma, wie Tags vorher; der Frosch sieht gedunsen am ganzen Körper aus; die Beine namentlich geschwellt, ihre Haut an mehreren Stellen blutig gefärbt. Am 9. Morgens ebenfalls derselbe comatöse Zustand, nur sind die Respirationen bedeutend geringer an Frequenz; der Frosch öffnet nur ab und zu die Augen. Mittags: Leib auffallend eingesunken, in der Rückenlage kaum Bewegungen, die Respiration ist nur gering, ab und zu erscheinen Herzschläge. Auf Reizung absolut keine Reaction. Bald nachher Tod. Nach Eröffnung des auffallend eingesunkenen Leibes erscheint die Leber erheblich kleiner, als gewöhnlich, so dass nicht nur fast der ganze Magen, sondern auch das Dnodenum bis über die Einmündung des Gallengangs unbedeckt von derselben daliegt. Die Farbe der Leber zeigt einen deutlichen Stich ins Grünlichgelbe. Das Herz löst auf mechanischen Reiz noch schwache, aber deutliche Contractionen aus. Spontane Contractionen sind nicht zu erkennen. Blut dünnflüssig dunkel, im Herzen kein Gerinnsel. Bei der mikroskopischen Untersuchung zeigt das Herzfleisch nichts Abnormes. Die Leberzellen sind sämmtlich mit grösseren und kleineren Tropfen eines meist gelblichen

Fettes dicht angefüllt, Kern und Contouren meist noch deutlich. In der Niere feinkörnige Trübung.

Exp. LIX.

Einem Frosch wird am 9. Juni 1 C. C. Phosphorsäure ins rechte Bein gespritzt. Kurz nach der Injection bleibt er ruhig liegen, das rechte Bein gestreckt. Dasselbe kann nicht flectirt werden und wird nur nachgezogen, wenn der Frosch, auf das linke Bein gedrückt, aufspringt. Eine halbe Stunde nachher bewegt er sich auf dem linken Beine nur langsam auf Reize vorwärts. Der Frosch wird wieder in seinen Behälter zurückgebracht. Am Morgen des 10. ist der Frosch todt. Die Leber mässig gross, gelb, exquisit olivenfarben. In den Leberzellen zahlreiche, meist kleine Fettzellen. Auch das Herzfleisch ist feinkörnig getrübt.

Exp. LX.

Einem Frosch wird am 9. Juni 1 C. C. Phosphorsäure ins rechte Bein gebracht. Kurz nachher ist er noch munter, allein eine halbe Stunde darauf bewegt er sich mit der linken Extremität auf Reize nur langsam vorwärts, die rechte, auf deren Druck er gar nicht reagirt, gestreckt nachschleppend. Am 10. Mittags todt. Bei der Section ist der Magen mit blutigem Inhalt gefüllt, indem zahlreiche deutlich erhaltene Blutkörperchen sich befinden. Blut dünnflüssig. Herz ganz leer, contrahirt, blass. Leber exquisit olivengrün. In den Leberzellen zahlreiche Fettzellen. Die Zellen undeutlich, ihre Contouren meist ganz zerstört. Das Herzfleisch zeigt keine Veränderung. In der Blase eiweisshaltiger Harn. Nierenepithelien feinkörnig getrübt.

Exp. LXI.

Einem Frosche wird am 9. Juni 1 C. C. ins rechte Bein gebracht. Er ist zuerst noch munter, schleppt freilich gleich das rechte Bein nach; aber ½ Stunde nachher liegt er ruhig da und bewegt sich auf Reize nur mit dem linken Bein langsam vorwärts. Am Vormittag des 10. ist er todt. Bei der Section zeigt die Leber einen leichten Stich ins Grüne. Die Zellen derselben sind stellenweise gut erhalten, überall in ihnen feinkörnige Massen. Herzfleisch normal.

Exp. LXII.

Einem Frosche wird am 11. Juni 6 Uhr Abends ½ C. C. Phosphorsäure unter die Haut des rechten Schenkels gebracht. Gleich nacher zeigt er sich matter, schleppt das rechte Bein, das vollkommen empfindungslos ist, gestreckt nach und ist am 12. Juni Morgens todt. Bei der Section ist die Leber grünlich gefärbt, die Zellen enthalten meist feinkörnige Trübung.

Exp. LXIII.

Einem Frosche wird am 11. Juni 6 Uhr Abends ⅓ C. C. Phosphorsäure unter die Haut des rechten Schenkels gebracht. Auch dieser ist gleich nachher bedeutend matter, schleppt ebenso das rechte Bein nach. Am 13. Juni Mittags ist er todt. Bei der Section zeigt die Leber einen schwachen Stich ins Gelbliche, geringe Fettansammlung in den Zellen.

Exp. LXIV.

Einem Frosche wird am 15. Juni Abends 1 C. C. PO_5. unter die Haut des rechten Schenkels gebracht. Der Frosch hört bald zu springen auf, reagirt bei Druck auf das rechte Bein gar nicht, liegt am andern Morgen ganz comatös da, bleibt auf den Rücken gelegt ruhig liegen, zeigt keine Spur von Sensibilitat und ist in diesem Zustande noch am 17. Abends. In diesem Zustande wird ihm das Herz blossgelegt und man zählt dann 38 regelmässige Contractionen in der Minute. Leber ist braun mit einem schwachen Strich ins Gelbliche. Die Leberzellen enthalten stellenweise grössere Tropfen eines meist gelben Fettes, sonst sind sie meist nur feinkörnig getrübt.

Exp. LV.

Sechs Fröschen wurde am 20. Juni je 1 C. C. Phosphorsäure injicirt. Sofort nachher werden sie matter, schleppen das rechte Bein, das vollkommen unempfindlich ist, nach. Zwei davon sind nach einer Stunde todt, zwei andere nach circa 6 Stunden, die beiden letzten nach 24 und 30 Stunden. Bei dem vorletzten hat die Leber eine ins Gelbliche spielende Färbung, die Zellen zeigen eine feinkörnige Trübung. Bei dem letzten ist die Leber gelbbraun, die Gallenblase stark gefüllt; die Leberzellen sind sehr trübe, Kern verdeckt, nach Zusatz von $\overline{A}$ treten zahlreiche grössere und kleinere dicht gedrängte Fetttröpfchen hervor.

Exp. LXVI.

Drei Fröschen werden am 27. Juni je ¼ C. C. Phosphorsäure unter die Haut des rechten Oberschenkels injicirt. Sie werden ebenfalls unter den bereits angeführten Erscheinungen bald matter und einer von ihnen ist schon nach einigen Stunden todt. Am 27. Morgens ist der Zweite todt. Bei diesem findet sich in den Leberzellen ziemlich viel kleines, feinkörniges Fett. Der Dritte liegt am nächsten Tage ganz comatös da, führt freiwillig gar keine Bewegungen aus; auf starkes Kneipen macht er nur eine tiefe Inspiration; diese am 26. Juni auch erst nach jedem Reize; auf den Rücken gelegt macht er nur einmal eine kleine Bewegung mit seinen Oberextremitäten, bleibt dann aber ruhig liegen. Am 27. Juni ist er todt Blut dunkel. Die Leber exquisit olivenfarben, enthält massenhaftes gross- und kleinkörniges Fett.

Versuche an Kaninchen.

Injection in das Blut.

Exp. LXVII.

Am 3. Juni, Abends 6 Uhr, werden einem kräftigen Kaninchen in zwei Absätzen 2 C. C. Phosphorsäure, (1,16 sp. G.) in die Jugularis eingespritzt. Das Thier schreit während der Injection stark auf und bekommt äusserst heftige Respirationen. Das Blut an der Injectionsstelle erscheint ganz dunkel. Nach der Operation ist das Thier sehr matt; die Respiration bleibt äusserst frequent. Am 4. Juni Morgens Temp. 36,8; der Urin gelbbraun, alkalisch, enthält: a) frische, runde, zackige und geschrumpfte Blutkörperchen; b) reichliche Cylinder mit gelbbraunen körnigen Massen, einige mit dicht gedrängten Epithelien bedeckt; c) grosse runde Zellen, Epithelien; d) Tripelphosphate und sparsame Krystalle von oxalsaurem Kalk. Das Filtrat des Harns ist goldgelb, enthält eine reichliche Menge Eiweiss und zeigt schwache Gallenfarbstoffreaction. Abends ist der vorhandene Urin sauer, eiweisshaltig, enthält einige Blutkörperchen, ziemlich viele zellige Elemente, Epithelien, einige Cylinder, theils hyaline, theils Epithelialcylinder und zeigt Gallenfarbstoffreaction. Am 5. Juni Morgens Temp. 34,5°; der Urin gelbroth, alkalisch, enthält Phosphate in reichlicher Menge, Blutkörperchen, viele freie Zellen, ist stark eiweisshaltig und giebt deutliche Gallenfarbstoffreaction. Um 1 Uhr Mittags erfolgt der Tod. Bei der unmittelbar nachher vorgenommenen Obduction reagirt das Herz nur noch schwach auf mechanische Reize. Das Herz ist schlaff, enthält einige Gerinnsel, bietet sonst nichts Abnormes dar. Die rechte Lunge kleiner, derber und dunkler als die linke; in der Spitze und am untern Rande kleine hämorrhagische, derb infiltrirte Heerde. Im Dünndarm grüngalliger Inhalt. Die Leber zeigt äusserlich nichts Abnormes. In den Nieren ist namentlich die Marksubstanz stark geröthet, weniger stark die Rinde. Bei der mikroskopischen Untersuchung zeigt das Herzfleisch reichliche körnige Trübung, die auch nach Zusatz von $\overline{A}$ nicht schwindet. Die Leberzellen sind mit feinen dunklen Körnchen erfüllt, einige zeigen stärkere fettige Infiltration. In den Nieren sind die Epithelien ebenfalls erfüllt mit kleinkörnigem Inhalt. An der in Alkohol erhärteten Niere sieht man eine geringe Wucherung der Kerne in den Interstitien.

Exp. LXVIII.

Einem grossen Kaninchen werden am 10. Juni 3 C. C. Phosphorsäure in die Jugularis und zwar nach der Peripherie injicirt, während an einer Nadel das Verhalten des Herzens beobachtet wird. Noch während der Injection steht die Nadel still, das Thier ist todt — es folgen nur noch einige Respirationen.

Das Blut erscheint eigenthümlich dunkel, gerinnt nicht und röthet sich nur langsam an der Luft.

Exp. LXIX.

Einem grossen Kaninchen werden 1½ C. C. Phosphorsäure in die Jngularis injicirt. Unter Geschrei und Convulsionen sofortiger Herztod, während die Respiration noch fortdauert.

Blut dunkel, gerinnt nicht.

Exp. LXX.

Am 15. Juni Abends wird einem kräftigen Kaninchen eine Injection von 1 C. C. Phosphorsäure in die Jugularis gemacht. Am 17. Juni Morgens ist dasselbe todt. Bei der Section findet sich im rechten Herzen sehr viel festes, schwarzes, nicht speckhäutiges Gerinnsel, ebenso im rechten Vorhof. Das linke Herz ist leer. Das Herzfleisch normal. Blnt dunkel. An der vordern Fläche der Pulmonalis zahlreiche, stecknadelkopfgrosse Extravasate; an der Einspritzungsstelle in der Jugularis ein starker Thrombus. Lungen normal. Magen stark contrahirt, im Duodenum stark galliger Inhalt. Die Leber zeigt äusserlich nichts Abnormes, die Schnittfläche ist etwas getrübt; in der Blase ein trüber gelblicher Harn, der schwach eiweisshaltig ist und eine Anzahl Nierenepithelien enthält. Die Nieren in der Rinde etwas geröthet. Bei der mikroskopischen Untersuchung sind die Leberzellen leicht feinkörnig getrübt, auch die Nierenepithelien zeigen eine leichte Trübung.

Subcutane Application.

Exp. LXXI.

Einem Kaninchen wird ein Stück fester Phosphorsäure unter die Rückenhaut gebracht. Nach 36 Stunden ist dasselbe todt. Bei der Section zeigt sich die betreffende Stelle an dem Rücken stark angeätzt, von blutigen Fetzen bedeckt. Im Herzfleisch nichts Abnormes, auch in der Leber kaum eine Trübung der Zellen, dagegen sind die Nieren äusserst stark fettig degenerirt und die Kanälchen voll von kleinen und grossen Fetttröpfchen.

Injection in den Magen.

Exp. LXXII.

Einem Kaninchen werden 6 C. C. Phosphorsäure in den Magen gebracht. Nach einigen Stunden ist dasselbe todt. Die Magenschleimhaut sehr stark angeätzt, von blutigschwarzem Aussehen, auch ein grosser Theil des Duodenums enthält noch blutigen Inhalt, auf der Schleimhaut zahlreiche, blutige Extravasate. Leber sehr stark fettig, die einzelnen Zellen reichlich mit Fett erfüllt. Im Herzfleisch und den Nieren nichts Abnormes.

Exp. LXXIII.

Einem Kaninchen werden 6 C. C. Phosphorsäure in den Magen gebracht, dasselbe stirbt nach einigen Stunden. Im Magen ziemlich starke Aetzung, die Schleimhaut namentlich im Fundus vollkommen zerstört. Im

Duodenum nur spärlicher blutiger Inhalt, die Schleimhaut nur wenig afficirt. Die Leberzellen zeigen deutliche fettige Degeneration, ebenso ist das Herzfleisch ziemlich stark feinkörnig getrübt. Nieren hyperämisch, Epithelien normal. Der Harn in der Blase eiweisshaltig. Körpermuskeln normal.

Exp. LXXIV.

Einem Kaninchen werden 6 C. C. Phosphorsäure in den Magen injicirt. Der Tod erfolgt ebenfalls nach einigen Stunden. Die Magenschleimhaut vollständig abgehoben, mit blutigschwärzlichen Massen bedeckt; auch im Duodenum noch stark blutiger Inhalt. In der Leber ist nichts Abnormes zu beobachten, ebenso in der Niere; dagegen ist das Herzfleisch sehr stark feinkörnig getrübt, die Querstreifung fast ganz verschwunden.

Versuche an Hunden.

Injection in die Jugularis.

Die folgenden zur Ermittelung des Verhaltens des Blutdrucks und der Pulsfrequenz nach Injection von Phosphorsäure mit gütiger Unterstützung des Herrn Dr. *J. Rosenthal* im hiesigen physiologischen Laboratorium angestellten Versuche wurden in der Art gemacht, dass ein mit einer Scala versehenes Manometerrohr in einer von *Rosenthal* angegebenen Weise mit der Art. cruralis in Verbindung gesetzt und an diesem der Blutdruck abgelesen wurde, während die Pulsfrequenz theils an diesem, theils am Herzen oder der anderen Cruralis bestimmt wurde. Die Zahlen am Manometerrohr beginnen am oberen, offenen Ende, sind also um so grösser, je schwächer der Druck in der Cruralis ist.

Exp. LXXV.

Kräftiger Hund. Der Blutdruck schankt zwischen 16 u. 18 cm.

12 Uhr 13 M.	Der Hund erhält 0,005 grm. Worara, wonach der Druck fällt auf	17 —18½ cm.
„ „ 14 „	. . . .	17½—19 „
„ „ 17 „	. . . .	16 —19 „
„ „ 19 „	112 Pulse	15½—17½ „
„ „ 22 „	116 „	15½—17½ „
„ „ 24 „	Dem Hunde werden 2 C. C. Phosphorsäure in die Jugularis injicirt. Der Druck sinkt sofort bis	20 „
„ „ 25 „	92 Pulse, (der Puls fühlt sich viel kleiner an, als vorher) . .	19½—20½ „
„ „ 27 „	142 Pulse	16 —18 „
„ „ 25 „	Neue Injection von 2 C. C.	22 —22½ „
„ „ 32 „	88 kleine Pulse	23 „
„ „ 33 „		24 todt
	Abscissenaxe	24½

Auf Reizung des Ventrikels contrahirt sich noch der Vorhof, auch noch spontane Contraction desselben treten ein. Electrische Reiznng ist nicht im Stande Contractionen des Herzens herbeizuführen.

Exp. LXXVI.

Mittelgrosser Hund. Nachdem er 0,005 grm. Worara erhalten,

12 Uhr 48 M.	Druck zwischen . .	11 u. 12. Puls.	112
„ „ 50 „	. . . .	12—13. „	116
„ „ 55 „	Druck und Pulse dieselben; Injection von 1 C. C. Phosphorsäure, ohne eine Veränderung herbeizuführen.		

„	„	58	„	Abermalige Injection von 1 C. C.	13—14.	Puls. 120
1	„	1	„	Neue von 1 C. C. .	14—15.	
„	„	2	„	. . . .	13—14.	„ 168
„	„	6½	„	Durchschneiduug beider Vagi. Der Druck steigt zwischen	12—13.	
„	„	7	„	. . . .	13.	„ 192
„	„	10	„	Neue Injection v. 1½ C. C, Druck sinkt bis . .	17.	„ 108
„	„	12	„	. . . .	14.	„ 140
„	„	14	„	Neue Injection v. 2 C. C. Druck sinkt auf . .	19.	„ Tod

Bei Eröffnung des Thorax steht das Herz vollständig still, giebt auf electrischen Reiz keine Spur von Reaction.

Exp. LXXVII.

Ein kräftiger Mittelhund erhält ⅕ gr. Morph. acet. in die Jugularis und hat

12	Uhr	46	M.		80 Pulse	28 Respirat.
„	„	50	„		80 „	80 „
„	„	52	„		76 „	76 „
„	„	55	„	Injection von 1 C. C. Phosphorsäure, sofort Convulsionen, Unruhe, circa ½ Minute darnach 92 Pulse*).		
„	„	58	„		88 „	32 „
1	„	2	„		72 „	
				Zweite Injection von 2 C. C. Sofort Convulsionen, dann		
„	„	4	„		100 Pulse	
„	„	5	„		100 „	16 „
„	„	6	„		92 „	

*) Die Pulse sind deutlich kleiner nach der Einspritzung geworden.

Derselbe Hund hat am folgenden Tage,

11 Uhr 36 M.	116 Pulse	12 „
„ „ 39 „	Injection von $2\frac{1}{2}$ C. C. Phosphorsäure. Sofort Convulsionen, in $\frac{1}{2}$ Minute nachher Tod. Einzelne Respirationen in grossen Pausen. Die Herztöne sehr schwach (c. 100), auch nach dem Stillstand der Respiration noch eine Zeit lang hörbar. Bei der Eröffnung des Thorax schwache Vibrationen am Herzen, lebhaftere am Vorhof.	

Exp. LXXVIII.

Kräftiger Hund. 0,005 grm. Worara.

12 Uhr 27 M.	Druck zwischen	$15\frac{1}{2}$ u. 17.	— 200 Pulse
„ „ 30 „	Injection von 1 C.C. Phosphorsäure, der Druck sinkt auf	16 — 18.	160 — 180
„ „ 33 „	. . . .	17 — 19.	dito
„ „ 36 „	Neue Injection von 1 C. C. Phosphorsäure	18 — $19\frac{1}{2}$.	208
„ „ 38 „	. . . .	$17\frac{1}{2}$ — 19.	
„ „ 40 „	Durchscheidung beider Vagi		
„ „ 41 „	. . . .	17 — 18.	212
„ „ 42 „	. . . .		192
„ „ 58 „	Injection von 0,006 grm. Worara . .	20 — 21.	
1 „ 2 „	. . . .	$18\frac{1}{2}$ — 19.	
„ „ 3 „	Injection v. 1 C. Cm. Phosphorsäure . .	$18\frac{1}{2}$ — $20\frac{1}{2}$.	124
„ „ 5 „	. . . .	20 — $20\frac{1}{2}$.	
„ „ 9 „	. . . .	$20\frac{1}{2}$ Tod.	

Sofort wird der Thorax geöffnet, allein keine Spur von Reaction auf electrischen Reiz am Herzen.

Injection in die Carotis.

Exp. LXXIX.

Kleiner Wachtelhund. Curare.

	180 Pulse:	Manometerstand:		18 — 19
1 Uhr 35 M.	Injection von 1			
	C. C. PO_5. 136 Pulse	„		19 — 21½
„ „ 37 „	 140	„	„	18 — 19

Demselben Hunde werden nach kurzer Zeit, in welcher er sich vom Worara erholt hat, 3 C. C. Phosphorsäure in die Carotis injicirt. Sofort inspiratorischer Krampf des Zwerchfells, der längere Zeit anhält und mit dem Tode des Thieres endigt.

Exp. LXXX.

Einem kräftigen Hunde, der um 11 Uhr 55 Minuten 46 Respirationen hat, die man an einer ins Zwerchfall gestossenen Nadel abzählt, wird 11 Uhr 58 Minuten 1 C. C. Phosphorsäure in die Carotis injicirt. Nach kurzem inspiratorischen Krampf hat der Hund 4 tiefe Inspirationen und 4 active Exspirationen.

12 Uhr. Von Neuem Injection von 2 C. C. Phosphorsäure. Zuckungen und tiefer Inspirationskrampf der circa ½ Minute anhält, dann wieder 8 Respirationen 42 Pulse. Schnarchen und schlafähnlicher Zustand. In der linken Gesichtshälfte keine Reaction auf Reize, die rechts vorhanden.

12 Uhr 1 Min. Tiefer Schlaf. Pupillen mässig weit. Die linke enger als die rechte. Coma. Druck auf die Augenlider und Cornea bewirkt rechterseits Blinzeln, während die linke vollkommen unempfindlich bleibt (links war die Injection). Keine Spur von Reaction auf Hautreize.

12 Uhr 2 Min. 44 unregelmässige Pulse; meist zwei Schläge zusammen, dann Pause. 20 Respirationen, mässig tief; schnelle active Exspiration.

12 Uhr 9 Min. 40 Pulse, 30 Respirationen, etwas

jähe Exspiration. Tiefes Coma. Kein Zeichen von Empfindung.

12 Uhr 13 Min. Neue Injection von 2 C. C. Von Neuem Stillstand des Zwerchfells circa ½ Minute, dann ist dabei ein kurzes Zittern der Nadel bemerkbar. Enorme Vermehrung der Pulsfrequenz.

12 Uhr 14 Min. Immer noch Inspirationskrampf mit kurzem Zittern. In 10 Secunden 32 Pulse.

12 Uhr 15 Min. Krampf dauert noch fort. Gegen Ende allmähliger Abfall der Nadel. Respiration steht still.

Nach sofortiger Eröffnung des Thorax sieht man noch schwache Zuckungen am rechten Herzen; dasselbe reagirt noch auf electrischen Reiz, rechts etwas stärker als links. Das Blut des Gehirns hat einen Stich in jene durch die Phosphorsäure an ihm bewirkte, schwarzbraune Farbe; ein Tropfen aus dem Durchschnitt der Carotis zeigt neben gut erhaltenen Blutkörperchen, eine grössere Zahl erblasster in Form von Ringen, und ausser diesen sehr viele körnige, gelbbräunliche Massen.

Versuche am Froschherzen.

Exp. LXXXI.

Ein eben ausgeschnittenes Froschherz das in der Minute macht, wird in Phosphorsäure getaucht. Sofort tritt eine erhebliche Schwäche der Contractionen ein und die Zahl der Schläge sinkt auf	60	Schläge
	52	„
dann auf	44	„
„ auf	40	„

und das Herz ist nach einer Minute todt.

Exp. LXXXII.

Ein eben ausgeschnittenes Froschherz das in der Minute macht, wird in Phosphorsäure getaucht. Sofort bedeutende Schwäche in den Contractionen, die zuerst auf . . .	22	Schläge
	68	„

dann auf 60 Vibrationen steigen; danach bald Stillstand des Herzens.

Exp. LXXXIII.

Ein eben ausgeschnittenes Forschherz das 44 Schläge in der Minute macht, wird in Phosphorsäure getaucht. Sofort nachher sind . . 84 unvollständige Schläge, dann . . . . 60 „
dann 48 „
„ 36 „
„ 32 „
und c. eine Minute nachher Herzstillstand.

Exp. LXXXIV.

Auf ein eben ausgeschnittenes Froschherz das 60 Schläge in der Minute macht, werden ein Paar Tropfen Phosphorsäure gegossen. Sofort nachher 60 „
dann schwach und unvollständig 48 „
dann 36 „
Der Vorhof contrahirt sich nicht mehr. „ 32 „
„ 26 „
„ 20 „
„ 16 „
„ 14 „
Nach 1½ Minuten vom Beginn Herzstillstand.

Exp. LXXXV.

Auf ein eben ausgeschnittenes Frochherz das 24 Schläge in der Minute macht, werden ein Paar Tropfen Phosphorsäure gethan. Sofort nachher . 84 „
ganz oberflächliche Contractiomen, dann . 72 „
Vibrationen, bald nachher Herzstillstand.

Exp. LXXXVI.

Anf ein ausgeschnittenes Froschherz, das um

11 Uhr 30 M. in der Minute . 40 Contractionen macht, wird 1 Tropfen Phosphorsäure gegossen. Sogleich 48 „
40 „
32 „
„ „ 32 „ . . . . 22 schwächere Contractionen.
10 schwach und unvollkommen.
„ „ 33 „ . . . . 9 blosse Zuckungen in der Muskulatur, keine eigentliche Contractionen.

Exp. LXXXVII.

Ein Tropfen Phosphorsäure wird auf ein ausgeschnittenes Froschherz gebracht, das kurz vorher . . . . . 36 Schläge in der Minute machte. Gleich nachher sinkt die Zahl auf . . . . 26 „
steigt dann sofort auf . . . . 30, jedoch sind die Contract. nur unvollkommen.
Dann auf . . . . 38, die ebenfalls ganz unvollkommen sind; die Vorhöfe zeigen kaum noch eine Contraction.
Sinkt dann auf . . . . 28 „
dann auf . . . . 12 „ herab, die jedoch nur in Vibrationen bestehen.

Nach 3 Minuten vom Beginn des Experiments vollständiger Herzstillstand. Das Herz absolut unempfindlich gegen mechanische Reize.

Versuche mit Blut.

Exp. LXXXVIII.

a) B lut in einem Reagensgläschen wird mit Acid. phosphoricum von spec. Gew. 1,13—1,26 versetzt; nach dem Zusatz weniger Tropfen nimmt das Blut alsbald eine schwärzlichbraune homogen durchscheinende (lackfarbene) Beschaffenheit an. Zugleich erstarrt es zu einer Art durchscheinender, schwärzlichbrauner Gelatine, so dass man das Glas umkehren kann, ohne dass das Blut ausfliesst. Unter dem Mikroskop ist in derselben kein einziges wohlerhaltenes Blutkörperchen zu entdecken, man sieht nur eine amorphe körnige braunrothe Masse. —

b) Thut man einen Tropfen Blut auf ein Objectglas und lässt, während man es unter dem Mikroskop betrachtet, vom Rande des Deckglases her einen Tropfen Acid. phosphor. zufliessen, so beobachtet man da, wo sich die beiden Flüssigkeiten berühren, ein äusserst schnelles und exquisites Verschwinden der rothen Blutkörperchen. Fixirt man ein Blutköperchen in dieser Region, das ganz intact erscheint, so sieht man es ein wenig blasser werden und in demselben Momente spurlos verschwinden. Wo viele Blutkörperchen zusammenlagen, bleibt an ihrer Stelle eine körnige braungelbröthliche amorphe Masse zurück. Die Erscheinung der Auflösung und die Art des Vorgangs hat die allergrösste Aehnlichkeit mit der Auflösung der Blutkörperchen nach Zusatz von Gallensäuren oder ihrer Salze. Wie diese, löst auch die Phosphorsäure die rothen Blutkörperchen der Säugethiere vollständig auf. Auch den Blutkörperchen des Frosches gegenüber verhält sie sich ebenso wie die Gallensäuren. Diese löst sie nämlich nicht so vollständig als dic Blutkörperchen der Säugethiere; sie verschwinden unter der Einwirkung dieser Substanz plötzlich bis auf den Kern; bei genauer Betrachtung aber sieht man an einzelnen noch eine blasse Contour, welche späterhin auch zu verschwinden scheint.

c) Zu Blutserum, welches noch Blutkörperchen enthält (hellroth ist) wird Phosphorsäure gesetzt. Es entsteht kein Niederschlag; es löst sich im Gegentheil die trübe Flüssigkeit zu einer fast ganz klaren auf, und die rothe Farbe geht in eine braune über.

d) In Reagensgläsern wird geschlagenes Blut mit gleichen Theilen Wasser verdünnt, dazu werden je 1, 2 und 4 Tropfen Phosphorsäure gesetzt und die Gläser fortgestellt. Das Blut bleibt flüssig, wird alsbald lackfarben und die Blutkörperchen werden zum grossen Theil, je nach der zugesetzten Menge von Phosphorsäure gelöst.

Dasselbe zeigt sich auch, wenn ohne Wasserverdünnung zu geschlagenem Blut in Reagensgläsern je 2, 3 und 4 Tropfen Phosphorsäure gesetzt wurden. Das Blut bleibt auch hier noch nach einigen Tagen flüssig nnd ist nicht gelatinös geworden.

Muskel- und Nervenversuche.

Exp. LXXXIX.

Der Sartorius eines eben getödteten Frosches wird in Phosphorsäure gelegt. Es zieht sich zuerst etwas zusammen, zuckt heftig, wird trübe und quillt dann alsbald stark auf.

Dasselbe geschieht, wenn man ihn mit seinen unteren Querschnitt in Phosphorsäure taucht.

Phosphorsäure, 1 Tropfen, auf ein frisches Nervenmuskelpräparat vom Frosch gebracht bewirkt Nichts. Dagegen bringt ein Tropfen auf den Muskel selbst gethan, äusserst heftige Zuckungen und Zittern im Muskel hervor.

Wird von einem frischen Nervenmuskelpräparat des Frosches der Nervenquerschnitt in Phosphorsäure getaucht, so erfolgt in den meisten Fällen keine Zuckungen; einige Male jedoch bemerkte man eine ganz schwache in dem betreffenden Muskel.

Wir wollen zunächst die Ergebnisse unserer Versuche über die Phosphorsäure im Einzelnen betrachten.

1. Wirkung auf das Blut.

Die Phosphorsäure bewirkt eine Auflösung der Blutkörperchen in ganz ähnlicher Weise, wie die Gallensäuren. Diese Auflösung giebt sich dann makroskopisch in einem veränderten Aussehen des Blutes kund; es wird dunkel, lackfarben, dünnflüssig, gerinnt schwer bei Zusatz kleiner Mengen; nach längerer Zeit jedoch und namentlich nach Zusatz grosser Menge Phosphorsäure nimmt es eine vollkommen homogene durchscheinende und gallertartige Beschaffenheit an.

Als Folge dieser Fähigkeit die Blutkörperchen aufzulösen sind die nach Injection von Phosphorsäure in das Blut beobachteten Extravasate und Suffusionen anzusehen. In dem Kaninchenexperimente LXX. sahen wir dieselben in zahlreicher Menge an der vorderen Fläche der Pulmonalis, ferner beobachteten wir in dem Experimente LXVII. am unteren Rande der rechten Lunge kleine hämorrhagische Heerde. Auch in dem Froschexpement LX. war der Magen mit blutigem Inhalt erfüllt.

2. Wirkung auf das Herz und die Circulation.

Nach Injection von Phosphorsäure in die Jugularis sinkt der Blutdruck regelmässig. Die Pulsfrequenz sahen wir nach der Injection meist erst sinken, dann aber wieder steigen, nach grösseren Dosen nur abnehmen. Bei der Einspritzung in die Carotis sank die Pulsfrequenz bedeutend. Ebenso fallen Druck und Pulsfrequenz bei Einspritzung der Phosphorsäure nach durchschnittenen Vagi. Am ausgeschnittenen Froschherzen bemerkten wir nach Zusatz von Phosphorsäure zu demselben in den meisten Fällen sofort nachher eine bedeutende Zunahme der Herzcontractionen, die jedoch sehr bald wieder an Menge abnahmen und kurz nachher ganz aufhörten. Sehr auffallend erscheinen hierbei die sehr bald nach dem Betupfen des Muskels mit Phosphorsäure immer unvollständiger werdenden Contractionen des Herzens, welche in sehr kurzer Zeit verschwinden und nur noch blossen Vibrationen des Herzfleisches Platz machen. Der Herzmuskel war in den meisten Fällen bereits unmittelbar nach dem Tode für mechanische und electrische Reize nicht mehr erregbar, namentlich in den Fällen, in welchen die Phosphorsäure direct in das Herz gelangt war.

Nach der Injection der Phosphoräure in das Blut, konnten wir ein Sinken der Temperatur constatiren.

Am Herzfleisch selbst beobachteten wir eine Degeneration der Muskelfasern von der einfachen körnigen Trübung bis zur deutlichen Fettkörnchenbildung mit Verlust der Querstreifung.

3. Wirkung auf die Respiration.

Bei der directen Injection in die Carotis beobachteten wir in ähnlicher Weise wie dies von *Traube* für die Gallensäuren gefunden wurde, einen enormen Respirationskrampf, bei welchem das Zwerchfell in die stärkste Inspirationsstellung steigt, unmittelbar darauf Apnoe. Durch kleine Dosen trat nach einem kurzen Inspirationskrampf eine Verminderung der Respirationsfrequenz bis auf vier in der Minute ein, die sich allmählig wieder hob.

Die in den Lungen in mehreren Experimenten von uns gesehenen Veränderungen lassen sich auf die vorher bereits erwähnte Neigung der Phosphorsäure zur Bildung von Ecchymosen und Hämorrhagien, sowie deren Folgen zurückführen.

4. Wirkung auf den Magen und Darmkanal.

Der Digestionstractus bietet in den Fällen, in welchen eine Injection der Phosphorsäure in das Blut statthatte, nichts Besonderes. Wohl aber zeigten sich sehr wesentliche Veränderungen nach ihrer directen Einführung in den Magen. Hier fanden wir die deutlichsten Zeichen der wirklichen Anätzung, bei grösseren Gaben zahlreiche Erosionen, grössere und geringere Röthung der Schleimhaut, ja Loslösung derselben mit starken blutigen Ergüssen. Mitunter setzten sich die Zeichen der Anätzung bis in Dünndarm hinein fort, und sein Inhalt war blutig gefärbt.

4. Nieren.

Nach der Injection der Phosphorsäure finden wir die Nieren und ihr Secret ebenfalls verändert. Der Harn in dem Experiment LXVII. zeigte in seiner Zusammensetzung alle die Zeichen, welche wir gemeiniglich als die eines frischen entzündlichen Processes betrachten, er enthielt Blutkörperchen, Cylinder, Epithelien, zellige Elemente. In anderen Experimenten wich er insofern davon ab, als er nur eiweisshaltig war. In demselben Experiment war der Urin gallenfarbstoffhaltig. Post mortem waren die Nieren meist hyperämisch, namentlich in der Rinde und zeigten im Allgemeinen die mehr oder weniger vorgeschrittenen Stadien der Degeneration der Epithelien bis zur auspesprochenen Fettkörnchenbildung. In jenem ersten Falle, in welchem wir während des Lebens im Harn Blut zellige Elemente, Cylinder sahen, fanden wir post mortem eine geringe Wucherung der Kerne in den Interstitien der Niere.

6. Leber.

Auch die Leber fanden wir nach Einwirkung der Phosphorsäure wesentlich in ihrer Structur verändert. Sie zeigte in verschiedenen Graden das deutlichste Bild der Fettleber und liess sich in dieser Form sowohl bei Fröschen, als Kaninchen constatiren. Wir sahen sie in einigen Fällen so hochgradig, wie bei der Phosphorvergiftung, sowohl nach der Injection in das Blut, als nach der Aufnahme in den Magen; hier jedoch nur in den Experimenten, in welchen wir zugleich eine deutliche Anätzung der Schleimhaut des Magens und Duodenum beobachteten.

In diesem letzten Falle war sie schon nach wenigen Stunden vorhanden.

7 Wirkung auf das Nervensystem. (Muskeln.)

Die Phosphorsäure zeigte sich bei der Prüfung auf den Ichiadicus des Frosches als ein sehr schwacher Nervenreiz, so dass wir in den meisten Fällen durch sie vom Nerven aus gar keine, nur zuweilen eine sehr geringe Zuckung herbeiführen konnten. In dem Muskel selbst dagegen erregte sie die heftigsten Zuckungen, die jedoch bald nachliessen, da, wie wir gesehen haben, die Muskelsubstanz selbst durch die Phosphorsäure eine sehr wesentliche Veränderung in ihrer Zusammensetzung erfährt.

In die Circulation gebracht setzt die Phosphorsäure sowohl die Beweglichkeit, als die Empfindlichkeit wesentlich herunter, zunächst und am stärksten in dem Körpertheil, in welchen sie injicirt wird. Fast constaut mussten die Frösche dasjenige Bein, in welches die Phosphorsäure gespritzt war, nachschleppen, vermochten es nicht mehr zu beugen; wir waren sehr bald nicht mehr im Stande auf sehr starke Rnize von ihnen aus Bewegungen anderer Körpertheile auszulösen. Weiterhin konnten wir an Fröschen sogar vollständiges Coma beobachten, Bewegungslosigkeit und Mangel jeder Reaction auf die stärksten Hautreize waren anhaltend bis zum Tode vorhanden. Sehr schön konnten wir die Wirkung der Phosphorsäure bei dem Hunde, welchem sie in die Carotis injicirt war, sehen. Hier zeigte sich zunächst in der ganzen Gesichtshälfte an der Seite, auf welcher die Injection gemacht war, Anästhesie, so dass auf Hautreize keine Reaction erfolgte, während rechterseits nach ähnlichen Reizungen reflectorische Bewegungen gesehen wurden. Bald aber wurde die Empfindungslosigkeit allgemein, es kam zu einem vollständigen, tiefen Coma, zugleich mit der bereits beschriebenen Verlangsamung der Respiration.

Vergleichen wir die sämmtlichen, durch die Einführung der Phosphorsäure in den Körper bedingten Erscheinungen mit den Symptomen, die wir bei der Phosphorvergiftung nach stattgehabter Resorption des Giftes, also mit Ausschluss der lokalen Wirkungen wahrnehmen, so finden wir eine vollständige Uebereinstimmung beider. Das Blut fanden wir bei der Phosphorvergiftung auffallend dunkel, meist dünnflüssig; ebenso dunkel, dünnflüssig zum Theil schwärzer aber sahen wir es nach Einführung der Phosphorsäure. Die Herzthätigkeit war durch letztere herabgesetzt, der Blutdruck sinkend, die Pulsfrequenz zum Theil vermindert, — ganz ebenso bei der Phosphorvergiftung, wo der kleine, leicht zusammendrückbare Puls ein ganz charakteristisches Symptom ist, nach welcher ebenfalls ein Abnehmen der Frequenz beobachtet wird. Nach beiden Giften die Neigung zu Ecchymosen, die sich in allen Theilen des Körpers zeigen. Die Abnahme der Temperatur, welche im Verlaufe der Phosphorvergiftung eintritt, und die wir deutlich nachweisen konnten, haben wir ganz ebenso bei der Vergiftung mit Phosphorsäure constatiren können. Auch eine Verminderung der Respirationsfrequenz ist für beide beobachtet. Der Harn, der nach Phosphorvergiftung fast stets eiweisshaltig ist, nebenbei auch Cylinder, Epithelien, Blut und zellige Elemente führen kann, zeigte ein ganz ähnliches Verhalten nach Vergiftung mit Phosphorsäure. Das Verhalten des Nervensystems, der soporöse, ja comatöse Zustand, den wir nach der Phosphorvergiftung wahrnahmen, die dabei gefundene Herz- und Muskelschwäche, der Collapsus, waren vollkommen analog bei der Vergiftung mit Phosphorsäure. Ueberraschend ist aber die Uebereinstimmung des anatomischen Befundes in den Organen nach der Vergiftung mit beiden Substanzen. Die der Phosphorvergiftung eigenthümliche fettige Degeneration der Leberzellen, der Epithelien der Nieren des Herzfleisches und der Körpermuskeln haben wir in gleicher Weise bei der Einführung der Phosphorsäure constatiren können; nicht immer wie auch bei der Phosphorvergiftung eine gleichmässige fettige Degeneration des Herzens, der Leber, der Nieren, sondern in einzelnen Fällen vorzugsweise Degeneration eines oder des anderen Organes.

Wir haben nun oben bei der Untersuchung der unterphosphorigen und der phosphorigen Säure gesehen, dass auch diese Substanzen giftiger Natur sind, und man könnte vielleicht einem dieser Oxydationsproducte eine wesentliche Mitwirkung der Vergiftung zuschreiben wollen, um so mehr, als wir in einigen der mitgetheilten Experimente ebenfalls, wenn auch nur geringen Grades, fettige Degeneration constatirt haben. Allein gegen diese Annahme spricht zunächst der Umstand, dass diese Zustände nur ausnahmsweise nach der Vergiftung mit diesen Substanzen eintreten, dass viel grössere Dosen der unterphosphorigen und phosphorigen Säure nothwendig sind, als von der Phosphorsäure. Ferner das Verhalten dieser Säuren zu den Blutkörperchen, die nach Einwirkung einer frisch bereiteten Lösung der Säuren nicht von ihnen aufgelöst werden, wie durch die Phosphorsäure. Hauptsächlich aber sind wir zur Verwerfung einer solchen Annahme deshalb berechtigt, weil es uns nicht gelungen ist, mit Hülfe des bald zu beschreibenden *Blondlot*'schen Verfahrens, mit welchem die kleinsten Quantitäten Phosphor, unterphosphorige Säure und phosphorige Säure sich noch nachweisen lassen, die niederen Oxydationsstufen des Phosphors in dem Blute und den Geweben aufzufinden. Dieser Nachweis ist uns nicht im Blute, nicht in der Leber gelungen, selbst nicht in solchen Experimenten, in denen die ausgesprochenen Wirkungen der Phosphorvergiftung, vor Allem die exquisiteste Fettleber sich zeigte. (Wir hatten zu diesem Nachweis die Thiere durch Injectionen von Ol. phosphor., unter die Haut des Schenkels vergiftet, um post mortem jede Verunreinung der inneren Organe durch Phosphor etc. zu verhüten.) Endlich aber sind wir nicht im Stande gewesen, selbst nach Injectionen grosser Dosen phosphoriger Säure in den Magen, durch welche die Thiere in kurzer Zeit starben, bei sorgfältiger Behandlung und Verwahrung des Blutes vor Verunreinigung etc. in dem sehr bald nach dem Tode untersuchten Blute noch mit Hülfe desselben Verfahrens die phosphorige Säure nachzuweisen. Auch *Blondlot* selbst untersuchte den Urin mehrerer Kranken, die seit 8 oder 10 Tagen Phosphor in Oel gelöst nahmen, aber niemals war es ihm möglich mit seinem Apparat auch nur Spuren von phosphoriger Säure im Harne zu entdecken. Ebenso wenig konnte er Spuren von Phosphor in seinen niederen Oxydationsproducten in dem Urin eines mit Phosphorpaste vergifteten Hundes nachweisen.

Wir müssen uns daher die Wirkung der unterphosphorigen und der phosphorigen Säure in der Weise erklären, dass dieselben sich im Körper schnell zu Phosphorsäure oxydiren, in derselben Weise, wie sie dies auch bei Zutritt von Luft ausserhalb des Körpers thun. Wir können auch annehmen, dass diese Stoffe selbst in den Fällen, in welchen sie bei ihrer directen Injection in das Blut tödten, ebenfalls nur dadurch ihre Wirkung entfalten, dass sie dem Blute bei ihrer Umwandlung in Phosphorsäure Sauerstoff entziehen und nun als Phosphorsäure ihren deletären Einfluss geltend machen.

Dass nun in der That aus Phosphor unter den gewöhnlichen Bedingungen im Körper sich bald Phosphorsäure bildet, beweisen die folgenden Versuche:

Exp. LXXXX.

Am 12. Juni wird ein ziemlich langes Stück Dünndarm eines eben getödteten gesunden Kaninchen auf das Sorgfältigste ausgewaschen und in dasselbe dann eine kleine Quantität frisch bereitetes Oleum phosphoratum gegossen. Hierauf wird das Darmstück an beiden Enden zugebunden und mit daran befestigten Gewichten in ein mit Wasser angefülltes Cylinderstandgefäss gethan, so dass es nirgends über die Oberfläche des Wassers herausragt. — Das Wasser selbst auf Phosphorsäure geprüft, zeigt keine Spur davon. Am 15. wird das Wasser des Gefässes auf Phosphorsäure mittels essigsauren Uranoxyds untersucht und ergiebt einen ganz bedeutenden Gehalt an Phosphorsäure.

Am 15. Juni wird ein ziemlich ebenso langes Stück Dünndarm eines eben getödteten Kaninchen wie im vorigen Versuche sorgfältigst gereinigt und in derselben Weise jedoch ohne Zusatz von Oleum phosphor. in ein Cylindergefäss gehängt. Die nach drei Tagen auf Phosphorsäure mit essigsauren Uranoxyd in gehöriger Weise vorgenommene Prüfung ergab ein negatives Resultat.

Nach den hier mitgetheilten Thatsachen glauben wir also zur Genüge bewiesen zu haben, dass der Phosphorsäure, die Symtome der Phosphorvergiftung mit Ausschluss der localen Wirkungen zugeschrieben werden müssen.

Einen Punkt wollen wir noch ganz besonders hervorheben: Es könnte vielleicht auffallend erscheinen, dass eine Substanz wie die Phosphorsäure vom Magen aus ohne die geringsten Beschwerden zu verursachen in ziemlich grossen Dosen vertragen wird, während die Dose Phosphors, welches zur Vergiftung eines Menschen hinreicht, einer anscheinend geringeren Menge Phosphorsäure entspricht. Offenbar war dies auch der Grund, warum bisher Niemand dieser die giftige Wirkung des Phosphors zugeschrieben hat. Allein man muss berücksichtigen, dass es hier einzig und allein darauf ankommt, in welcher Menge die Phosphorsäure nach ihrer Einspritzung in das Blut oder unter solchen Bedingungen ertragen wird, unter denen sie leicht direct auf das Blut einwirken kann. Hier haben unsere Experimente uns gezeigt, dass die tödtliche Dosis allerdings eine ganz geringe, und annähernd der für die Tödtung nothwendigen Menge Phosphors entsprechend ist. Wir müssen daher besonders hervorheben, dass in kleinen Dosen bei unverletzter Schleimhaut ihre Resorption so langsam geschieht, dass sie durch das Alkali des Blutes neutralisirt werden und alsdannn ihre schädliche Wirkung nicht entfalten kann. Sie wird nur dann vergiftend wirken, wenn sie ätzt und auf diese Weise mit dem Blute in dauernde Verbindung tritt. Letzteres geschieht aber nur in solchen Fällen, in denen sie entweder in sehr grossen Dosen oder in sehr concentrirtem Zustande gegeben wird. Concentrirt entzieht sie dem Gewebe Wasser, tritt an den Stellen der Aetzung direct und dauernd mit dem Blute in Berührung, kann dann also auf dasselbe wirken, wie bei der Einspritzung in's Blut. Auch bei der Phosphorvergiftung haben wir Anätzung und Geschwürsbildung. An diesen Geschwüren tritt die Phosphorsäure in Statu nascenti direct zu dem Blute in den Gefässen, uud dies geschieht so lange, als dort noch Phosphor der Magenwand anliegt und sich fortwährend in Phosphorsäure umsetzt. So kommt es, dass die Wirkung der Phosphorsäure auf das Blut sich allmählig ansammelt und sogar noch intensiver werden kann, als wenn sie mit einem Mal in das Blut gespritzt wird.

Wir kommen jetzt zu der Frage, wie die durch die Phosphorsäure bewirkten und im Verlaufe der Phosphorvergiftung auftretenden Erscheinungen zu deuten sind, und wie dieselben miteinander zusammenhängen.

Zur Beantwortung dieser Frage müssen wir namentlich von zwei im Laufe unserer Untersuchung gefnndenen Thatsachen ausgehen, einmal und hauptsächlich von der durch die Phosphorsäure herbeigeführten Auflösung der Blutkörperchen, dann von ihrer Einwirkung auf Nerven und Muskeln.

Bei der wichtigen Rolle, welche die Blutkörperchen

schon als Träger des für die Ernährung der Gewebe nothwendigen Sauerstoffs unzweifelhaft im Blute einnehmen, können wir voraussetzen, dass eine Substanz, welche die Blutkörperchen aufzulösen im Stande ist, die wesentlichsten Störungen in der Funktion und weiterhin in der Ernährung der verschiedenen Organe hervorbringen wird. Ja, wir können annehmen, dass die grösste Mehrzahl der Blutkörperchen durch die Einwirkung der Säure sogar schon früher ihre ernährende Kraft, vielleicht die Fähigkeit Sauerstoff aufzunehmen, verliert, ehe es zu einer vollständigen Auflösung gekommen ist. Vor allen Dingen ist es das Herz, auf dessen Leistungsfähigkeit die Zufuhr eines in seinen wichtigsten Theilen veränderten Blutes von nicht geringem Einflusse sich zeigt, nicht minder leidet die Funktion der willkürlichen Muskeln, grosse Schwäche, Zittern, Lähmungen treten ein, die Function der Nerven wird beinträchtigt, endlich kommt zu es Coma und Convulsionen. Diese sämmtlichen Erscheinungen können wir hauptsächlich auf die durch das veränderte Blut bedingte mangelhafte Ernährung der Organe zurückführen, doch bleibt es immerhin möglich, dass ein Theil der bewirkten Functionsstörungen der directen Einwirkung der Phosphorsäure auf die Nerven und Muskeln wahrscheinlich in Folge einer durch sie bedingten chemischen Umsetzung zugeschrieben werden muss. Weiterhin macht sich der Einfluss des veränderten Blutes in sichtbarer Weise auf die Ernährung geltend. An einem anderen Orte *) haben wir nachzuweisen gesucht, dass alle Substanzen, welche die Blutkörperchen aufzulösen oder zu zerstören im Stande sind, unter Umständen eine fettige Degeneration der Gewebe und Organe bewirken.

---

*) Ueber Albuminurie und fettige Degeneration nach Vergiftung mit Schwefelsäure und anderen Säuren. Berl. Klin. Wochenschrift. 1864 Nr. 49 und 50.

„Zunächst ist es eine feststehende Thatsache, dass in Organen resp. Organtheilen, denen der Zufluss des rothen Blutes entzogen ist, fettige Metamorphose der Gewebselemente eintritt. So sehen wir diesen Vorgang im Bereiche von Gefässembolien und Thrombosen der Hirnarterien, im Bereiche von Embolien der Milz- uud Nierenarterien, ja auch von Embolie der Kranzarterien des Herzens. Experimentell können wir es namentlich in den Nieren erzeugen durch Unterbindung der Arterie wie der Vene *) In allen diesen Fällen tritt ziemlich früh fettige Metamorphose ein. Wir glauben nun eine Analogie mit diesen Vorgängen in dem Einfluss zu finden, den die Zerstörung der rothen Blutkörperchen auf die Ernährung der Gewebe ausübt.“

Betrachten wir den Zusammenhang der durch die Phosphorsäure gesetzten Störungen, so ist es, wie bereits erwähnt, vor Allem das Herz, dessen Ernährung und Leistungsfähigkeit wesentlich beschränkt wird.

Die oben mitgetheilten Wirkungen der Phosphorsäure auf das Herz zeigen in vielen Punkten eine grosse Uebereinstimmung mit denjenigen, welche die gallensauren Salze nach den Untersuchungen von *Röhrig*, *Landois* und *Traube**) auf dasselbe äussern. Auch bei diesen findet, wie namentlich *Traube* mit Hülfe seines Kymographion und unter Anwendung von Worara gezeigt hat, nach derInjection in's Blut eine Abnahme des Druckes, sowie Abnahme des des Druckes und Verminderung der Pulsfrequenz nach Durchschneidung der Vagi statt. Aus diesen Erscheinungen hat *Traube* den Schluss gezogen, dass es sich bei den Gallensäuren um eine directe schwächende Wirkung auf den Herzmuskel handle. *T.* nimmt an,

---

*) *Ph. Munk.* Circulationsstörungen in den Nieren. Berl. Klin. Wochenschr. 1864. Nr. 34.

**) *Traube.* Ueber die gallensauren Salze. Berl. Klin. Wochenschr. 1864. p. 85 und 145.

„dass nach Einspritung einer Lösung von gallensauren Salzen in die Jugularis nach kurzer Zeit ein mit dieser Substanz reichlich versehenes Blut in das rechte Herz und bald darauf durch die Coronararterien in die Capillaren des Herzmuskels gelangt. Dieser erhält somit ein Blut, dessen rothe Blutkörperchen in ihrer Structur verändert oder zerstört sind, das mithin den Gaswechsel, dessen Träger die Blutköperchen sind, nicht vermitteln und somit nicht mit der normalen Sauerstoffmenge auf die Muskelsubstanz wirken kann.“ In ähnlicher Weise können wir die Wirkung der Phosphorsäure auffassen. Das Sinken des Druckes bei erhaltenen Vagi, das Sinken des Druckes mit gleichzeitiger Abnahme der Pulsfrequenz nach durchschnittenen Vagi, sowie das oben beschriebene Verhalten des Herzmuskels berechtigen uns zu der Annahme, dass es wesentlich der Herzmuskel ist, der durch die Einwirkung der Phosphorsäure afficirt und gelähmt wird. Wir können ebenfalls annehmen, dass ein in den wesentlichsten Bestandtheilen vollkommen verändertes Blut zur Ernährung des Herzmuskels selbst nicht ausreicht, und dass hierdurch die Leistungsfähigkeit des Herzmuskels bedeutend herabgesetzt werden muss. Allein neben dieser lähmenden Wirkung der Phosphorsäure auf den Herzmuskel müssen wir, da wir eine geringe Einwirkung der Phosphorsäure auf die Nerven constatirt haben, vorausetzen, dass die Phosphorsäure eine allerdings sehr bald vorübergehende Reizung des Herznerven-Systems bedingt. Hierfür spricht besonders die Thatsache, dass wir am ausgeschnittenen Froschherzen nach Zusatz von Phosphorsäure in den meisten Fällen eine vorübergehende Vermehrung der Herzcontractionen beobachtet haben. Diese verschwindet bald, weil die Wirkung auf den Herzmuskel das Uebergewicht erhält und in Folge dessen den Impulsen des muskulomotorischen Systems ein grösserer Widerstand entgegengestellt wird.

Als Folge der durch die Phosphorsäure beeinträchtigten Leistung des Herzmuskels, des dadurch sinkenden Druckes im Aortensystem, namentlich aber auch als Folge der Einwirkung auf die Blutkörperchen (wodurch voraussichtlich der Stoffwechsel verlangsamt wird) haben wir die Erniedrigung der Temperatur nach der Injection von Phosphorsäure aufzufassen.

Ebenso ist die fettige Entartung am Herzmuskel der bereits begründeten mangelhafteu Ernährung zuzuschreiben. Dass von sämmtlichen Muskeln er gerade allein oder zuerst diese Degeneration eingeht, erklärt sich daher, dass er von allen Muskeln verhältnissmässig die grösste Arbeit entwickeln muss, daher ein verändertes Blut am meisten und schnellsten störend auf seine Ernährung einwirkt. Während ihm dies im normalen Zustande in genügender Menge und Zusammensetzung durch die Coronaraarterien geliefert wird, erhält er jetzt ein durch seine veränderte Beschaffenheit zu seiner Ernährung und Erhaltung unbrauchbares Blut, in Folge dessen seine Muskelfasern dieselben Veränderungen eingehen werden, wie wir sie auch bei den Epithelien der Niere und Leber nach der Aufnahme der Phosphorsäure in das Blut constatirt haben.

Nicht minder ist die Phosphorsäure für die Respiration, wie wir gesehen haben, von wesentlichem Einflusse. Den nach ihrer Injection auftretenden, sehr schnell vorübergehenden Inspirationskrampf haben wir wohl nur als eine directe Reizung des respiratorischen Centrums aufzufassen und mag es dahingestellt sein, ob wir die nach dieser sich einstellende Lähmung des respiratorischen Centrums als eine der Reizung folgende directe Lähmung durch die Phosphorsäure oder als Folge des Zuflusses von veränderter Blutflüssigkeit zu betrachten haben.

Ebenso können wir die Erscheinungen des Nervensystems und der Centralorgane (Muskeln) wohl hauptsächlich als Wirkungen der mangelhaften Ernährung ansehen, allein einen Theil der Symptome müssen wir auf die directe Einwirkung der Phosphorsäure auf die Nerven und Muskeln und die in ihnen vor sich gehende chemische Umwandlung schieben. So hatten wir namentlich als Folge letzterer das oben beschriebene Verhalten des Körpertheils, in welchen die Phosphorsäure zunächst gebracht war, aufzufassen (Oberschenkel des Frosches).

Hauptsächlich als Folge der Ernährungsstörungen sind dann die Erscheinungen an den Nieren zu betrachten, deren Epithelzellen wir nach der Einwirkung der Phosphorsäure in der Weise degenerirt fanden, wie in Folge aller Substanzen, welche die Blutkörperchen zu zerstören, resp. aufzulösen im Stande sind. Diese Veränderung der Epithelien sahen wir jedoch nur in denjenigen Experimerten auftreten, in welchen der Tod nicht so ganz kurze Zeit (wenige Stunden) nach der Vergiftung mit Phosphorsäure erfolgt war. Ausser dieser Form der Nierenaffection können wir in ähnlicher Weise wie nach Schwefelsäure-Vergiftung noch 2 Formen unterscheiden: einmal das blosse Auftreten von Eiweiss im Harn ohne Degeneration der Epithelien, möglichenfalls allein bedingt durch die Zerstörung der Blutkörperchen und dann einen nach dem heutigen Stande der Wissenschaft als entzündlichen Process in den Interstitien aufzufassenden Vorgang.

Die in dem Exp. LXVII. gefundene Gallenfarbstoffreaction des Harnes ist die Folge der durch die Phosphorsäure gemachten Zerstörung der Blutkörperchen.

Auch die Veränderungen in der Leber können wir nur als Folgen der Ernährungsstörung ansehen. Es liegt kein Grund vor, die in der Leber auftretenden Degeneration der Zellen als entzündlichen Process (parenchymatöse Hepatitis) aufzufassen.

Schliesslich müssen wir noch mit wenigen Worten auf die mehrfach berührte Aehnlichkeit zwischen gewissen Formen des Icterus gravis und der Phosphorvergiftung zurückkommen. Nach *Leyden*'s Untersuchungen beruht diese Uebereinstimmung auf der Wirkung der in das Blut übergegangenen Gallensäuren. Ebenso wie die physiologische Wirkung der Gallensäuren auffallend ähnlich der der Phosphorsäure ist, so bewirken sie auch wie diese, unter Umständen fettige Degeneration in den Organen.

Viertes Capitel.

Nachweis des Phosphors.

Es geht aus den bisher bewiesenen Thatsachen hervor, dass wir nach geschehener Phosphorvergiftung in gerichtlichen Fällen den Phosphor als solchen im ganzen Digestionstractus also im Magen und Darmkanal, dagegen die aus dem Phosphor gebildete Phosphorsäure nur im Blute nachzuweisen haben werden.

Eine Untersuchung des Magen- und Darminhalts auf Phosphorsäure — wie sie in manchen Fällen von Phosphorvergiftung, so z. B. in dem von *Mitscherlich* untersuchten*) statthatte, in welchem eine nicht unbeträchtliche Quantität davon gefunden wurde, ist für die Diagnose deshalb nicht zu verwerthen, weil die im Magen etc. vorhandene Phosphorsäure sehr wohl von den Nahrungsmitteln herrühren kann. Die Saamen der Cerealien enthalten ungefähr 1 pCt. Phosphorsäure; es würde sich also nach dem Genuss von etwas Brod so viel Phosphorsäure im Magen nachweisen lassen, als einer zur Tödtung hinreichenden Menge von Phosphor entsprechen würde. Aber auch im Faserstoff und Eiweiss finden sich circa $\frac{1}{3}$ pCt. Phosphor, die ungefähr $\frac{3}{4}$ pCt. Phosphorsäure entsprechen, so dass wir also aus dem Vorhandensein von Phosphor-

*) Journal für pract. Chemie. Bd. 66.

säure im Digestionstractus nicht den geringsten Schluss für eine etwa geschehene Phosphorvergiftung ziehen können.

I. Nachweis des Phosphors, so wie der unterphosphorigen und phosphorigen Säure.

Die Methoden zur Auffindung des Phosphors haben in der kurzen Zeit, in welcher er von gerichtlich-medicinischem Interesse geworden ist, eine solche Vollkommenheit erreicht, dass wir ihn nicht nur zu den am leichtesten nachweisbaren Giften zählen können, sondern auch im Stande sind, ihn noch in den allerkleinsten Quantitäten selbst nach längerer Zeit im Magen oder Darmkanal aufzufinden. Besteht schon während des Lebens der Verdacht auf eine Phosphorvergiftung, so ist das Erbrochene, in welchem wir namentlich in der ersten Zeit nach der Einnahme des Giftes mit der grössten Bestimmtheit Phosphor erwarten dürfen, sorgsam zu sammeln. Ebenso sind die Faeces aufzubewahren, da an Menschen und Thieren constatirt ist, dass der Phosphor durch sie nicht selten aus dem Körper entfernt wird. Wird die Untersuchung erst an der Leiche gefordert, so genügt es keineswegs nur den Mageninhalt, wie dies gewöhnlich geschieht, zur Untersuchung zu nehmen, sondern es muss ausser diesem, auch der Inhalt des ganzen Darmkanals zum Nachweiss des Giftes verwendet werden. Vier Methoden sind es hauptsäehlich, die bei der Untersuchung auf Phosphor in Betracht kommen, und welche, wenn auch jede einzeln für sich nicht immer vollkommen genügend ist, doch in einer zweckmässigen Combination es zur Unmöglichkeit machen, auch nur die geringste Spur von Phosphor zu übersehen.

1. Die Methode von *Lipowitz* *) beruht darauf, dass Phosphor sich im geschmolzenen uud ungeschmolzenen

---

*) Zur Entdeckung des Phosphors bei Vergiftung von *A. Lipowitz*. *Poggend.* Annal. Bd. 90. p. 660 — 666.

es nirgends über die Oberfläche des Wassers herausragt. — Das Wasser selbst auf Phosphorsäure geprüft, zeigt keine Spur davon. Am 15. wird das Wasser des Gefässes auf Phosphorsäure mittels essigsauren Uranoxyds untersucht und ergiebt einen ganz bedeutenden Gehalt an Phosphorsäure.

Am 15. Juni wird ein ziemlich ebenso langes Stück Dünndarm eines eben getödteten Kaninchen wie im vorigen Versuche sorgfältigst gereinigt und in derselben Weise jedoch ohne Zusatz von Oleum phosphor. in ein Cylindergefäss gehängt. Die nach drei Tagen auf Phosphorsäure mit essigsauren Uranoxyd in gehöriger Weise vorgenommene Prüfung ergab ein negatives Resultat.

Nach den hier mitgetheilten Thatsachen glauben wir also zur Genüge bewiesen zu haben, dass der Phosphorsäure, die Symtome der Phosphorvergiftung mit Ausschluss der localen Wirkungen zugeschrieben werden müssen.

Einen Punkt wollen wir noch ganz besonders hervorheben: Es könnte vielleicht auffallend erscheinen, dass eine Substanz wie die Phosphorsäure vom Magen aus ohne die geringsten Beschwerden zu verursachen in ziemlich grossen Dosen vertragen wird, während die Dose Phosphors, welches zur Vergiftung eines Menschen hinreicht, einer anscheinend geringeren Menge Phosphorsäure entspricht. Offenbar war dies auch der Grund, warum bisher Niemand dieser die giftige Wirkung des Phosphors zugeschrieben hat. Allein man muss berücksichtigen, dass es hier einzig und allein darauf ankommt, in welcher Menge die Phosphorsäure nach ihrer Einspritzung in das Blut oder unter solchen Bedingungen ertragen wird, unter denen sie leicht direct auf das Blut einwirken kann. Hier haben unsere Experimente uns gezeigt, dass die

Abspülen mit Wasser in einer Porcellanschale im Wasserbade erwärmt, wobei sie leuchten und alle Erscheinungen des Phosphors zeigen. Nur die Leuchtkraft des Schwefelphosphors geht mit der Zeit verloren, die sonstigen Reactionen jedoch bleiben, so dass man die Schwefelstückchen längere Zeit unter Wasser aufbewahren kann. Der starke Geruch der Phosphorverbindung, so wie das Leuchten hören bei Zusatz von Ammonium und Chlorwasser auf.

Durch Einfachheit und leichte Ausführbarkeit empfiehlt sich diese Methode, allein ihre Zuverlässigkeit ist namentlich in den Fällen beeinträchtigt, wo die Vergiftung durch abgeschabte Streichhölzchen geschehen ist. Hier ist mit dem Phosphor zugleich Schwefel genommen, der bei der Prüfung sich zunächst mit dem Phosphor verbindet, also nicht an die zur Prüfung hineingelegten Schwefelstückchen zu gehen braucht.

2. Das *Mitscherlich*'sche Verfahren *) gründet sich darauf, dass Phosphor mechanisch durch Wasserdampf fortgeführt wird. Wenn man mithin eine Phosphor enthaltende Masse in einem Kolben kocht und den durch eine Röhre streichenden Wasserdampf durch Abkühlung des Rohres condensirt, so fällt der Phosphor da nieder, wo der Dampf anfängt abgekühlt zu werden und giebt sich durch seine Eigenschaft des Phosphorescirens zu erkennen. Da die Flüchtigkeit des Phosphors mit den Dämpfen des Wassers zugleich mit der Temperaturannäherung an seinen Kochpunkt steigt, so wird erstere noch erhöht werden durch Zusatz von Salzen (Kochsalz), Schwefelsäure etc. *Mitscherlich* schlug daher vor, die auf Phosphor zu untersuchenden Massen nach ihrer Ansäurung mit etwas Schwefelsäure in einem Kolben zu destilliren, welcher mit einer in steter Abkühlung zu erhaltenden gläsernen Röhre in Verbindung gesetzt ist, die in ein etwas Wasser enthaltendes Gefäss mündet: man bemerkt

*) l. c.

schon als Träger des für die Ernährung der Gewebe nothwendigen Sauerstoffs unzweifelhaft im Blute einnehmen, können wir voraussetzen, dass eine Substanz, welche die Blutkörperchen aufzulösen im Stande ist, die wesentlichsten Störungen in der Funktion und weiterhin in der Ernährung der verschiedenen Organe hervorbringen wird. Ja, wir können annehmen, dass die grösste Mehrzahl der Blutkörperchen durch die Einwirkung der Säure sogar schon früher ihre ernährende Kraft, vielleicht die Fähigkeit Sauerstoff aufzunehmen, verliert, ehe es zu einer vollständigen Auflösung gekommen ist. Vor allen Dingen ist es das Herz, auf dessen Leistungsfähigkeit die Zufuhr eines in seinen wichtigsten Theilen veränderten Blutes von nicht geringem Einflusse sich zeigt, nicht minder leidet die Funktion der willkürlichen Muskeln, grosse Schwäche, Zittern, Lähmungen treten ein, die Function der Nerven wird beinträchtigt, endlich kommt zu es Coma und Convulsionen. Diese sämmtlichen Erscheinungen können wir hauptsächlich auf die durch das veränderte Blut bedingte mangelhafte Ernährung der Organe zurückführen, doch bleibt es immerhin möglich, dass ein Theil der bewirkten Functionsstörungen der directen Einwirkung der Phosphorsäure auf die Nerven und Muskeln wahrscheinlich in Folge einer durch sie bedingten chemischen Umsetzung zugeschrieben werden muss. Weiterhin macht sich der Einfluss des veränderten Blutes in sichtbarer Weise auf die Ernährung geltend. An einem anderen Orte *) haben wir nachzuweisen gesucht, dass alle Substanzen, welche die Blutkörperchen aufzulösen oder zu zerstören im Stande sind, unter Umständen eine fettige Degeneration der Gewebe und Organe bewirken.

---

*) Ueber Albuminurie und fettige Degeneration nach Vergiftung mit Schwefelsäure und anderen Säuren. Berl. Klin. Wochenschrift. 1864 Nr. 49 und 50.

„Zunächst ist es eine feststehende Thatsache, dass in Organen resp. Organtheilen, denen der Zufluss des rothen Blutes entzogen ist, fettige Metamorphose der Gewebselemente eintritt. So sehen wir diesen Vorgang im Bereiche von Gefässembolien und Thrombosen der Hirnarterien, im Bereiche von Embolien der Milz- uud Nierenarterien, ja auch von Embolie der Kranzarterien des Herzens. Experimentell können wir es namentlich in den Nieren erzeugen durch Unterbindung der Arterie wie der Vene *) In allen diesen Fällen tritt ziemlich früh fettige Metamorphose ein. Wir glauben nun eine Analogie mit diesen Vorgängen in dem Einfluss zu finden, den die Zerstörung der rothen Blutkörperchen auf die Ernährung der Gewebe ausübt.“

Betrachten wir den Zusammenhang der durch die Phosphorsäure gesetzten Störungen, so ist es, wie bereits erwähnt, vor Allem das H e r z, dessen Ernährung und Leistungsfähigkeit wesentlich beschränkt wird.

Die oben mitgetheilten Wirkungen der Phosphorsäure auf das Herz zeigen in vielen Punkten eine grosse Uebereinstimmung mit denjenigen, welche die gallensauren Salze nach den Untersuchungen von *Röhrig*, *Landois* und *Traube***) auf dasselbe äussern. Auch bei diesen findet, wie namentlich *Traube* mit Hülfe seines Kymographion und unter Anwendung von Worara gezeigt hat, nach derInjection in's Blut eine Abnahme des Druckes, sowie Abnahme des des Druckes und Verminderung der Pulsfrequenz nach Durchschneidung der Vagi statt. Aus diesen Erscheinungen hat *Traube* den Schluss gezogen, dass es sich bei den Gallensäuren um eine directe schwächende Wirkung auf den Herzmuskel handle. *T.* nimmt an,

---

*) *Ph. Munk.* Circulationsstörungen in den Nieren. Berl. Klin. Wochenschr. 1864. Nr. 34.

**) *Traube.* Ueber die gallensauren Salze. Berl. Klin. Wochenschr. 1864. p. 85 und 145.

„dass nach Einspritung einer Lösung von gallensauren Salzen in die Jugularis nach kurzer Zeit ein mit dieser Substanz reichlich versehenes Blut in das rechte Herz und bald darauf durch die Coronararterien in die Capillaren des Herzmuskels gelangt. Dieser erhält somit ein Blut, dessen rothe Blutkörperchen in ihrer Structur verändert oder zerstört sind, das mithin den Gaswechsel, dessen Träger die Blutköperchen sind, nicht vermitteln und somit nicht mit der normalen Sauerstoffmenge auf die Muskelsubstanz wirken kann.“ In ähnlicher Weise können wir die Wirkung der Phosphorsäure auffassen. Das Sinken des Druckes bei erhaltenen Vagi, das Sinken des Druckes mit gleichzeitiger Abnahme der Pulsfrequenz nach durchschnittenen Vagi, sowie das oben beschriebene Verhalten des Herzmuskels berechtigen uns zu der Annahme, dass es wesentlich der Herzmuskel ist, der durch die Einwirkung der Phosphorsäure afficirt und gelähmt wird. Wir können ebenfalls annehmen, dass ein in den wesentlichsten Bestandtheilen vollkommen verändertes Blut zur Ernährung des Herzmuskels selbst nicht ausreicht, und dass hierdurch die Leistungsfähigkeit des Herzmuskels bedeutend herabgesetzt werden muss. Allein neben dieser lähmenden Wirkung der Phosphorsäure anf den Herzmuskel müssen wir, da wir eine geringe Einwirkung der Phosphorsäure auf die Nerven constatirt haben, vorausetzen, dass die Phosphorsäure eine allerdings sehr bald vorübergehende Reizung des Herznerven-Systems bedingt. Hierfür spricht besonders die Thatsache, dass wir am ausgeschnittenen Froschherzen nach Zusatz von Phosphorsäure in den meisten Fällen eine vorübergehende Vermehrung der Herzcontractionen beobachtet haben. Diese verschwindet bald, weil die Wirkung auf den Herzmuskel das Uebergewicht erhält und in Folge dessen den Impulsen des muskulomotorischen Systems ein grösserer Widerstand entgegengestellt wird.

Hat man nun Speisen, Kaffee, Mageninhalt etc. auf Phosphor zu untersuchen, so bringt man dieselben mit so viel destillirtem Wasser versetzt, dass das Ganze einen dünnflüssigen Brei bildet, in einen Glaskolben, fügt hierauf etwas reine Schwefelsäure zu, klemmt mittelst eines lose schliessenden Korkes zuerst einen Papierstreifen ein, der mit einer schwach alkalisch gemachten Nitroprussidnatriumlösung schwach befeuchtet ist, und beobachtet ob sich Bläuung an dem Papierstreifen einstellt. Die geringste Spur von Schwefelwasserstoff, die sich entwickelt, wird sich durch eintretende Bläuung des Nitroprussidnatrium kund geben. Auch Bleizuckerlösung auf Papier wird in diesem Falle geschwärzt werden. Tritt dagegen keine Reaction auf Schwefelwasserstoff ein, so ist die Schwärzung des mit Silberlösung befeuchteten Papierstreifens um so beweisender. Tritt die Schwärzung der Silberlösung am Papier rasch und intensiv ein, und kann in Folge dessen eine grössere Menge von Phosphorsilber durch Einhängen mehrerer mit der Silberlösung vollständig inprägnirter Papierstreifen erhalten werden, so wird man durch Behandlung der Papierstreifen mit Chlorwasser oder Königswasser, Abfiltriren des entstandenen Chlorsilbers und Eindampfen des Filtrats im Wasserbade einen Rückstand erhalten, der entweder die Bildung von phosphorsaurer Ammoniak-Magnesia oder doch wenigstens die von phosphormolybdänsaurem Ammoniak und damit eine ganz sichere Diagnose des Phosphors gestattet.“

Letztere Bestimmung ist jedoch nach *Fresenius* u. *Neubauer**) insofern unrichti,g als diese in gewöhnlichem Filtrirpapier nach dessen Behandlung mit saurer Molybdänsäurelösung ganz unzweideutige Phosphorsäurereactionen erhielten. Jenes Verfahren ist daher nur dann einzuschlagen. wenn man nach *F.* u. *N.* ein gleich grosses Stück Papier, wie das zur

---

*) Ausmittelung des Phosphors in gerichtlichen Fällen. Zeitschr. für anal. Chemie. I. Jahrgang 1862, p. 336 — 352.

Phosphoruntersuchung verwendete, in gleicher Weise zuvor auf Phosphorsäure prüft und die erhaltenen Resultate beider vergleicht. In seinem später*) publicirten Verfahren geht *Sch.* überhaupt von dieser Art der Behandlung des Papierstreifens mit Chlor- oder Königswasser ab, indem er einfach anräth, denselben, soweit er mit Silberlösung bestrichen war, mit Wasser auszukochen, den Silberüberschuss mit Salzsäure zu entfernen und den nach dem Verdunsten gebliebenen Rückstand auf Phosphorsäure zu prüfen, ein Verfahren, welches nach *Fresenius* und *Neubauer* nicht gerechtfertigt ist, da sie gefunden haben, dass durch Einwirkung von Phosphordampf auf salpetersaures Silberoxyd neben metallischem Silber und Phosphorsäure auch Phosphorsilber gebildet werde, das also nicht mit berechnet wird.

Zur quantitativen Bestimmung des vorhandenen Phosphors im nichtoxydirten Zustande ändert *Scherer* das *Mitscherlich*'sche Verfahren insofern ab, als er die Destillation der auf Phosphor zu untersuchenden Massen in dem *Mitscherlich*'schen Apparat unter Kohlensäure vornimmt, um jede Oxydation des Phosphors zu phosphoriger Säure in dem Rohre zu vermeiden, dann aber verbindet er die Destillationsröhre selbst mit zwei durch eine knieförmig gebogene Glasröhre luftdicht vereinigte Flaschen. Die eine zunächst mit dem Destillirapparat in Verbindung gebrachte Flasche enthält etwa 1 Zoll hoch destillirtes Wasser und die Röhre des Destillirapparats taucht in dieses Wasser ein. Das zweite mit diesem ersteren durch die zweimal knieförmig gebogene Glasröhre verbundene Fläschche nenthält eine Auflösung von neutralem oder schwach ammoniakalischem salpetersaurem Silber und hat die Bestimmung alle jene Phosphordämpfe, die von dem kalt erhaltenen destillirten Wasser nicht absorbirt werden, zu fixiren. Nach beendigter Destillation wird der Apparat auseinandergenommen, die Destillationsröhre

*) *Scherer*. Lehrbuch der Chemie. Wien 1860.

mit etwas destillirtem Wasser ausgespült und der etwa angesammelter Phosphor durch gelindes Erwärmen des Wassers zu einer Kugel vereinigt. Das über der Phosphorkugel stehende Wasser oder im Falle gar kein fester Phosphor erhalten wurde, das nur Phosphordampf und Spuren von phosphoriger Säure enthaltende Wasser, welches bei Anwesenheit von Phosphor ebenfalls im Dunkeln leuchtet, wird mit dem Inhalt des zweiten Fläschchens vereinigt, durch gelindes Erwärmen der Mischung Phosphorsilber gebildet und die ganze Lösung mit Königswasser versetzt, und abgedampft; indem man das entstandene Chlorsilber abfiltrirt hat man eine rein saure Lösung von Phosphorsäure, beziehungsweise phosphorsaurem Ammoniak, die quantitativ bestimmt und auf Phosphor berechnet werden kann.

Was nun das Verfahren von *Scherer* betrifft, so ergiebt das Nichteintreten einer Schwärzung des in den Kolben gehängten Silberpapiers den unzweideutigsten Beweis dass in der untersuchten Flüssigkeit kein Phosphor als solcher enthalten ist, und insofern ist diese Methode von grossem Werthe. Ist dagegen die Schwärzung eingetreten, so weisst sie nur dann auf Phosphor hin, wenn der Nachweis desselben aus dem Papier in der oben angegebenen Weise geschieht.

Wiewohl nach dem von *Scherer* vorgeschlagenen Verfahren die quantitative Bestimmung des vorhandenen Phosphors etwas vollständiger geschieht, als nach der *Mitscherlich*'schen Methode, so lässt sich gegen dasselbe der Einwand geltend machen, dass durch Erhitzen im Kohlensäurestrom das Leuchten innerhalb des Destillationsrohres vollständig verdeckt wird. Ausserdem aber kann die von *Scherer* empfohlene Umwandlung des in der destillirten Flüssigkeit vorhandenen Phosphordampfs und der Spuren von phosphoriger Säure in Phosphorsäure so wie die Berechnung des Phosphors aus Letzterer nur dann mit Recht vorgenommen werden, wenn in dem Destillate unzweifelhafte Phosphorpartikelchen nachgewiesen werden.

3. *Dussard**) gab eine neue sehr schöne und elegante Methode des Phosphornachweises an, sich darauf stützend, dass Phosphor sowie die niederen Oxydationsstufen desselben in einer Mischung von metallischem Zink und verdünnter Schwefelsäure in Phosphorwasserstoff umgewandelt werden, der aus einer feinen Glasröhre geleitet, beim Anzünden mit einer inneren grünen Flamme verbrennt, und eine smaragdgrüne Farbe giebt, wenn man in die Flamme ein kaltes Porzellanschälchen hält, die erst verschwindet, wenn die Temperatur der Glasspitze eine sehr hohe geworden ist. *Dussard* schlug zur Vermeidung dieses Uebelstandes vor, das Ende des Rohrs Uförmig zu biegen und in Quecksilber so tief einzutauchen, dass Letzteres bis an die Ausströmungsöffnung des Gases reicht. Die Porcellanschaale beschlägt sich, während man sie in die Flamme hält, mit gelbröthlichen Flecken, die *Dussard* für feinzertheilten Phosphor oder festen Phosphorwasserstoff ansieht. *Blondlot* untersuchte diese Methode genauer *), vervollkommnete sie in geistreicher Weise und machte sie erst practisch anwendbar. Zunächst fand er die Beleuchtung des Ortes von grossem Einflusse auf die Wahrnehmug der Flamme, so dass, während man im Halbdunkel noch eine sehr deutliche Flamme wahrnimmt, diese Färbung bei hellem Tageslichte vollständig vermisst wird. Er räth deshalb als durchaus nothwendig die Prüfung an einem dunkel gemachten Orte. Ferner ist jedes zur Anwendung kommende Zink vorher auf die im Wasserstoffapparat bemerkte Flamme zu prüfen, da fast sämmtliches im Handel vorkommende Zink etwas Eisen und durch dieses geringe Spuren von Phosphor enthält, welche hinreichend sind,

---

*) Comp. rend. T. XLIII. p. 1126—1127. Journ. de Chimie med. 1857. Juin.

*) *M. Blondlot.* Compt. rend. Tom. LII, p. 1197—1199. Sur la recherche toxicologique du phosphore par la coloration de la Flamme. Journ. de Pharmac. et de Chimie. Tom. XL.)

um eine exquisite Grünfärbung der Wasserstoflamme zu geben. Am Besten thut man daher chemisch reines destillirtes Zink zur Anwendung zu nehmen. Allein dieses hat bekanntlich den Nachtheil einen nur äusserst schwachen Wasserstoffstrom zu liefern, wodurch die deutliche Färbung der Flamme wesentlich beeinträchtigt wird. *Blondlot* empfahl daher einen Apparat der, wie der hier gezeichnete, ein Ansammeln grösserer Gasmengen vor dem Anzünden gestattet. In die eine Oeffnung einer *Wulf*'schen Flasche taucht ein bis auf den Boden reichendes, nach unten sich verengendes Gefäss, während die andere Mündung durch zwei mittelst Gummischlauch verbundene Glasröhren mit einem Kalilauge enthaltenden Gefässe und dieses durch ein mit einer Klemme conprimirbares Gummistück mit

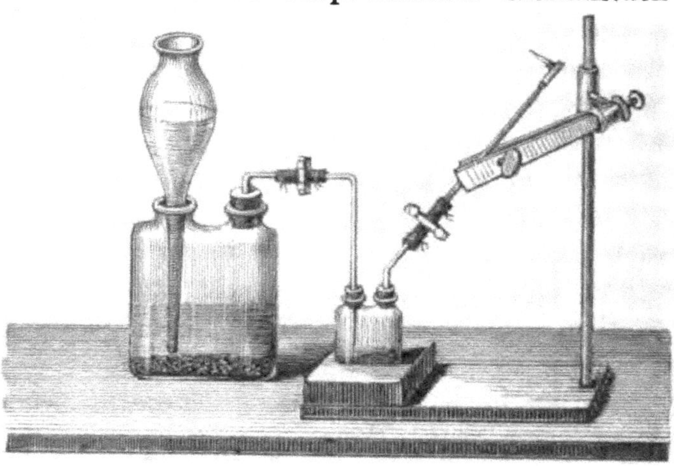

dem Endstück, das zum Ausströmen des Gases bestimmt ist, in Verbindung steht. Die Kalilauge dient zur Entfernung etwaigen Schwefelwasserstoffs, der die Grünfärbung der Flamme hindert. Nachdem durch Verschliessen des Gummirohrs das im Apparate sich entwickelnde Gas in der Flasche sich angesammelt hat, wird die Klemme geöffnet und das ausströmende Gas nach dem Entweichen der Luft angezündet. Sehr bald bemerkt man dann im Innern der Flamme die prachtvolle smaragdgrüne

Färbung, die namentlich deutlich hervortritt, wenn man eine Porcellanschaale in die Flamme hält.

Der Phosphor eines einzigen Streichhölzchen lässt die charakteristische Färbung über eine Stunde lang beobachten.

Ausserdem empfahl *B.*, da das Natronglas immer eine Gelbfärbung der aus dem Entwickelungsapparat ausströmenden, angezündeten Wasserstoffs bewirkt, zum Endstück keine Glasspitze, sondern eine gewöhnliche mit Platinstück versehene Löthrohrspitze, die man durch Umwickeln mit feuchter Wolle abzukühlen sucht.

Eines der hauptsächlichsten Verdienste *Bl's* aber um den Nachweis des Phosphors besteht darin, dass er vorschlug, den Phosphor zunächst an ein Metall zu binden und dieses dann erst auf die Färbung der Flamme im Wasserstoff zu untersuchen. Er hatte nämlich gefunden, dass eine grosse Anzahl organischer Stoffe die Grünfärbung der Phosphorwasserstoffflamme verdecke, die Proteinkörper, Alkohol, Aether, der Inhalt des Verdauungskanals etc. Man bringt daher die auf Phosphor zu untersuchende Masse in eine Wasserstoffentwicklungsflasche, welche wegen des bei der Entwickelung entstehenden starken Schäumens äusserst geräumig sein muss, da man sonst, wie wir selbst erfahren, grosse Störungen in der Untersuchung erleidet. Das sich entwickelnde Gas leitet man in eine schwache Höllensteinlösung, in welcher sich dann sehr bald ein bräunlicher Niederschlag bildet, der, wenn Phosphorwasserstoff mit übergegangen, aus Phosphorsilber besteht, ausserdem aber auch noch etwas feinzertheiltes Silber enthält. Dieses Präcipitat bringt man in den oben beschriebenen Apparat, nachdem man vorher Wasserstoff zu entwickeln angefangen und nach Entfernung der Luft die beiden Klemmen geschlossen hat. Hat sich das Gas genügend in dem Apparate angesammelt, so öffnet man die Klemmen, zündet das ausströmende Gas an und erhält bei der geringsten Spur von Phosphor eine deutliche Grünfärbung des Flamme. Bisweilen ist die Quantität des Niederschlags so gering, dass er nur eben dem Glase anhaftet. In diesem Falle schneidet man letzteres mit der Feile ab und bringt es in den Apparat. *Blondlot* hielt seine Methode namentlich dann für sehr brauchbar, wenn der Phosphor sich bereits in den organischen Stoffen zu oxydiren angefangen hat und man durch die *Mitscherlich*'sche Probe keinen Phosphor mehr nachzuweisen im Stande ist.

Fresenius und *Neubauer* *) prüften diese Methode und zwar zunächst die Natur des durch Phosphor in einer Silberlösung entstehenden Niederschlags, der nach *Rose* **) nur aus fein zertheiltem Silber bestehen sollte. Sie fanden, dass aus der Silberlösung ein phosphorhaltiger Niederschlag gefällt wird. Sodann brachten sie die für den Werth dieser Methode höchst wichtige Frage zur Entscheidung, ob sich bei der Fäulniss thierischer Stoffe nicht Spuren von Phosphorwasserstoff bilden können. Ein Pfund faulen stinkenden Blutes, dem vor der Fäulniss noch phosphorsaure Ammon-Magnesia in ziemlicher Menge zugefügt wurde, wurde in einem Kolben mit Wasser hinlänglich verdünnt. Die eine Durchbohrung des Stopfens führte ein Rohr, durch welches Kohlensäure geleitet wurde, bis fast auf den Boden des Kolbens, während die andere Durchbohrung den Kolben mit einem Silberlösung enthaltenden Uförmigen Rohre verband. Nachdem der ganze Apparat mit Kohlensäure gefüllt war, wurde der Kolben allmählig auf 60—70° erhitzt und mehrere Stunden unter perpetuirlichem Durchleiten der Kohlensäure auf dieser Temperatur erhalten. Der in reichlicher Menge in dem Rohre entstandene schwarze Niederschlag gab in dem *Blondlot*'schen Apparate nicht die leiseste Spur einer Phosphoreaction. Der mit anderem faulen Blute zu verschiedenen Zeiten

---

*) Ueber die Ausmittelung des Phosphors iu gerichtlichen Fällen. Zeitschr. f. analyt. Chemie. 1862. p. 336—352.

*) Traité complet de chimie. analyt. 1859. I. 516.

wiederholte Versuch ergab niemals die geringste Grünfärbung, Ebensowenig konnte dieselbe mit einem faulen Menschenmagen, sowie mit einem Stück stark in Verwesung begriffenen Darmrohrs erhalten werden.

Ferner berücksichtigten *F.* und *N.* noch einen sehr wesentlichen, namentlich für gerichtliche Untersuchungen wichtigen Punkt des *Blondlot*'schen Verfahrens. Da es nöthig werden kann, den nach der Untersuchung auf Phosphor gebliebenen Rückstand noch weiter auf Metallgifte zu prüfen, so ist hierbei die von *Blondlot* vorgeschlagene Behandlung der organischen Stoffe mit Zink und Schwefelsäure durch das vorhandene Zink störend; sie versuchten daher auf einem anderen Wege die Abscheidnng des unoxydirten Phosphors. Zu diesem Zwecke wurden 150 Grm. Wasser und 50 Grm. sehr faules Blut, welches für sich allein geprüft keine Spur einer Phosphorreaction gab, mit 1 Milligramm Phosphor (gelöst in 1 Grm. Oel) nach dem Ansäuern mit Schwefelsäure in einem Kolben, der mit einer Uförmigen mit Silberlösung gefüllten Röhre verbunden war, im Kohlensäurestrom allmählig auf 60—70° erhitzt. Nach drei Stunden hatte sich in der Uförmigen Röhre ein starker Niederschlag gebildet, der gesammelt, mit Wasser tüchtig ausgewaschen, in den beschriebenen Apparat gebracht wurde. Die ersten 400 C. C. Wasserstoff gaben eine ganz intensive Phosphorreaction, der innere grüne Kegel trat in aller Schönheit und Schärfe hervor und beim Niederdrücken der Flamme durch eine Porcellanschaale zeigte sich ein intensiver smaragdgrüner Schimmer. Weitere 400 C. C. gaben ebenfalls noch eine deutliche, aber doch schwächere Reaction, während bei den dritten 400 C. C. die Reaction wohl noch sichtbar, aber doch nicht mehr entscheidend genug war. Hiedurch zeigte *F.* und *N.*, dass nach diesem Verfahren in einem Gemisch von faulen thierischen Stoffen bei einer 200,000fachen Verdünnung neben vielem Schwefelwasserstoff und anderen Verwesungsproducten 1 Milligramm Phosphor noch mit aller Sicherheit und Schärfe entdeckt werden kann.

Dieselben Resultate erhielten *F.* und *N.*, als sie phosphorige Säure in dem Wasserstoffapparat auf ihre Reaction behandelten, so dass diese Probe als eine der schärfsten auf Phosphor und seine niederen Oxydationsproducte angesehen werden muss.

Bei der Prüfung auf Phosphor beginnt man am besten damit, dass man noch, bevor man eine weitere Behandlung der zu untersuchenden Massen vornimmt, zunächst nach dem Vorhandensein von makroskopischen Phosphortheilchen sucht. Fast stets, selbst bei Anwesenheit nur kleiner Mengen Phosphor lässt sich derselbe durch den ihm eigenthümlichen Geruch erkennen. Dabei bemerkt man, wenn die Massen saure Reaction zeigen, oder wenn dies nicht ist, nach dem Ansäuern derselben im Dunkeln leuchtende Dämpfe, zuweilen beobachtet man, wenn man sie auf eine warme Ofenplatte bringt oder sie ein wenig erhitzt, deutliche Funken. Sehr wichtig ist es dann zu untersuchen, ob sich der Phosphor auf mechanischem Wege abscheiden lässt, was häufig durch Schlämmen der zu untersuchenden Massen mit destillirtem Wasser gelingt. Auf diese Weise kann man sich zuweilen leicht noch von der Form, in welcher der Phosphor gegeben war, Aufschluss verschaffen. Hat man sich von dem Vorhandensein des Phosphors durch das Auffinden von kleinen Stückchen, durch den Geruch oder durch das Leuchten desselben überzeugt, und ist man nicht in der Lage, eine genauere quantitative Bestimmung der genommenen Phosphormassen machen zu können, so genügt es, die zu untersuchenden Massen mit Aether auszuziehen; in diesem Falle muss man jedoch die Substanzen mehrere Male mit Aether extrahiren, um annähernd die ganze Quantität Phosphor herauszubekommen. Auf Genauigkeit kann diese Methode deshalb keinen Anspruch machen, weil immer noch ein grosser Theil des Aethers den extrahirten Substanzen anhaften bleibt.

Hat man sich jedoch von der Anwesenheit des Phosphors durch Geruch und Gesicht nicht überführen können, oder will man eine genaue Untersuchung vornehmen, so bringe man die Hälfte der vorher gehörig umgeschüttelten und gleichmässig vertheilten Massen in einen geräumigen Kolben, säuere sie, nachdem man sie wo nöthig zu einem dünnen Brei mit Hülfe destillirten Wassers verwandelt hat, mit Schwefelsäure schwach an, klemme mittelst eines lose schliessenden Korkes zwei schmale Papierstreifen ein, den einen mit neutralen salpetersauren Silberoxyd, den andern mit essigsaurem Blei befeuchtet und erwärme den Kolben im Sandbade sehr gelinde auf höchstens 40° C. Schwärzt sich hierbei das mit salpetersaurem Silber befeuchtete Papier, so bringe man es in etwas Königswasser und setze dieses zur weiteren Untersuchung, die oben ausführlich beschrieben, fort. Dieselbe ist namentlich dann nothwendig, wenn auch das Bleizuckerpapier sich geschwärzt hat. — Sodann hängt man statt der Papierstreifen, in Fäden eingeschmolzene Schwefelstückchen, die durch den Korkpropfen am Glase befestigt sind, in die Masse und erhitzt sie stärker auf circa 60° C. Ist dies durch eine Viertelstunde geschehen, so nimmt man die Fäden mit den Schwefelstückchen heraus, bringt sie zunächst in eine Porcellanschaale unter Wasser bis auf die weitere, oben beschriebene Untersuchung. Nach *Mulder* thut man gut diese Schwefelstückchen in dem *Mitscherlich*'schen Apparat besonders zu untersuchen, da sie hierin ebenfalls bei Anwesenheit von nur geringen Phosphormengen leuchtende Ringe hervorbringen. Dieses Verfahren ist jedoch deshalb meist überflüssig, weil man, wenn sie leuchtende Ringe im Apparat geben, ein Leuchten derselben schon beim ersten Erwärmen derselben in einer Porcellanschaale am dunkeln Orte ebenfalls findet. Nach Entfernung der Schwefelstückchen fügt man in den Kolben noch etwas verdünnte Schwefelsäure,

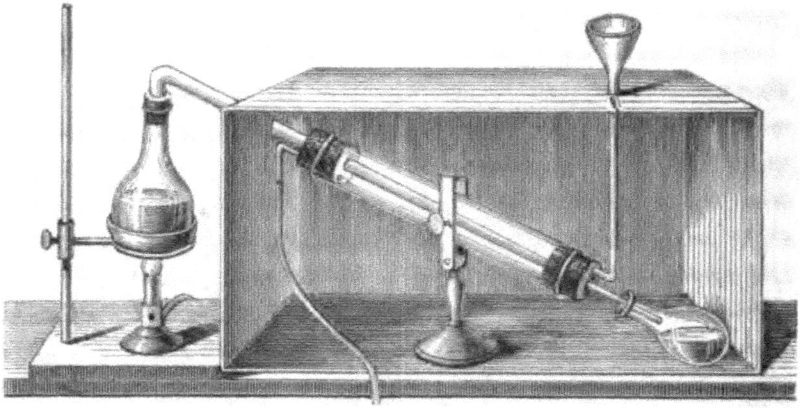

verbindet denselben, wie vorstehend gezeichnet, mit einer langen nach unten sich etwas verjüngenden Glasröhre, die mit Hülfe zweier Korke in einem bedeutend breiteren Glascylinder steckt, und in eine mit etwas Wasser versehenen Vorlage mündet. Der breitere Glascylinder wird mittelst eines durch den Kork gehenden Trichters beständig mit kaltem Wasser, das durch die Röhre abläuft, versehen. Man destillirt nun unter stärkerem Erhitzen den Phosphor an einem dunkeln Orte über. Sehr zweckmässig ist es, sich hierbei den ganzen Raum von dem Beginne des Kühlrohrs bis zur Vorlage hinaus, so dunkel als möglich zu machen; man kann dies am besten thun, indem man hinten und zu beiden Seiten Pappdeckel legt, und nur die vordere Seite frei lässt. Bekommt man hierbei das bereits beschriebene Leuchten im Apparat und hat man dann in der Vorlage Phosphorpartikelchen, so kann es sich höchstens noch um eine quantitative Bestimmung des vorhandenen Phosphors handeln. Zu diesem Zwecke, so wie in den Fällen, wo man selbst nach längerer Destillation von 1 — 2 Stunden kein Leuchten nnd keinen Phosphor erhalten hat, thut man die andere bis jetzt noch nicht zur Untersuchung genommene Hälfte der verdächtigen Massen ebenfalls in den Kolben, fügt dazu etwas Schwefelsäure und ein Stückchen Kalkspath, destillirt nun durch längere Zeit und zwar so, dass man das Ausmündungsende des Destillationsrohrs, in der Vorlage unter das Niveau des Wassers stellt. Ausserdem fügt man das Product der letzten Destillation in die Vorlage des Kühlrohres. Die nach der Destillation sich etwa im Kolben unter Wasser vorfindenden Phosphorpartikelchen kann man dann weiter entweder unter Wasser für das Gericht aufbewahren oder, wie oben angegeben, wägen resp. zur Bestimmung oxydiren. Hat sich jedoch auch bei der letzten Destillation kein Phosphor in Substanz vorgefunden, so filtrire man die im Kolben befindliehen Massen, setze das Filtrat zu dem Destillat, bringe die beiden letzteren in einen geräumigen Wasserstoffapparat, entwickle darin Wasserstoff und leite das sich entwickelnde Gas in eine reine verdünnte Lösung von salpetersaurem Silberoxyd. Den in dieser sich bildenden Niederschlag bringe man dann in den oben beschriebenen Apparat, entwickle auch in diesem Wasserstoff und zünde dann das Gas an — auch nur die kleinste Quantität unterphosphoriger oder phosphoriger Säure wird in diesem Falle das charakteristische, smaragdgrüne Leuchten namentlich bei dem Brennen gegen eine Porcellanschaale für längere Zeit wahrnehmen lassen. Auf diese Weise können wir mit der allergrössten Sicherheit auch nur die kleinste Menge Phosphors und seiner niedern Oxydationsstufen nachweisen. Selbst das Auffinden letzterer schon für sich allein ist von der allergrössten Wichtigkeit, da man sie niemals in unseren Nahrungsmitteln noch im Organismus im normalen Zustande finden wird.

II. Nachweis der Phosphorsäure.

Wie wir bereits oben angeführt haben, kann eine Untersuchung auf Phosphorsäure eigentlich nur mit dem Blute vorgenommen werden. Im Mageninhalt und Darmkanal ist sie wegen des reichen Gehalts der Ingesta etc. an Phosphorsäure bei gerichtlichen Untersuchungen vollkommen werthlos, und sollten wir nie, allein auf ein reichliches Vorhandensein derselben im Magen gestützt, die Vermuthung einer stattgehabten Vergiftung aussprechen. Ebensowenig wird ein reicher Gehalt des Erbrochenen an Phosphorsäure uns nie allein bestimmen dürfen, eine Phosphorvergiftung anzunehmen, da selbst in geringen Quantitäten der vegetabilischen Nahrungsmittel zuweilen Phosphorsäurenmengen enthalten sind, welche auf ihren Gehalt an Phosphor berechnet, einer Menge entsprechen, die sicher den Tod herbeiführen würde. So können wir uns zum Beispiel selbst mit dem hier folgenden Gutachten der Sachverständigen in dem *Riehl*'schen Processe *) keineswegs einverstanden erklären, die auf folgende Punkte hin eine Phosphorvergiftung annahmen.

1) „Die dem Magen der Vergifteten entnommene Flüssigkeit enthielt kleine Fragmente einer Pasta, welche im Aeusseren die grösste Aehnlichkeit mit Phosphorpasta zeigt. Sie leuchteten zwar nicht im Dunkeln, enthielten also keinen elementaren Phosphor mehr, aber es zeigte sich, dass die bläuende Wirkung von Jodtinctur auf das darin enthaltene Stärkemehl sehr beeinträchtigt wurde, woraus auf die Gegenwart eines stark reducirend wirkenden Körpers geschlossen werden musste. Dass dieser nichts anderes als eine niedere Oxydationsstufe des Phosphors sein konnte, folgte aus dem Umstande, dass 24 Milligramme von den getrockneten Fragmenten 6 Milligramm Phosphorsäure lieferten, eine Menge, die mit dem Phosphorgehalt der Phosphorpasta in Uebereinstimmung war, welche erwiesenermassen von der Frau *Riehl* kurz vor dem Tode ihres Mannes aus einer Apotheke gekauft war.

2) Die nämliche Flüssigkeit lieferte nach dem Eintrocknen und Verpuffen mit Salpeter und Soda so viel

*) *Husemann*'s Toxikologie, Berlin 1862, p. 812.

Phosphorsäure, dass sich daraus für die darin in Auflösung befindliche trockne organische Materie ein 9mal grösserer Gehalt an Phosphor berechnet, als in der phosphorreichsten animalischen Substanz, der Substanz des Gehirns, normal vorkommt. Die gefundene Phosphorsäure kann indess, wenigstens der Hauptsache nach, nicht als solche in der Flüssigkeit vorhanden gewesen sein, denn es existirte darin eine beträchtliche Menge einer niedrigeren Oxydationsstufe des Phosphors. Als man nämlich 32 Cub. Cent. der Magenflüssigkeit mit 18 C. C. einer Auflösung von Indigoschwefelsäure zusammenbrachte, waren 83 Cub. Centimeter eines Chlorwassers von bekannter Stärke nöthig, um Entfärbung zu bewirken, während eine Mischung von 18 Cub. Cent. der Indigolösung mit 32 Cnb. Cent. Wasser nur 1,3 Cub. Cent. des nämlichen Chlorwassers zur Entfärbung bedurften.

3) Die zur Untersuchung übergebene Erde, welche aus einem Weinberge stammte, wo *Riehl* vor seinem Tode erbrochen hatte, und mit der erbrochenen Flüssigkeit getränkt war, ergab, nachdem sorgfältig die Traubenabfälle und alle übrigen dem Auge erkennbaren organischen Materien daraus entfernt waren, nach geeigneter Behandlung einen fünfmal grösseren Gehalt an Phosphorsäure, als ihn normale Erde besitzt.“ —

Nur im Blute allein ist der Nachweis einer Vermehrung der Phosphorsäure von Bedeutung, und wird der Gehalt an letzterer namentlich in den schnell tödtlich verlaufenden Fällen als viel reicher gefunden werden, wie im normalen Blute. Bei den lang hingezogenen Fällen hingegen kann eine Ausscheidung desselben durch die Nieren den späteren Befund wesentlich beeinflussen. Immerhin hat eine gefundene Vermehrung der Phosphorsäure im Blute nur einen relativen Werth und muss stets mit dem Gehalte normalen Blutes an Phosphorsäure, das freilich verhältnissmässig nur geringe Mengen davon enthält, verglichen werden.

Statt der fast allein üblichen Methode der Phosphorsäurebestimmung als phosphorsaure Ammoniak-Magnesia möchten wir vorschlagen, dieselbe aus dem Blute durch Titriung mit essigsaurem Uranoxyd zu bestimmen — eine Methode, die sich einfacher und bequemer als die andere erweist. Zu diesem Zwecke wird die gewogene oder gemessene Quantität Blut verascht, die Asche mit angesäuertem Wasser extrahirt und zu der Hälfte davon nach Hinzufügung einiger C. C. einer 10 procentigen Lösung von essigsaurem Natron und einiger Tropfen concentrirter Essigsäure unter Erhitzen im Wasserbade so lange von einer titrirten Uranlösung zugefügt, bis ein Tropfen einer Blutlaugensalzlösung zu einem Tropfen der Mischung auf eine Porcellanplatte gebracht, eine bleibende röthlichbraune Färbung desselben erzeugt. Aus der Menge der verbrauchten C. C. Uranlösung wird die Phosphorsäurequantität berechnet. Nach *Neubauer* ist es am zweckmässigsten, die Uranlösung so einzurichten, dass 1 C. C. derselben nur 0,005 Grm. Phosphorsäure fällt. Man erhält nach *N.* eine solche Lösung, wenn man 20,3 Grm. reines Uranoxyd in reiner Essigsäure auflöst und diese Auflösung bis zum Liter verdünnt.

Fünftes Capitel.

Behandlung der Phosphorvergiftung.

Bei der grossen Zahl der durch die Anwendung des Phosphors vorgekommenen Vergiftungen wird sich uns zunächst die Frage aufdrängen, ob es möglich ist, den Phosphor durch etwa ihm zugesetzte Stoffe unschädlich zu machen, oder ob es vielleicht überhaupt rathsam wäre, ihn in seinen hauptsächlichsten Anwendungsweisen, als Mittel zur Vertilgung von Ungeziefer, sowie vor allen Dingen als Zündmasse zur Fabrikation der Streichhölzer zu verbannen und durch andere ähnlich wirkende Substanzen zu ersetzen. Mehrfach ist diese Frage, namentlich in Frankreich, bereits erörtert worden. Dort hatte man zunächst vorgeschlagen, dem Phosphor bei der Fabrikation der Streichhölzer sogleich etwas Stibio-Kali tartar. zuzusetzen, um für den Fall einer Vergiftung sogleich ein Gegengift gegeben zu haben. Allein dieser Vorschlag ist entschieden zu missbilligen, denn erstens ist mit der Einnahme des Tartarus stib. die Wirkung des Phosphors nicht beseitigt, zweitens aber würde man dadurch der Gesellschaft ein anderes, sicher ebenso gefährliches Mittel in die Hände geben, dessen Anwendung jetzt nur und mit vollem Rechte dem Ermessen der Aerzte anheimgegeben ist. Ferner hat man gerathen, bittere Mittel den Streichhölzern zuzusetzen, allein für den Selbstmörder ist für den Augenblick der Ausführung seiner That der Geschmack des Mittels wohl gleichgültig, und für den Mordversuch Anderer weiss der Thäter auf verschiedene Weise den schlechten Geschmack — der doch leichter zu verdecken ist, als der eigenthümliche Phosphorgeruch — möglichst zu beseitigen.

Man ging dann weiter, indem man die Anwendung des Phosphors überhaupt verwerfen wollte. *Henry* und *Chevalier**) schlugen vor, den krystallinischen Phosphor durch den amorphen rothen Phosphor zu ersetzen und bewiesen dessen Unschädlichkeit durch Experimente an Hunden und Vögeln. Zu denselben Resultaten wie diese Forscher, gelangten *Rigout* und *Orfila***) und man begann daher in Frankreich statt der Streichhölzer mit gewöhnlichem Phosphor solche mit rothem anzufertigen (*Coignet*'sche Zündhölzchen). Allein sehr bald merkte man, dass diese wegen ihrer schweren Entzündbarkeit den Hauptzweck verfehlten, auch fand Mayer***) in seinen Versuchen mit dem rothen Phosphor, dass dieser ähnliche giftige Erscheinungen besitze, wie der krystallinische. In neuerer Zeit wurden diese Versuche von *Köhler* und *Renz*†) wiederholt, jedoch bestätigten dieselben die früheren Angaben von der Unschädlichkeit des rothen Phosphors. Die verschiedenen Resultate erklären sie als bedingt durch das Vorhandensein von bald mehr bald weniger Phosphor, der noch nicht in den amorphen Zustand übergeführt war.

Unsere Experimente:

Exp. LXXXXI.

Vier Kaninchen wurde rother Phosphor, der im pulverförmigen Zustande längere Zeit von uns zuerst mit Schwefelkohlenstoff, dann wiederholt mit Aether zur Entfernung etwa anklebenden krystallinischen Phosphors extrahirt und dann an der Luft getrocknet war, zum Theil

---

*) Annal. d'hygiène publ. Paris, 1856.

**) Compt. rend. de l'académie. Févr. 1856.

***) *Casper*'s Vierteljahrsschrift. Bd. XVIII, p. 185 — 241.

†) l. c.

mehrere Male in Dosen von je einigen Granen beigebracht. Die Thiere zeigten danach keinerlei abnorme Erscheinungen.

Zwei ganz kleine, junge Kaninchen erhielten zu wiederholten Malen grosse Dosen gereinigten rothen Phosphors. Fünf resp. sechs Tage nach der letzten Application desselben waren sie todt. Bei der Section fand sich bei beiden nur in der Leber eine entschieden fettige Degeneration, in den übrigen Organen nichts wesentlich Abnormes. —

Auch wir können daher die Unschädlichkeit des rothen Phosphors in Bezug auf giftige Eigenschaften nur bestätigen, und dürfen wohl annehmen, dass in den Fällen, in welchen er nach grösseren Dosen oder überhaupt giftig wirkt, dies durch den ihm noch anhaftenden krystallinischen Phosphor geschieht. In dieser Beziehung also wäre dem rothen Phosphor der Vorzug vor dem weissen zu geben. Allein damit ist in der Hauptsache nichts gethan, da er sich erst bei einer bedeutend höheren Temperatur (200°) als der weisse entzündet, und deshalb z. B. zur Fabrikation der Streichhölzer gar nicht zu brauchen ist. Er wird nur dann bei niedriger Temperatur sich entzünden, wenn ihm krystallinischer beigemengt ist, und in diesem Falle wirkt er giftig durch diese Beimengung.

Weiter hat man, namentlich in Russland, die Zündhölzchenfabrikation gewissermassen zum Monopol der Regierung gemacht und durch den für die Streichhölzchen festgesetzten enorm hohen Preis sie dem allgemeinen Gebrauche entziehen wollen. Solche Maassregeln haben zwar den thatsächlichen Vortheil Staatskassen zu füllen, schaden aber, wie erfahrungsgemäss feststeht, dem ganzen Lande und der Industrie mehr, als sie einbringen, auch halten sie den Mörder oder Selbstmörder nie von der beabsichtigten That zurück, machen sie ihm höchstens etwas kostspieliger.

Fragen wir uns, ob es überhaupt nothwendig ist, die

Fabrikation des Phosphors aus Rücksicht für mögliche Vergiftungen zu beschränken, so müssen wir uns entschieden gegen jede Beschränkung aussprechen, da der Phosphor für die allgemeine Cultur ein absolut nothwendiges Mittel geworden ist. Eine Beschränkung ist aber auch in keiner Weise gerechtfertigt, denn sehen wir von den zufälligen Vergiftungen (Fahrlässigkeit etc.) — die ja ausser aller Berechnung liegen — ab, so kommt nur Selbstmord und Mord in Betracht. Ueberblicken wir die Zahl der jährlich in der Welt vorkommenden Selbstmorde in Bezug auf die Art der Ausführung des Todes, so werden wir finden, dass der Phosphor nur eine äusserst geringe Procentzahl liefert, dass die weithin grösste Zahl der Selbstmörder sich überhaupt nicht durch Gifte, sondern die meisten durch Erhängen, Erschiessen, Ertränken etc. tödten. Jeder Selbstmörder tödtet sich mit dem ihm bequemsten Mittel und namentlich mit einem solchen, das ihn so schnell als möglich aus dem Leben befördert. Beide Eigenschaften hat der Phosphor nicht, und deshalb ist eine Beschränkung seiner Anwendung nicht gerechtfertigt. Rücksichtlich der Mörder steht es aber fest, dass sie nur solche Mittel zur Ausführung ihrer That suchen, die auf chemischen und anderen Wegen nicht nachgewiesen werden können. So lange solche Gifte im Körper nicht aufgefunden werden können, so lange werden sie zu Mordversuchen benutzt, mit dem Augenblicke aber, wo sie selbst in den kleinsten Dosen den Forscherblicken des Chemikers nicht entgehen, machen sie anderen, unbekannteren, unerforschten Platz. Dieses Verhältniss sehen wir bei vielen Giften, vor Allem z. B. beim Arsenik, bestätigt: dasselbe ist mit dem Phosphor der Fall. Jetzt, wo wir im Stande sind, selbst die kleinsten Spuren des genommenen Phosphors mit Leichtigkeit zu finden, jetzt hat das Gift an seiner Gefährlichkeit verloren und wird gewiss nur noch in seltenen Fällen zu Morden benutzt werden.

Gehen wir nun zur Besprechung der Frage über, welche Behandlung nach stattgehabter Vergiftung einzuschlagen sei, so wird dieselbe eine verschiedene sein, je nachdem sie bald nach vollbrachter That oder erst nach stattgefundener Resorption des Giftes eintritt.

In dem ersten Falle handelt es sich vorzüglich um 3 Indicationen.

1. Herausbeförderung des Giftes. Am besten eignen sich hierzu die Brechmittel, vor allen Dingen, namentlich im Beginn der Affection das Cuprum sulph. in grossen Dosen, da es sich sowohl um eine schnelle Entleerung der eingenommenen Massen handelt, als auch darauf ankommt, dass von dem Brechmittel so wenig wie möglich entzündliche Erscheinungen zurückbleiben; insofern verdient das Cuprum den Vorzug vor dem tartar. stib. Man muss es so oft, als es irgend angeht, zum Erbrechen kommen lassen. Nebenbei dürfte sich die Anwendung der Magenpumpe als sehr zweckmässig erweisen.

Ausserdem aber hat man eine Entfernung der phosphorhaltigen Massen per rectum zu erzielen, da wir aus Erfahrung wissen, dass der Phosphor häufig im Darm gefunden wird. Allein auch hier ist jede Reizung der Darmschleimhaut auf das Entschiedenste zu vermeiden, um nicht noch die schon bestehende Reizung zu steigern; daher dürfen wir die Thätigkeit des Darmrohrs nicht durch Abführmittel anregen, sondern wirken am besten durch Clysmata von Honig, Milch etc.

2. Einhüllung des Mittels. Es muss hauptsächlich darauf ankommen, den Phosphor vor Berührung mit atmosphärischer Luft zu schützen und ihn ausserdem vor jeder Annäherung an die Schleimhaut des Magens und Darmkanals möglichst fern zu halten. Diese Indication erfüllen wir am besten durch Darreichung von stark schleimigen, Mitteln namentlich durch Stärkekleister, Gummischleim, Eiweiss. Nicht so zweckmässig sind dieselben in einem mehr flüssigem Zustande, da sie darin ihren Hauptzweck

verfehlen, und darum ist auch von dem Gebrauch der Milch in solchen Fällen überhaupt abzustehen. Letztere ist auch wohl deshalb contraindicirt, weil sich in ihr möglichenfalls ein kleiner Theil des Phosphors löst. Ebenso dürfen wir wegen der Löslichkeit des Phosphors in Oel selbstverständlich keinen Gebrauch von diesem machen. Man thut gut, die schleimigen Mittel, namentlich im Anfang abwechselnd mit den Brechmitteln zu geben.

3. Neutralisation der gebildeten Phosphorsäure. Ohne eigentlich richtigen Grund bediente man sich seit längerer Zeit der Alkalien bei Phosphorvergiftungen, in manchen Fällen mit anscheinendem Erfolge, in anderen ohne solchen. Das am meisten, namentlich von *Orfila* empfohlene und angewendete Mittel war die Magnesia usta. Da man stets von der Ansicht ausging, dass die Oxydationsproducte des Phosphors nicht so schädlich sind wie der Phosphor, dass es also darauf ankomme, den Phosphor im Magen zu oxydiren und dann diese Oxydationsproducte durch Neutralisation zu entfernen, so schlug *Duflos**) als Gegengift die Verbindung von Magnesia usta mit Liquor chlori (1 : 8) vor. Durch die dabei sich bildende unterchlorigsaure Magnesia sollte der Phosphor und die aus ihm entstandenen Körper in Phosphorsäure umgewandelt werden, die sich dann mit der Magnesia zu unschädlichen Verbindungen vereinigen würde. *Holländer***) stellte Untersuchungen mit der *Duflos*'schen Mischung an, und bei der Vergleichung dieser mit anderen, bei denen Magnesialösung allein nach der Vergiftung gegeben wurde, fand *H.*, dass der Tod nach der letzteren früher, als nach dem *Duflos*'schen Mittel eintrat. Auch *Bechert****) wendete dieses bei Kaninchen mit Erfolg an. Kaninchen, denen er 1 Gr. Phosphor gegeben, starben in

---

*) *Duflos*. Die wichtigsten Lebensbedürfnisse etc. 1846. p. 245.

**) *Holländer*. De phosphoro Diss. Vratisl. 1846.

***) Arch. d. Pharmac. Hannov. 1851.

kurzer Zeit, andere dagegen, welchen er neben 1 Gr. Phosphor eine Mischung von ½ Drachme Magnesia usta, ½ Unze Liquor chlori und 3½ Drachmen Wasser (alle halbe Stunde ½ Drach. bis zum Verbrauch der ganzen Masse) gab, zeigten gar keine abnormen Erscheinungen. Dagegen hatte *Schröder**) mit der *Bechert*'schen Mischung kein einziges günstiges Resultat erhalten. Ebenso wenig konnte *Hoffmann***) ein solches bei Kaninchen erzielen. Auch *Schuchardt****) war nicht im Stande unter sieben an Kaninchen gemachten Versuchen ein einziges zu retten. Gestützt auf eine Beobachtung von *Köhnke* †) wonach dieser einem Hunde, der mit circa 7 Gran Phosphorbrei vergiftet war, durch zwei Gaben von je 2 Drachmen Chlorkalk in Milch das Leben erhielt, prüfte *Sch.* die Wirkung des Chlorkalks — die er sich analog der unterchlorigsauren Magnesia dachte — an Kaninchen, allein ebenfalls mit negativem Erfolge.

Nachdem wir im vorigen Capitel nachgewiesen haben, dass die giftige Wirkung des Phosphors durch seine Oxydationsproducte vor allem durch die Phosphorsäure stattfindet, unterliegt es keinem Zweifel, dass die Neutralisation der gebildeten Phosphorsäure eine Hauptindication ist. Es sind also von vornherein jene Mittel und Mischungen, welche, wie z. B. die *Duflos-Bechert*'schen, eine Oxydation des Phosphors erzielen wollen, als durchaus schädlich zu verwerfen. Dasselbe brauchen wir wohl nicht noch besonders von dem von *Meyer* vorgeschlagenen Hausessig zu sagen. Allein wir müssen zunächst hervorheben, dass der Magen und Darm mit seinem in immerwährendem Umsatz begriffenen Inhalt nicht wie ein Rea-

---

*) Deutsche Klinik 1854, p. 122.

**) Arch. für Pharmac. Hannover, 1855.

***) *Henle Pfeuffer* Zeitschrift. N. F. Bd. VII.

†) Centralarchiv für die gesammte Veterinärmedicin von *Kreutzer*. IV. Jahrgang.

gensglas angesehen werden darf, in welchem eine Säure nach Zusatz eines Alkali sofort neutralisirt wird, und dass daher nicht in allen Fällen die Alkalien sich als ein unbedingtes Specificum zeigen werden. Es ist daher wohl selten zu verhindern, dass die dem Speisebrei anhaftenden giftigen Substanzen bei ihrer Oxydation in statu nascenti mit der durch sie ulcerirten Magenwand in Berührung und dadurch zur Resorption kommen! Ausserdem hat man zu berücksichtigen, dass die Alkalien auf der Magenschleimhaut eine reichliche Secretion von Magensäure anregen, zu deren Neutralisation dann immer schon ein grosser Theil des Alkali's verbraucht werden wird. Derartige therapeutische an Kaninchen angestellte Versuche, wie auch wir sie mit unglücklichem Erfolge gemacht haben, können wenig für die Richtigkeit der Sache bei Menschen beweisen, da erstere bekanntlich nicht erbrechen, also alles erhaltene Gift bei sich behalten und eine Neutralisation bei ihnen also um so viel schwieriger zu erzielen sein wird, als bei Menschen.

Auch das von uns an einem Hunde angestellte, therapeutische Experiment (Exp. XXII.) war erfolglos. Aus ihm aber konnten wir ersehen, das es nicht gleichgültig ist, welche Alkalien man zur Tilgung der Phosphorsäure anwendet, dass solche vermieden werden müssen, welche eine Reizung der Darmschleimhaut bedingen, durch die, wie in dem vorliegenden Experiment, die Resorption der etwa frisch gebildeten Phosphorsäure nur noch erleichtert wird. Darum können auch wir nicht der Magnesia das Wort reden; allein wir möchten auf ein anderes Mittel Mittel die Aufmerksamkeit lenken, das den Zweck der Neutralisation sofort und schnell erfüllt, und dabei als unlöslich gewordenes Salz keinerlei Reizung des Darmkanals hervorbringt. Wir meinen das bei der Arsenikvergiftung so ausgezeichnet wirkende Ferrum hydricum in Aqua. *Berthold* und *Bunsen* empfahlen das Eisenoxydhydrat als

Mittel bei Arsenikvergiftungen. Allein *Wittstein**) fand, dass es im Laufe der Zeit eine Veränderung seines Aggregatzustandes eingehe, und wie aus den Versuchen von *Haidlen* und *Meyer* hervorgeht, verliert es mit der Zeit zwei seiner wesentlichsten Eigenschaften, es bindet nur noch eine geringere Menge der Säure und erfordert bis zur chemischeu Verbindung eine viel längere Zeit. Frische Präparate wurden daher Bedürfniss. Da nun *Fuchs* fand, dass eine durch Fällung von schwefelsaurem Eisenoxyd mit überschüssiger Magnesia dargestellte, neben dem Eisenoxydhydrat Magnesia und schwefelsaure Magnesia enthaltende Flüssigkeit die arsenige Säure in grösserer Menge binde als das darin enthaltende Eisenoxydhydrat für sich, so verwendete man bei Arsenikvergiftungen das jedesmal frisch zu bereitende Ferrum hydricum in Aqua. Analog sind die Verhältnisse, welche bei der Bindung der Phosphorsäure in Betracht kommen, die mit dem Eisen unter diesen Verhältnissen ebenfalls unlösliche und unschädliche Verbindungen eingeht, und wir werden, um uns eine möglichst schnelle und vollständige Neutralisation, sowie eine im Allgemeinen unlösliche Verbindung zu verschaffen, entweder das Ferrum hydricum, wenn dasselbe frisch bereitet ist, oder das Ferrum hydricum in aqua bei der Phosphorvergiftung anwenden.

Ausserdem reiche man häufig alkalisches Getränk, Potio Riveri, abgestandenes Sodawasser etc.

Ist es nun trotz der angewendeten Mittel zur Resorption des Giftes gekommen, so hat man sich davor zu hüten, durch eingreifende Methoden den drohenden Collapsus noch schneller herbeizuführen und wird man im Allgemeinen eine stimulirende Behandlung einschlagen müssen.

Die Anwendung der Blutentziehungen ist ganz zu verwerfen, und wenn auch die Symptome von Seiten der Cen-

*) *Buchner*'s Repertor. für die Pharmac. 2. Reihe Band 43. p. 366 bis 399.

tralorgane mitunter Congestionserscheinungen ähnlich sehen, so darf man sich doch nie verleiten lassen, diesen scheinbaren Congestionen durch Blutenziehungen zu begegnen. Ebenso dürfte ihre Anwendung gegen die Gastritis keineswegs zu billigen sein.

Auch die Opiate etc., überhaupt die Narcotica zur Beruhigung der mitunter scheinbar erregten Nerventhätigkeit sind zu vermeiden, da sie die durch die Phosphorsäure bedingte Hinfälligkeit, sowie den Stupor steigern und den Collapsus beschleunigen.

In diesem Stadium wird Alles darauf ankommen, die immer mehr sinkende Herzthätigkeit zu heben. Wir werden hier gute Erfolge erwarten dürfen von Bouillon, vom Wein, Moschus, überhaupt von den Stimulantien. Dem Sinken der Temperatur werden wir durch Zuführen von Wärme, der Wirkung der Phosphorsäure im Blute durch fortwährendes reichliches Trinken von alkalischem Getränk möglichst zu begegnen suchen.

Die Diät muss während des ganzen Verlaufs in Rücksicht auf die gastrischen Erscheinungen eine streng antiphlogistische, dabei nährende sein.

Da wir gefunden haben, dass es hauptsächlich die Blutkörperchen sind, deren Functionsunfähigkeit die meisten und hauptsächlichsten Erscheinungen der Phosphorvergiftung bedingt, so dürfte die Entfernung des schädlichen und die Zufuhr normalen Blutes im zweiten Stadium nicht ohne Einfluss auf den Verlauf der Krankheit und daher mancher Nutzen von der Anwendung der Transfusion zu erzielen sein.

CPSIA information can be obtained
at www.ICGtesting.com
Printed in the USA
LVHW100448110522
718424LV00003B/288

9 783375 009571